Os loucos da rua Mazur

Os loucos da rua Mazur

João Pinto Coelho

LeYa

Bu ülke
hepimize
emanet
HAKIMIYET ALLAHINDIR

Editor responsável: Maria Cristina Antonio Jeronimo
Produção editorial: Mariana Bard
Revisão: José Grillo
Adaptação de capa: Leandro Liporage
Foto de capa: Louis Grandadam/Getty Images

CIP-BRASIL. CATALOGAÇÃO NA PUBLICAÇÃO
SINDICATO NACIONAL DOS EDITORES DE LIVROS, RJ

C617L Coelho, João Pinto, 1967-
Os loucos da rua Mazur / João Pinto Coelho. – Rio de Janeiro : LeYa, 2018.

ISBN 978-85-441-0699-0

1. Ficção portuguesa. I. Título.

CDD 869.3 CDU 821.134.3-3

Leandra Felix da Cruz - Bibliotecária - CRB-7/6135

EDITORA CASA DA PALAVRA
Avenida Calógeras, 6 | sala 701
20030-070 — Rio de Janeiro — RJ
www.leya.com.br

Ao Zé, à Linda, ao Pedro e à Sofia

PARIS, 2001

A montra negra da Livraria Thibault era a moldura mais respeitada da rue de Nevers, um beco desconsolado que se escondia entre as costas de dois quarteirões do Quartier de la Monnaie e que, séculos antes, servira de escoadouro às imundices das irmãs da Penitência de Jesus Cristo. A loja situava-se sob o arco que abria para o Quai de Conti e, para entrar, era necessário bater na vitrina. Isto se ele desse pelo sinal, o que não era garantido. Naquele domingo, o livreiro cego dirigiu-se ao recesso mais escuro da livraria e sentou-se à escrivaninha. O tampo estava vago, apenas papéis dispersos, uma telefonia a pilhas e um rosto num *passe-partout*, o rosto de Fidelia.

Estavam juntos havia quatro anos e ele lembrava-se da apoteose dos primeiros tempos: descontando as raras e breves ocasiões em que a rapariga visitava a mãe, nunca acordara sozinho. Como qualquer velho, invejava a imaturidade e embriagava-se com a juventude da amante. E depois Fidelia lia-lhe a todas as horas do dia. Imprevisíveis, as palavras da jovem surgiam-lhe de lugares distintos, adocicadas pelo sotaque platense, dando voz à multidão de livros que o rodeavam desde sempre como um coro de mudos. Na verdade, sempre escolhera as mulheres pelos olhos que não tinha. Só deixava que o aceitassem como amante se lhe prometessem maratonas de leitura. Nunca se despedira de nenhuma com um livro a meio e só por uma vez deixara que o convencessem na hora de escolher o que ler. Fora Azurine, uma argelina de meia-idade, cuja paixão obcecada por Zola lhe adiara *Lolita* pela semana que levara a terminar *Germinal* – um ultraje! Houvera ainda Apolline, Doriane e Madalena. Apolline, a primeira, que se punha a arder quando o romance aquecia e o fizera devolver os Henry Miller que tinha na livraria; Doriane, a atriz, que invadia a imaginação do livreiro, arquejando como Desdêmona às mãos de Otelo ou rindo-se da morte como a Bovary – outro ultraje, "os grandes livros dispensam essas coisas", dissera-lhe ele tantas vezes; e Madalena, filha de um português e de... Apolline, que, trinta anos depois, aquecia o lugar que fora da mãe, embora com mais equilíbrio entre as páginas e os lençóis. É claro que a vida dele não fora só romances, também a abrira a contos lidos numa noite, literatura de cordel que esquecia sem desgosto. Nunca cuidara das razões daquelas mulheres, por que o procuravam, por que se deixavam ficar. Talvez preferissem não ser vistas ao acordar, talvez adorassem ouvir-se com a voz dos livros.

Gostava da França e morreria em Paris. Resumia a sua vida todos os dias, mas não incluía os anos de juventude nem a tragédia que o fizera fugir. Preferia lembrar o recomeço, a chegada a Gênova, o sopro dos freios do comboio. Contara cada segundo de silêncio após a abertura das portas e fora o primeiro a apear-se. O impacto dos sapatos no empedrado soara-lhe como tiros no cais vazio. Era só mais um judeu a escapar das cinzas. Atrás de si, outros trezentos de olhos relutantes, uma tapeçaria de caras estendida à porta de cada vagão. Nesse momento ouvira a campainha e voltara a contar os segundos. Mas nem então os gritos irromperam, só o som dos que saltavam do vagão, os passos renitentes, a roupa a raspar na roupa, as tosses dispersas a lembrar que a carga era humana. Sentira um encontrão e agarrara a mala azul com mais força. Lá dentro, papéis escritos que, dobrados, lhe caberiam na algibeira. Mas ele queria uma mala, com as mãos vazias pareceria um indigente, já bastava sê-lo. Não vira os companheiros curvados e cinzentos olhando em redor como se esperassem lobos. A chegada dos *carabinieri* tivera um efeito caótico, todos se espremeram uns contra os outros. Afinal era só para os levarem para a sala ao lado, uma espécie de refeitório inventado à pressa onde as cozinheiras pareciam enfermeiras. O ar devia vir todo das panelas, transpirado e temperado como sopa quente, e eles na fila a mastigar o cheiro com vergonha da bondade das mulheres.

Passara um mês e alguém o procurara no centro de acolhimento. Ao vê-lo, o homem apressara o passo idoso, chamara-o pelo nome, prometera tirá-lo dali, levá-lo para a França e ensinar-lhe a língua pelas palavras dos mestres. Só então celebraram a dor do reencontro com um abraço que durou doze anos. Quando o homem morreu, ele partiu de Marselha, levando consigo a mala azul e dinheiro para comprar uma livraria em Paris.

Durante anos, ignorara a erosão do tempo, mas agora os dias repetiam-se cada vez mais iguais. Ultimamente os livros já não eram terminados e as visitas de Fidelia à mãe tornavam-se mais frequentes e prolongadas. O livreiro valia-se então das trivialidades que restavam, o que é natural quando a vida e o homem se vão despedindo por mútuo consentimento. Jerôme, o do café, continuava a aparecer às seis da tarde com a garrafa de *pastis* e dois copos na algibeira do avental. Bebiam durante os vinte minutos cumpridos à risca, quantas vezes sem palavras para trocar, até Jerôme sair para fumar no passeio e fechar o café.

Ele, que pensava muitas vezes nestas coisas, conformou-se por estar ali a um domingo, sentado à escrivaninha. Deu por si a tatear o rosto emoldurado da amante. Lembrou-se do dia em que a conhecera, mas já não do que sentira, e conformou-se outra vez.

Endireitou o retrato de Fidelia como se o pudesse ver.

Aquele era o único dia da semana em que a livraria encerrava ao público, mas nem isso o mantivera em casa. Na verdade, nos últimos meses, não se lembrava de ter passado um só domingo sem ser ali, exatamente ali, no recesso mais escuro da loja. Fidelia chegava cada vez mais tarde nas noites de sábado e passava o dia na cama, agoniada. Talvez fosse prudente resguardar a mãe de tais noitadas, sugerira ele um dia, mas arrependera-se de a ter provocado e prometera continuar cego.

Derrubou o retrato de Fidelia como se não o pudesse ver.

Então decidiu ouvir música. Com gestos pouco firmes, alcançou o rádio que servia de pisa-papéis e ligou-o. O som era fraco, de um acordeão, mas distinguiu perfeitamente o dedilhar de um contrabaixo no meio da estática. A amargura da música era quase festiva, e ele deixou-se contagiar e cantou baixinho, parecia um rumorejo, como se respondesse aos instrumentos com coisas que não deveriam ser escutadas. A meio da terceira canção, soaram duas pancadas na vidraça. Não poderia ser Fidelia, já que, mesmo ressuscitada, nunca apareceria na loja a um domingo. Por isso ignorou a visita e retomou o diálogo. Mais pancadas, impacientes. Ergueu instintivamente o rosto e continuou impassível. A seguir, nada, apenas a música a extinguir-se para dar voz ao locutor. Porém, uma hora depois, ouviu o barulho apressado de duas voltas de chave e soube que o fim da manhã estava condenado. As desculpas castelhanas de Fidelia irromperam pela livraria, mais o som de uma carteira atirada com força para trás do balcão.

Obviamente não vinha só, ele distinguiu outros passos, passos de homem.

– *Perdóneme* – desculpou-se Fidelia, afogueada. – Vim a pé. Espere um pouco, ele deve estar no fundo da loja.

O visitante olhava para todo o lado, parecia nem dar por ela, enquanto o livreiro esperava que a amante se aproximasse.

– Despacha-te – sussurrou a rapariga. – Ele telefonou-te, tinhas acabado de sair. Quer falar contigo, mexe-te, diz que é importante.

O cego levantou-se devagar sem desligar o rádio.

Caminhando à sua frente, Fidelia começava finalmente a despertar:

– Tirou-me da cama, *cabrón,* já sabia que não lhe abrias a porta. – Quando chegaram ao vestíbulo, Fidelia forçou um sorriso. – O meu marido.

O livreiro, que não era marido dela, estendeu a mão, indiferente à localização do outro. O visitante deu três passos em frente e apertou-lha quase de raspão.

Nenhum disse nada.

– Sentem-se – disse Fidelia, apontando ao desconhecido umas cadeiras ao lado do balcão. E eles sentaram-se. Nesse momento o visitante fez sinal à rapariga para que se aproximasse e segredou-lhe qualquer coisa. – Ah, sim? Não calcula o favor que me faz. Passe bem! – declarou ela, antes de beijar o amante na cabeça, agarrar a carteira e esbofetear aquilo tudo com a porta da rua, deixando os dois sozinhos na livraria.

O homem observou minuciosamente o dono da loja, antes de falar:

– Continuas bonito. – Um silêncio prolongado. – Velho, mas bonito.

O livreiro apontou o olhar cego ao rosto do desconhecido, falhando por um palmo.

Como ninguém subira o estore da montra, estava escuro. Meia dúzia de nesgas paralelas da rua adormecida, seis lâminas de luz a trespassarem o pó da livraria como páginas de memórias em suspensão; não fosse o som metálico do rádio a pilhas, um mero retrato a sépia com dois velhos. Até que o visitante tornou a falar:

– Sim, sempre bonito.

A expressão vaga do dono da loja deixou de procurar o rosto do outro e isso fê-lo parecer ainda mais cego.

O desconhecido sorriu, continuando a percorrer sem pressa a figura gasta que tinha à frente.

– Não foi fácil encontrar-te. Sempre soubeste mover-te no escuro.

– Os mortos não voltam – disse o livreiro, como se não o tivesse ouvido. As cadeiras encontravam-se frente a frente, acareadoras, e rangiam como os anos que carregavam. – O que é que queres de mim, Eryk?

Eryk, que ainda não estava preparado para responder, foi à procura de tempo:

– A última vez que ouvi falar de ti vivias na Provença, estava tudo ainda fresco. Não contava dar contigo em Paris... – interrompeu-se, olhando em volta – enterrado numa livraria; casado com uma espanhola que tem idade para ser tua neta.

– Argentina. Fidelia é argentina. E não estamos casados, não acredites em tudo o que vês. Deitamo-nos juntos, é verdade, mas é só para que me leia na cama.

– Não me vais perguntar o que é feito de mim?

– O que há a perguntar sobre Paul Lestrange? Escreves livros, normalmente livros soberbos, e és cidadão belga certamente porque te envergonhaste de ser polaco. Sei que te fartaste de Paris e foste viver para Bruxelas onde és tão conhecido como aquele menino que faz chichi. E, mesmo assim, andei a ler-te às cegas durante vinte anos. As mulheres da minha vida não ligam às badanas, é a melhor explicação. Só percebi quem estava por detrás do pseudônimo por causa dos comentários de um cliente. Mas a culpa é minha, como é que não te descobri naquela escrita? Estava lá tudo, *merde*! De resto, sem surpresas, já sabia que podias dar em escritor. Também não estranhava se te descobrisse no metro com as calças mijadas a vender rimas, até calhava melhor com o teu feitio. Tornaste-te perseverante com os anos, é natural. E agora? Que queres de mim?

Eryk desviou o olhar do amigo e fixou-o na primeira coisa que encontrou, uma banqueta, não era importante.

– Não nos resta muito tempo, tu sabes.

– Estou velho – rosnou o cego. – Só preciso do tempo que já vivi.

– Perfeito. É desse que ando à procura.

– Vieste ao lugar errado.

– Raios te partam, Yankel... – disse Eryk, como se o afagasse. – Tens coisas que me pertencem.

– Falas das sombras, Eryk? Os anos gastam-nas, não sobra nada.

– Mentes! – exasperou-se o visitante. – Mentes como um canalha! – Ergueu-se num impulso e amaldiçoou-se por perder a compostura, era cedo para isso; voltou a sentar-se.

O olhar vazio de Yankel expandiu-se num sorriso, o primeiro do dia. Levantou as mãos à altura da cabeça e mostrou a Eryk um esgar de epifania:

– Cáspite! Eryk, vindo dos mortos, rasga as vestes como o seu Yeshua[1] para reclamar do amigo de infância o seu quinhão de verdade. – Com a mesma espontaneidade, perdeu o

[1] O nome hebraico de Jesus.

sorriso. – Vai-te embora, Eryk. Vamos acreditar que este dia foi um lapso na ordem natural das coisas. Acontece.

O visitante abanou a cabeça, não estava pronto para desistir. De qualquer maneira, sempre soubera que não iria ser fácil, caso contrário já o teria feito muito antes. Afinal, aquele era o encontro que protelava havia tantos anos. Mesmo sem nunca o ter confrontado, conhecia as mágoas de Yankel uma por uma.

– Nunca pensaste em procurar-me? – perguntou ao livreiro.

– Que interessa o que pensei? No fim, só conta aquilo que fazemos – concluiu Yankel. – Acaba com isto, Eryk, diz de uma vez por todas o que te trouxe aqui.

Eryk soube que era a altura certa:

– Um livro.

O cego hesitou um momento antes de ripostar:

– Normalmente é o que me pede quem entra por essa porta.

– Este está por escrever.

Como Yankel sentiu uma aragem de desconfiança, levantou-se tateando os obstáculos até chegar ao balcão. Apoiou os braços cruzados no tampo de madeira e esperou pelo outro. Não quis mostrar pressa.

Agora de costas para o livreiro, Eryk falou:

– Vim a pé do Hotel Crillon, é um pulo. E mesmo assim demorei duas horas. Parei cinco vezes à procura de um quarto de banho. Cinco vezes, Yankel. E nem sequer consegui mijar. Cada dia é pior do que o anterior, isto está a acabar. – Ao dizê-lo, foi ter com Yankel. Deixou-se ficar imóvel e tão perto dele que não precisou de mais do que um sussurro para dizer por que estava ali. – Passei a vida a inventar livros, e em cada um ensaiei o único que queria escrever. É agora, já não posso esperar mais. Mas preciso de ti, não sou capaz de fazer isto sozinho.

Yankel rechaçava cada uma das conclusões que aquele discurso disparava sobre si. Sabia o que Eryk queria, mas havia muito que calara o passado. Ninguém o faria regressar, nem mesmo ele. Por isso, afastou-se do balcão e dirigiu-se para a saída.

– Não sabes o que me pedes – disse, abrindo a porta da rua.

Eryk aproximou-se e parou no vão escancarado sem olhar para o livreiro. Só então deu um passo em frente. Já lá fora, declarou:

– Eu volto. No próximo domingo.

*

Assim que acordou no seu apartamento da rue de ruci, Yankel lembrou-se de que passara uma semana. Dormira a espaços e mal se recordava das duas páginas que Fidelia lhe lera ao deitar. Ouvia-lhe o respirar pesado e perguntou-se se deveria acordá-la. Por um lado, dispensava a sua presença na livraria; por outro, queria tê-la perto nesse dia. Tentara explicar-lhe na noite anterior, mas não fora fácil, nem ele sabia que amparo esperava da rapariga caso Eryk lhe aparecesse à porta. Deixou-se ficar deitado, às voltas com a dúvida. Talvez detestasse ser encontrado assim, sozinho numa livraria a um domingo. Era cego de nascença e a compaixão detecta-se melhor às escuras; não a suportaria, muito menos naquele encontro. E foi isso que o levou a decidir. Num impulso, sacudiu a jovem e deu-lhe as instruções: bastava estar lá para o receber, a seguir era com ela, que se enfiasse na cama para sempre! Quando se levantou, deixou-a a refilar com os lençóis. Meia hora depois, já dera a volta ao quarteirão com o *jack russel Armand* deixado por Madalena no dia em que se cansara de uma vida de braço dado. Então, esperou por Fidelia no lugar habitual, à beira do quiosque do Boulevard Saint-Germain. Sentiu o *Poison* da amante ainda antes de o cão retesar a trela e estendeu-lhe o cotovelo para não parecer mal. Ela agarrou-o e foi assim que Yankel a conduziu até a loja. Nem uma palavra trocaram. Quando chegaram, e antes de entrarem na livraria, sentaram-se no Café Jerôme para o pequeno-almoço. Fidelia comeu uma torrada e descascou duas tangerinas que trouxera no bolso. Antes de ele pagar, partilharam o café; à mesa pareciam íntimos. Então, o velho foi abrir a loja enquanto ela fumava o primeiro cigarro do dia. Baixou-se para içar o estore de ferro e libertou *Armand* da coleira. Pendurou o sobretudo atrás do balcão e, lembrando-se de um assunto que andara a adiar, dirigiu-se a uma estante para correr com as pontas dos dedos a prateleira mais alta. Aí estava ele, reconheceu-o à primeira, *Le dernier homme,* de Blanchot, uma edição raríssima da Gallimard que mencionara a um cliente e se preparava para vender por três mil e quinhentos francos. Não, três mil e não se falaria mais nisso, até porque era um dos que não teimava em conservar para si mesmo. Assim que retirou o livro, encaminhou-se para a escrivaninha ao fundo da loja. Ia a meio caminho quando deu pela entrada de Fidelia.

– O Blanchot! – gritou-lhe ela, enquanto pisava a prisca na soleira. – Não te esqueças do Blanchot.

Yankel não respondeu, e ela não voltou a lembrá-lo. A manhã passou devagar. O livreiro percorreu a loja várias vezes, fez dois telefonemas pessoais, saiu para beber um chá, pôs ordem nas prateleiras e sentou-se ao lado de Fidelia, enquanto colocava as pequenas marcas adesivas com que dava nome às lombadas acabadas de chegar. Só ele conhecia aqueles sinais que construía com pequenos troços de esparguete perfilados entre dois pedaços de fita-cola.

Engenhoso, diziam os clientes, e para mais nunca vira um código de barras.

Passava do meio-dia quando o destemido *Armand* se embrulhou temeroso nos pés do livreiro. Não era dia para clientes, e Yankel, que passara a manhã a pensar em Eryk, levantou-se de um pulo. Reconheceu imediatamente a voz que cumprimentava Fidelia. Ao aproximar-se, percebeu que o amigo viera acompanhado e preferiu aguardar um momento atrás do biombo para as primeiras impressões. Concentrou--se na sobriedade da terceira voz, uma voz estranha, voz de mulher, áspera de idade e de tabaco, a aplacar com cortesia os agudos da sua amante. Cheirava a perfume caro – não que o usasse, seria apenas da convivência, o que era ainda mais chique.

Nesse momento, protegido pelo dono, o cãozinho já dobrara a envergadura e roçagava as pernas das visitas rilhando o dente.

Foi então que Yankel deu um passo adiante.

– Ah! – cumprimentou Eryk. – A hora é má, desculpa.

Yankel estendeu-lhe a mão.

– Isso é o menos – afirmou. – Aqui dentro contamos o tempo de outra maneira. Tenho a certeza de que percebe o que quero dizer, Madame...

– Lestrange – apresentou-se ela, fixando a expressão surpreendida do livreiro. – Vivienne.

– Sim – confirmou Eryk. – É a minha mulher. E, mais importante, minha editora já lá vão quarenta anos.

– *Parbleu!* – exclamou Yankel. – E como prefere que a considere, Vivienne?

Ela não fez caso daquele vestígio de troça.

– Não me queira a decidir por si, Monsieur. Seria um mau precedente, tendo em conta o que aqui nos traz.

O livreiro encolheu os ombros.

– Previsível… Eryk nunca me facilitou a vida. Mas chame-me Yankel!, esqueça o *monsieur*. Só me trata assim quem me quer irritar.

– O Yankel é um plebeu. Nunca te esqueças disso – disse o escritor à mulher.

– Não lhe dê ouvidos – desdenhou o cego. – O Eryk nunca acreditou que a Terra se move. Meio século de Paris é muito tempo, já sei viver com bons modos.

– Não me digas?! – exclamou o escritor. – Espero que te sobre alguma acutilância, caso contrário viro-te as costas porque já não me serves.

– Se ainda se irrita, serve – declarou a mulher, antes de olhar em redor à procura de uma cadeira. Descobriu quatro, postas à volta de uma mesa de chá, e deixou-se cair na mais próxima, de costas para os homens. – Desculpe, estava morta por me sentar. Eryk acha ultrajante andar de carro em Paris.

– E tem razão – corroborou Yankel. – Digo-lho eu, que nem sequer gozo as vistas.

Nessa altura, dever cumprido e antevendo uma tarde entediante, Fidelia desculpou-se, pegou no cãozinho e foi almoçar.

Composto o trio, Yankel abeirou-se da mesa.

– Faço-lhe companhia, Madame – disse, ao sentar-se. – Eryk, oferece uma bebida à senhora e junta-te a nós.

Eryk olhou à sua volta até descobrir meia dúzia de garrafas e outros tantos copos pousados na sombra de um nicho e quase escondidos por um busto de Maupassant. Verteu um dedo de *brandy* no único copo sem pó, o que o levou a pensar que o livreiro não devia receber muitas visitas. Lembrando-se do que o levara ali, preferiu ser prudente e não se serviu.

– Bebes? – perguntou ao anfitrião.

– Senta-te – retorquiu Yankel, ignorando a pergunta e virando-se ostensivamente para Vivienne. – Dá-me licença que seja eu a desbravar o caminho?

O escritor sentou-se e pousou o copo à frente da mulher.

– Somos três velhos à mesa – disse ela. – Ninguém se pode gabar de ter tempo a perder. Avance.

– Então deixe-me ser indiscreto. Diga-me, Vivienne, ainda sente ciúme quando o Eryk se vê ao espelho? – A editora olhou para ele, mas ficou calada. – Faça um esforço. Estou a falar do reflexo luminoso do seu marido, aquela personagem estupenda que Eryk ama acima de todas as coisas.

– O meu marido não mudou grande coisa, mas perdeu alguma presunção. A escrita fez-lhe o que a vida não conseguiu, talvez esteja mais lúcido, talvez já torça o nariz ao espelho.

– Era o que eu pensava. O Eryk que eu conheci não precisava de mim para escrever um livro, nem de si para me convencer. É para isso que aqui está, não é, Vivienne?

Se Yankel pudesse ver, talvez reparasse no trejeito divertido que o escritor trazia ao canto da boca.

– Engana-se – reagiu ela. – Façam os vossos jogos de cintura, ofendam-se se valer a pena, mas resolvam isto sem mim. Caso decidam avançar, então, sim, eu instalo-me entre os dois e faço-vos a vida negra.

Ambos os homens permaneceram sentados e calados. Ela, de perna cruzada, provou a bebida. Lá fora, o som de um autocarro que passava fez vibrar a vidraça da montra. Um autocarro numa manhã de domingo em Paris. Vivienne pensou nas pessoas que lá iam; Eryk olhou para as unhas.

Mas foi Yankel quem falou:

– Digam o que diabo esperam de mim.

Vivienne pousou o copo e cruzou os braços.

Era a vez de Eryk.

Poucos homens escolhem como morrer e ele estava ali para isso. Mas não queria morrer só e chamara por Yankel, precisava de o ter ao lado para escrever o seu epílogo. Por isso se preparara; ensaiara aquela manhã vezes sem conta; e agora, naquele lugar, num bricabraque de livros e antiqualhas, só conseguia divagar sobre os nichos da loja, o estojo de clarinete em cima dos alfarrábios, as águas-fortes que o livreiro comprava no *marché* Paul Bert para agradar às concubinas e que ficavam penduradas nas pilastras da livraria muito depois de elas partirem. Havia ainda o desenho a lápis de uma mulher nua. O traço grosso, colérico, e a mulher, sentada de frente, devassa, seria Fidelia; era Fidelia. Foi quando Eryk olhou para Yankel. Que restava daquele velho? Ainda escutaria os gritos ou abafara-os no colo das amantes? Por si, tudo bem, sabia o que ali o levara e podia agarrar-se a isso. A alternativa era virar costas e morrer com as dores de sempre.

– Quero-te ao meu lado para me contares o que aconteceu – disse, neutral.

– Já foi contado – informou Yankel.

– Sem rostos. Faltam os rostos.

– Uma ausência sem remédio, no que me diz respeito – lembrou o cego.

– Não interessa, sabes outras coisas.

– Diz a verdade, Eryk. Tu estiveste lá – desafiou Yankel. – Mas tenho a certeza de que fechaste os olhos, não foi? Até hoje. Não tens coragem de te enfiar no meio de homens que estão a morrer e escrever o que vês. E agora, sublime ironia, pedes a um cego que te encontre as imagens.

– É nisso que acreditas?

– Sempre é mais lisonjeiro do que chamar-te cobarde. Do que dizer-te que precisas de mim porque estás do lado dos culpados.

Eryk, que previra aquela acusação vezes sem conta, não contestou. Só lhe restava usar a censura de Yankel como arma de negociação.

– Não tenciono apagar pecados, se é isso que queres saber.

Yankel percebeu que não tinha a que se agarrar. Claro que tudo lhe aconselhava um não rotundo, mas sabia que aquela era uma porta que deixara entreaberta. Eryk lembrara-lho e, na sua idade, já não teria tempo para voltar a esquecer-se.

– Acha que nos pode dar uma resposta agora? Uma resposta definitiva. – O pragmatismo da editora fora jogado no momento exato e Yankel quase fraquejou.

– Como o farias? – perguntou ele a Eryk.

– Contar tudo. É capaz de não ser tão destrutivo.

Teria Yankel esmorecido naquele momento? O amigo jurou que sim.

– E qual seria o meu papel nas tuas crónicas? – insistiu o livreiro.

– És uma personagem como as outras. Mas estás ao meu lado enquanto te conduzo.

– Enquanto me conduzes? – sorriu Yankel. – E que diabo te leva a pensar que estou disposto a isso?

– Qual é a alternativa?

O livreiro quis tempo para pensar, mas, mais uma vez, foi Vivienne a lubrificar a conversa:

– Há uma solução – afirmou ela, virando-se para o escritor. – Escreves a duas vozes. Já o fizeste e saíste-te bem.

Eryk ia contestar, mas calou-se. Conhecia a mulher, havia um tom imperativo na sua sugestão, como se a trouxesse congeminada para a apresentar na melhor oportunidade. Então, decidiu ser cínico:

– És a editora, talvez possas sugerir o modelo.

– Tu é que sabes o que esperas de Yankel. Se só queres mais um boneco para o teu livro, viemos aqui perder tempo. Se pretendes mais do que isso, é simples: quando te faltar a palavra, dás-lha. Assim mesmo, na primeira pessoa. E no presente do indicativo, já agora.

Eryk sentiu-se encurralado e irritou-se, aquilo não era fruto da ocasião: como de costume, Vivienne sabia ao que vinha, nunca alvitrava de improviso. Só não percebeu por que esperara por aquele momento, por que o encostava à parede. Yankel, que continuava a ler nas entrelinhas, tomou o peso à respiração cavada do amigo e resolveu pedir explicações:

– No presente? Por quê?

Vivienne ouviu-o e ficou calada. Puxou de um cigarro, colou-o aos lábios e procurou qualquer coisa nos bolsos, um isqueiro, uns fósforos... Não achou nada, parecia frenética. Então esqueceu o que estava a fazer e arrancou de chofre o cigarro da boca para dirigir a resposta ao marido:

– Não há nada mais verdadeiro do que o agora. Põe Yankel a discursar no presente, tira-lhe o tempo de reflexão.

– Talvez eu tenha uma palavra a dizer – sugeriu o livreiro.

– Não necessariamente – ripostou Eryk.

– Uma autobiografia não autorizada? – comentou Yankel, divertido. – Sim, tu eras bem capaz disso.

– Não viemos aqui para o pôr em xeque – declarou a mulher. – O Eryk explica-lhe como se pode fazer.

– Dando ouvidos à minha editora, tu falas e eu escrevo o que dizes – esclareceu Eryk, sem convicção.

– Não tenho voz literária, ia escangalhar-te o romance.

– Tu falas, eu componho. Preferes assim?

Yankel encolheu os ombros.

– E tudo o mais é contigo – deduziu. – A recapitulação e as conclusões. Um acordo justo, portanto.

– Um acordo lícito, o romance existe para lá dos teus instantâneos. Mas não fecho um capítulo sem ouvir o que tens a dizer – disse Eryk, virando-se a seguir para a mulher: – Não sei se era nisto que estavas a pensar, mas é a minha melhor oferta.

Yankel conseguiu atingir a expressão incomodada de Eryk com o seu olhar inútil. A telepatia absurda que se gerou colocou os dois homens num lugar distante. Era ali que iriam permanecer nas semanas seguintes e ambos pediram a Deus que lhes perdoasse pelo que iam fazer.

*

– Quero começá-lo pela inocência – declarou Eryk, passando a mão pelo cabelo que esvoaçara com a aragem.

O *Patio* do Crillon estava convenientemente deserto às quatro horas da tarde de sábado. A mesa dos três encontrava-se a um canto. Era quadrada, e o escritor mandara levantar a toalha; bastava a chávena manchada com o batom de Vivienne, uma garrafa de água gelada e dois copos.

A editora olhou para o marido por cima dos óculos, parando a chávena à beira dos lábios.

– Isso quer dizer o quê? – perguntou.

– Aquilo que ouviste. Preciso de um preâmbulo de pureza, tem de haver crianças. Uma coisa tão virginal como um conto de fadas.

– Bom, depois das experiências dos teus últimos livros, os leitores não podem alegar quebra de confiança – sorriu ela, antes de acabar o café. – Qual é o pretexto, desta vez?

– As últimas páginas vão ser obscenas – disse Eryk. – A inocência é crucial. Sem ela nenhum leitor aceita o absurdo do desfecho.

Vivienne não fez mais perguntas. Em vez disso, debruçou-se e tirou de uma pasta algumas folhas de papel em branco e um gravador de bolso. A seguir, virou-se para Yankel.

– Importa-se? – perguntou-lhe. – É um gravador.

O livreiro condescendeu com um aceno indiferente.

– Por onde pensas começar?– perguntou a Eryk.

– Pelos cogumelos. – Yankel mexeu-se na cadeira. – Incomoda-te?

O cego não conteve uma gargalhada.

– És um cínico, Eryk. Aceitei o teu convite para ir ao inferno. Não me faças perguntas tolas. – Então virou-se para Vivienne: – Ponha isso a trabalhar. Agora sou eu que estou com pressa.

Eryk encheu um copo de água e bebeu-o de um trago.

– Estás por tua conta – afirmou.

– Fale como lhe der na cabeça – reforçou a editora, ligando o gravador.

E Yankel recuou até onde lhe pediam. Ficou por ali durante o tempo de que precisou, até saber o que tinha de ser dito. Sorria.

– O Eryk era um criativo – começou. – E todos os criativos têm um lado insuportável. Mais tarde ou mais cedo, passa-lhes pela cabeça que são capazes de nos emprestar a imaginação, e nessa altura há que fugir deles. Um dia caí na asneira de lhe dizer que gostaria de saber como era o verde. A partir daí, achou-se capaz de me explicar as cores. Usou analogias prodigiosas, outras dolorosas, como quando me deu uma bofetada para que eu imaginasse uma mancha vermelha na cara. Comparava todas as cores com o preto, porque o preto eu tinha de conhecer. E, se não conhecesse, que me concentrasse. – Nesse instante, Yankel rodou o rosto na direção de Eryk. – Não adiantava dizer-te que os meus olhos viam o mesmo que os teus calcanhares, não tiveste imaginação suficiente. Ah, mas insististe, insististe tanto que cheguei a acreditar. Até o dia em que te mandei à fava mais as tuas crueldades.

NORDESTE DA POLÔNIA, 1934

Naquele dia Yankel desistira de conhecer o verde. Nem ele sabia explicar como tinha acontecido. Adormecera com aquele desejo, mas acordara conformado. A única coisa que o atormentou foi ter de o contar a Eryk, o amigo cristão; de resto, o efeito era glorioso. Eryk amava-o e demonstrava-o com todos os gestos da sua imaginação prodigiosa, alguns tão frustrantes como o anseio de traduzir cores.

O vermelho é sempre quente, diz, e esbofeteia-me para provar que a dor é uma mancha encarnada. Tenho de saber que o verde das reinetas de setembro azeda debaixo da língua e cheira como as florestas que cercam o shtetl;[2] *a terra é castanha, mas torna-se escura quando chove, e os paus ardidos no inverno são da cor dos fatos dos homens e do cabelo da minha mãe. São pretos, insiste, como o negrume que vejo em todas as horas do dia. Mas eu não vejo, Eryk, nem sequer o negrume. Como te explico que a escuridão não é igual ao nada?*

Yankel saiu então à rua já na sua condição de completamente cego. O cheiro do *shtetl* no inverno era o retrato do mundo inteiro, mesmo que o mundo de Yankel não incluísse mais do que poucas centenas de casas, muitas delas de madeira e cobertas de palha. E essa era a maldição do lugar, quantas vezes soçobrado à predação das chamas, outras tantas

[2] Termo em iídiche que designa as pequenas cidades existentes no Leste da Europa, cuja população era constituída, em larga percentagem, por judeus.

levantado dos escombros calcinados. O último incêndio arrasara dois terços do povoado, a sinagoga velha e os rolos da Torá. Os que ficaram choraram os mortos e os séculos desditosos, gerações inteiras ceifadas pelo fogo. Cinzas de homem e pergaminho espraiaram-se pelo vento sobre as terras e os lameiros. Novas árvores nasceriam ali, germinadas num barro sagrado feito com o povo e a palavra de Deus. Talvez por isso Yankel fugisse para a floresta, talvez por isso sussurrasse ao pó dos caminhos ou tateasse os vasos de terracota como quem afaga o rosto de uma mãe. Coisas de cego, disseram então, e ninguém percebeu que o rapaz descobrira a humanidade onde os outros nada viam.

Aquele era o mais improvável povoamento do distrito. Ninguém sabia que acidente o fizera brotar ali. Os primeiros cristãos haviam chegado ainda no tempo da rainha Jadwiga, fugidos dos Tártaros, e a vasta expedição de judeus bielorrussos que ali se fixara na mesma altura disputava com os gentios o estatuto de fundadora da cidade. Tanto tempo depois, a convivência mantinha-se áspera; dois deuses, duas línguas, muita gente de costas voltadas. Mas, fosse que deus fosse, aquilo que veria do céu caso a Terra lhe importasse seria qualquer coisa parecida com uma medalha perdida numa brenha de carvalhos e urtigais, um círculo perfeito no meio da floresta feito de casas e ruas terrosas, longe de qualquer estrada que levasse à capital. Os cristãos ocupavam a maior área, que incluía toda a metade sul e ainda a generosa propriedade de Roman Skiba, um enclave cravado como um espinho no orgulho do povo judeu. Murado em todo o perímetro, o refúgio de Skiba era um lugar povoado por árvores despidas de verão e de inverno e nem todos gostavam de passar à sua beira. A lenda falava de Witold, o primeiro proprietário, cristão fervoroso, que, por detestar pisar chão impuro, decidira sobrevoar a extensa pastagem do vizinho hebreu que o mantinha separado da metade virtuosa. Para isso juntara os dez filhos e, ao longo de quarenta anos, procurara erguer uma ponte de caniços para alcançar o outro lado sem sujar os pés. Depois de a construção ter colapsado por seis vezes sem nunca ter chegado a meio do caminho, Witold cansou-se e converteu o vizinho. A península intrusa que agora alastrava por terras judaicas causou ira aos conquistados e guerra aberta entre as facções. A refrega durou dois dias e foi suficiente para fazer dez mortos para cada lado. Como ninguém pôde reclamar vitória, lembraram-se de que o assunto também poderia ser tratado à mesa. Reunidas as elites, o consenso foi instantâneo: pendurou-se o converso pelo pescoço e a extensa pastagem deu lugar à praça principal, zona neutra que o uso de séculos transformaria no largo do Mercado. Era aí que se aglomerava toda a fauna do círculo perfeito: velhos, homens, crianças, cães e mulheres, assim como as casas comerciais, os edifícios públicos e as coscuvilhices da cidade. No centro, duas estátuas de homem separadas por uma jarda. A de pedra, assente num capitel invertido, representava Pawel Mazur, boticário, santo em Cristo e pai da cidade; ao lado, erguendo um livro sagrado, Rebbe Jakob Halberstein, o judeu fundador, um homem tão rígido como o bronze que o tinha ali. Tudo parecia irradiar daquele entroncamento de vielas, por onde passava também uma estrada mais larga, calcetada nos troços fronteiros às poucas casas ricas. Em cada um dos seus extremos, abriam-se duas pracetas ali conhecidas como os terreiros de Deus, pois era lá que se erguiam os principais lugares de oração: a nova sinagoga e a igreja de Santo Adalberto.

Descontando as que chegavam em dias de feira, vindas de cidades próximas como Bialystok, Lomza ou Radzilow, ali as visitas eram raras. Recebidas com desconfiança – pelo menos até se perceber para que extremo da rua se dirigiam –, quase nunca ficavam de um dia para o outro.

Moro numa rua que vai dar à floresta, não há vizinhos; além da minha, só casas vazias. Temos terra a toda a volta; há cebolas, pepinos, batatas, e os gansos passam a noite num barraco colado à parede do quarto onde durmo com a minha mãe, Rasia. Bom, não é um quarto, é um terço da cozinha separado por uma cortina, onde cabe a cama, o armário empenado e a bacia. Deitamo-nos cedo e conversamos durante uma hora ou até ela deixar de me responder. Há sempre bocadinhos de floresta que se agarram à mãe, pequenas farpas cravadas na pele, restos de folhas secas que lhe tiro do cabelo quando o solta à noite. Gosto do seu cabelo, de o desembaraçar, de o levantar com os braços esticados e deixar escorregar entre as mãos para que me caia na cara. O seu rosto nunca adormece, sei-o com a ponta dos dedos, os pequenos movimentos devem ser sonhos assustados. Do outro lado da cortina, a mesa e o fogão de ferro, mais o escabelo onde dorme o meu pai. Mas nem sempre. Às vezes, de madrugada, deixa-se cair entre nós. A seguir, apenas os sons de resistência e o braço com que a mãe me empurra dali. Nessa altura, levanto-me e vou para o escabelo. Quase imediatamente, ela aparece sem dizer nada. Vai fazer café e já não se deita. Horas depois, acordo com o cheiro a pão e a bolos de cebola acabados de cozer. A mãe saiu, passa a manhã no largo do Mercado e à noite comeremos os bolos que sobrarem. Muito mais tarde, levanta-se o meu pai e vai trabalhar. Não fala comigo, talvez seja ele que não me vê. Caminha até a loja de Shlomo Horowitz para vender o vinho que não conseguir beber.

Crucial era também o número de cabeças da cidade. A contagem fazia-se a cada mudança de estação e era extraordinário ver como, ao longo dos séculos, nenhum dos lados se ufanara de exceder em mais de dez o grupo dos vizinhos. Havia que lutar pelo governo do povo e isso escrevia-se com os votos dos homens adultos. Por essa razão, sempre que uma gravidez se anunciava, era sabido que algumas luzes do outro lado se apagariam mais cedo nas noites seguintes.

E depois havia Dreide, a louca.

Ninguém lhe sabia pai, mãe ou nação. Chegara acompanhada por um cigano, duas mulas e uma miúda nas entranhas. O cigano desaparecera, levara uma das mulas e ficaram as três. Desde então, fixara-se ali, chegada ao *shtetl*, mas ainda na floresta, por cautela.

A casa de Dreide era feita de todas as coisas, e isto quer dizer troncos e ramos, musgos, ossadas, lama e aparas de fraga que só as dríades poderiam ter reunido.

Eram muitos os que se perdiam pela floresta no seu encalço. Assombrados pelos seus poderes esotéricos, ofereciam-lhe o que ela nunca lhes pedira. Dreide desprezava homens e mulheres e apressava os milagres pelo anseio de se achar sozinha. Exorcismos com água da chuva, líquido que recolhia em noites de crescente e borrifava pelos dentes podres sobre reumatismos, adultérios e mulheres faladeiras. Alguém vira mancos regressarem em corrida e cegos a lerem as Escrituras. O nome da mulher fez-se enorme, maior do que a floresta, maior do que o *shtetl*, mas, de repente, sem que alguém soubesse o porquê, o encantamento secou. Não só se perderam novas curas como os miraculados entrevaram ou regressaram às mulheres proibidas. E a iluminada passou a maldita, apedrejada, gritou a todos a jura de uma vingança e nunca mais deixou de ser temida. Certo dia subiu à cidade. Conta quem a viu chegar que as ruas se esvaziaram com o horror. Solidários num receio disfarçado por detrás das cortinas, homens e mulheres encavalitaram-se para a ver passar. Vinha hirta como um pinheiro, fétida e descarnada, supliciada, cheia de feridas que os mais puros viam como os vincos de um rosto sem salvação. Ao chegar a meio da rua principal, rodou sobre si e fustigou todo o *shtetl* com o olhar amarelo. Gemeu impropérios e prostrou-se para arranhar na terra sinais proféticos. Levantou-se, cuspiu cinco vezes e voltou para a floresta.

Dreide já tivera a filha, Shionka, dita selvagem e tida como a criança mais bonita da província. Muito magra, a sujidade acastanhava-a mais do que o pai cigano. Os olhos eram desmesurados, absolutamente pretos, tal como o cabelo, que nunca cortava.

Mas Shionka não falava! Nunca se lhe ouvira um queixume, uma praga, um sopro de gargalhada. Dizia-se que era cisma, moléstia, esconjuro da mãe tresloucada.

A verdade é que o dia em que Eryk e Yankel adotaram Shionka não poderia ter começado de forma mais improvável. Yankel esperava por Eryk sentado à porta de Zygmunt, o ferreiro. Divertia-se com os sons da forja. Conhecia-lhes os ritmos e a ordem, sabia-os de cor como uma canção, antecipando o silvo do metal a mergulhar na água com sal, a cadência do martelo e os refrães indecorosos de um Zygmunt zangado com o ferro e a vida. No meio da cacofonia, aquele homem destemperado, conhecido na cidade por Lênin à custa da calva e dos olhos rasgados, encontrava sempre tempo para ser dócil. Era então que se sentava ao lado do rapaz e repartia um pão de batata em fatias manchadas pelos dedos encardidos. Finalmente, esgotavam a fome enquanto jogavam às charadas.

Naquela manhã, Eryk chegou afogueado. Passavam poucos minutos das dez e Yankel percebeu que o amigo lutava contra a euforia. Despediram-se à pressa do ferreiro e apanharam a estrada principal da cidade a caminho do lado cristão. Quando chegaram à praceta do fim da rua, Eryk aproveitou a confusão que se ia formando no adro para entrar com o amigo judeu pela porta da igreja. Yankel, que sabia não ser ali bem-vindo, calou os protestos mal Eryk começou a descrever o cenário.

O corpo estava sentado na primeira fila. A cabeça tombara sobre o ombro esquerdo como para apreciar os detalhes da escultura de S. Estanislau e os olhos abertos dir-se-iam mais devotos do que mortos. O mesmo sucedia com as mãos sujas de sangue e pousadas sobre o banco; mãos abertas, mãos crentes, prontas a receber o Pai. Em terras de pasmatório, notícias como aquela lavravam com a mesma pressa com que a igreja se ia enchendo; a dada altura, lembrava o Pentecostes. Era vê-los esticados, afogueados, esquecidos do recato em plena morada do Senhor. Então, num instante, o silêncio inesperado contagiou toda a gente. Do alto dos seus dois metros, o padre Kazimierz, talvez por estar mais perto de Deus, merecia a deferência de todos os cristãos da cidade. Magro como um estadulho, entrou no templo em passada larga, abrindo alas com o cenho retorcido. Atrás, em benzeduras, Pani[3] Krysia, a solteira mais assídua da sacristia, tropeçava nas saias dele, tal a gana de ver o morto. Mal chegou ao altar, o sacerdote dobrou os joelhos numa flexão rápida e virou-se para o cadáver. Naquele momento, todos os olhares procuraram na sua expressão os indícios que lhes escapavam. Mas não, nem aquele que os habituara a respostas prontas parecia capaz de descobrir no defunto mais do que os demais. E, assim que o padre se convenceu disso, a vigília deslocou-se amuada para o adro da igreja e o friasco de março dispersou os últimos palpites. Eryk, que nunca tinha estado tão perto da morte, preferiu esgueirar-se com Yankel até a sacristia e, com o ouvido encostado à porta, aguardar no escuro por outras notícias.

[3] Pani/Pan – termos em polaco que significam, respectivamente, Senhora/Senhor.

Foi por isso que quando Roman Skiba, o dono do enclave e a quem todos tratavam por comendador, apareceu na companhia de um coronel da Pogranicza,[4] Eryk, apesar de intimidado, aproveitou a frincha da porta para os ver chegar ao presbitério. Pouco depois, era o doutor Sobol a apresentar-se ao serviço, suado e arfante, um paquiderme erudito de quem poucos diziam bem. Sentou-se pesadamente ao lado do morto como se estivesse ali para orar e limpou o rosto a um lenço enorme. O pescoço do médico era um colar de gordura que transbordava do colarinho apertado, fazendo com que a cabeça parecesse atarraxada à força entre os ombros. Ganhando balanço, afastou as costas do espaldar do banco e fez o que tinha a fazer. Dez minutos depois, levantou-se e usou o lenço outra vez antes de proclamar o óbvio: "Matou-se." Olhou de soslaio para o sacerdote: "Desgraçou-se!" Foi o bastante para descer a cortina. Pacificado, o quarteto dirigiu-se para a saída, alvitrando motivos ao acaso. Antes de encostar a porta, o padre lançou um olhar beatífico ao falecido e, numa prece acelerada, pediu a Deus que dele se apiedasse.

Já lá fora, o comendador segredou qualquer coisa ao coronel. Sem mais, o militar abeirou-se do par de polícias que mandara aguardar e ordenou que levassem o morto.

Entretanto, dissimulados na sala às escuras, Yankel e Eryk recuperaram o sangue-frio.

Até perceberem que não estavam sozinhos na sacristia.

*

Roman Skiba era um farsante. Tamanha era a arte do embuste que despachou ali mesmo, à porta da igreja, o padre e

[4] Força militar polaca constituída em 1924 com a missão de defender as fronteiras orientais do país.

o médico, deixando nos dois a culpa pela despedida apressada. A seguir, dispensou o cocheiro e convidou o coronel para almoçar. Morava perto, não fazia meia légua, e aproveitaria o trajeto e a companhia para despachar serviço, enquanto acenava por instinto a quem passava. Era tão conhecido pela imensa fortuna como pelo repertório de mesuras, a mesma capa luzidia com que destapava as cortesias e escondia a mesquinhez.

Assim que chegaram ao destino, o coronel emudeceu. Esmagado pela visão monumental da mansão acabada de estrear, endireitou as lapelas num tique respeitoso, dando a vez ao comendador por um portão de ferro forjado decorado com faunos, folhas de acanto, parras e volutas douradas. Skiba também se calou, ainda precisava de silêncio para se extasiar. Crescera a sonhar com castelos e salões formidáveis, haveria de esquecer os anos antigos, o catre úmido e as correntes de ar. Uma vez estabelecido, não cessara de adicionar metros quadrados e opulência às residências que trocava a cada meia dúzia de anos. Mas aquela não! Seria o seu assento final neste mundo, uma morada que não envergonharia reis ou cardeais. Por isso, tomara nas próprias mãos o desenho do seu sonho, inspirado nas gravuras dos palacetes do século XVII que o antigo prior trouxera de Roma a seu pedido. A empresa fora desmedida. Para tal, contara com a ajuda de dois canteiros mais um mestre vindo de Dresden, descendente de uma guilda de construtores saxões, e, durante nove anos, a propriedade adquirida na metade judaica do círculo perfeito transformou-se num enorme estaleiro com aparelhadores, pedreiros, carpinteiros e escultores. Quando se deu a obra por concluída, Skiba não quis perder tempo e encheu os salões com mobília emprestada para a inauguração. Convidado para padrinho da cerimônia, o presidente da Câmara cedeu sem custos o recheio do Paço municipal com a promessa de reposição a tempo das festas de Santa Edviges. Tudo o mais foi trocado por favores devidos noutras paragens, para lá dos dois cavalos de bronze patinado alugados a um prelado estrangeiro. Quando o dia chegou, a cidade tornou-se apertada. Os fiacres não cessavam de despejar industriais, políticos, padres e militares, e o próprio bispo de Lomza, compungido pela ausência forçada, fez questão de lhe enviar um *Ecce Homo* talhado de propósito pelas irmãs Felicianas. Skiba recebeu os convidados a cem metros da porta de casa, distância bastante para se apreciar com justiça a frontaria barroca. O edifício alardeava as inclinações do autor, pois falava de poder, Deus e beligerância, pela voz de todos os santos do Céu e cavaleiros petrificados nas arquitraves. É certo que, por carência de mãos treinadas, o lustro das cantarias dera lugar a um bojardado grosseiro e as doze figuras do frontão lembravam mais os pastores de Wizna do que os apóstolos de Cristo, mas nada que ofendesse o olhar embevecido de Skiba.

O colossal átrio, transformado agora num depósito provisório, armazenava dezenas de volumes cobertos com grandes panos brancos, a mobília definitiva acabada de chegar e que um exército de funcionários se encarregaria de colocar nos lugares apontados pela senhora da casa. Skiba e o coronel atravessaram o labirinto de móveis e entraram na sala de jantar. À sua espera, Jarika, a criada, e uma mesa posta à pressa só para eles, já que o comendador preferira resguardar a mulher e os dois gêmeos do desconforto de uma casa por montar. Então sentou-se como se tivesse o dobro do peso, um tique dos homens poderosos, logo imitado pelo convidado. Além da mesa longilínea e de meia dúzia de cadeiras, apenas a cristaleira baça pelo pó de pedra resistente às limpezas diárias. "Verá daqui a um mês", consolou-se o comendador, varrendo com a vista o salão às moscas. O coronel, já embevecido pela sopa de aves, sorvia ruidosamente o caldo a escaldar quando deu com a grande moldura sobre a lareira vazia. Era sem dúvida um retrato de homem. Franzindo o olhar, pareceu-lhe o anfitrião, mas, que diabo, apenas meio rosto?, e só do nariz para cima? Divertido com o assombro do outro, Skiba adiou a canja e falou de Jerzy, o fotógrafo de Vilnius. Durante décadas, percorrera a região numa carruagem puxada por cavalos. Instalava-se uma vez por ano no largo do Mercado e ali ficava uma semana. Começava por montar a paisagem, umas montanhas nipônicas pintadas a óleo nuns painéis de álamo, que protegia sob um coberto de couro. Durante os primeiros três dias, a fila nunca esmorecia enquanto aguardava pelo retrato, mas, a partir daí, o fotógrafo não estava para ninguém, passava os dias em banhos de nitrato de prata a preparar as encomendas, que entregava a judeus e cristãos no domingo seguinte, antes do almoço. Na verdade, muitos batizados, *bar* e *bat-mitzvot* se marcaram de acordo com a agenda de Jerzy, gerações inteiras perpetuadas à sombra do Monte Fuji. Também Skiba se deixara iludir pela imortalidade e, depois de procurar sem sucesso entre os artistas locais quem lhe fizesse justiça, resolvera desafiar o fotógrafo para algo nunca visto. Bastava-lhe da cintura para cima, mas teria de ser grande, enorme, ou pareceria irrisório no salão da casa nova. "Pode ser feito", dissera Jerzy, "mas não cabe numa folha". Chegada a encomenda, Skiba celebrara com a família a subtileza das juntas, pois só com o nariz encostado se notaria um retrato em três partes. Infelizmente, a fatia do meio – logo a que apanhava as mãos nodosas e os calos trazidos de criança, a aliança do primeiro soldo, a queixada marcada a chumbo por um tiro da guarda em noite de contrabando, mais a medalha da cidade e o dente de ouro posto a tempo do retrato – trouxera uma má surpresa. Teria sido um pingo de formol a manchar-lhe o incisivo, mas, quanto mais olhava, mais lhe custava a aceitar. A certa altura, resolvera corrigir, usando um paninho para esfregar a nódoa com cautela. Só parou quando percebeu que a emenda apagara a mancha e, com ela, o par de dentes da frente, deixando-lhe um sorriso igual ao do afilhado de seis anos. Então, amaldiçoara o fotógrafo e o retrato, partindo-o, enraivecido, nas três partes originais. Salvara-se a de cima, um rosto sem boca, como se espreitasse por cima de um muro. Skiba emoldurara-a e pendurara-a na sala. Afinal, apreciava--se assim mesmo, ampliado, inquisidor, saboreando o efeito que tinha nos outros.

Esclarecido, o coronel continuou a comer: "Os olhos dizem tudo", afirmou com a boca cheia só para não ficar calado, e o assunto morreu ali. Até porque Skiba tinha outras urgências: "Livre-se do morto, não se esqueça. Esta maldita cidade não precisa de mais falatório." O graduado, que se habituara a não fazer perguntas, anotou mentalmente a instrução e lembrou entre obséquios que faltava servir o vinho.

De repente, vindo do átrio, um par de pancadas ressoou pela casa, logo seguido dos passos aflitos de Jarika. O som metálico dos ferrolhos antecedeu um breve clamor de revolução até a porta da rua se fechar com estrondo.

Skiba e o coronel já estavam de pé quando Jarika lhes apareceu sem cor no rosto.

*

Yankel foi o primeiro a ouvir. O ruído viera do fundo da sacristia e ele apontou para lá sem dizer palavra. Oculto na penumbra da sala, Eryk desesperou. O pavor latejava-lhe nas veias com a estridência dos sinais de finados e soube que se desgraçara. Só podia ser o sacristão. Iria espancá-lo, arrastá-lo pelos cabelos ao longo da rua e despejá-lo à porta de casa. Mas... e Yankel? Um judeu na sacristia! Ali mesmo, sem vigilância, com o corpo e sangue do Senhor ao alcance das mãos ímpias; era assunto de carabinas.

Até que a rapariga deu um passo em frente e se revelou. Ficou quieta, a olhar para os dois.

A cabeleira farta dava-lhe o ar de uma árvore arrancada da terra pelo tronco e assente em pés descalços. Vestia uma espécie de camisola suja e arregaçada nas mangas de onde despontavam dois galhos quebradiços e cruzados num abraço arrepiado. Apesar de ter onze anos, a idade dos rapazes, era mais alta. Eryk reconheceu-a: "A filha da bruxa", segredou a Yankel. Ficaram os três em silêncio até Shionka mostrar como fazer. Parecia conhecer cada recanto e encontrou a chave, escondida por baixo de um pesado livro de assentos. Aproximou-se de uma porta esconsa e abriu-a sem ruído. No entanto, em vez de sair, virou-se para os rapazes e apressou-os com o olhar. Pouco depois, já os três corriam pela estrada que levava à floresta. Yankel, agarrado à manga de Eryk, alternava gargalhadas com os arquejos da pressa. Assim que cruzaram as primeiras árvores, travaram os passos no tapete de caruma. Sempre na frente, Shionka guiou-os pelos pinheiros, parecendo conhecer cada ramo, cada raiz, cada cilada atravessada no caminho. Chegados ao lago, descansaram encostados a uma penha. A tarde estava fria e a sombra do pinhal acabou por empurrá-los para uma zona a descoberto ao pé da margem, onde se sentaram. Yankel, vergado, apanhou pedras para atirar em frente e ouvi-las mergulhar. Ficaram assim muito tempo, viciados naquelas deflagrações à tona de água, até que Eryk começou a falar. E falou dele, da mãe que morrera, do pai ourives, do professor Pasternak que encadernava livros nas horas vagas. Falou também dos dragões de Kaunas que cruzavam a fronteira para acasalar com as hidras polacas e prometeu levar Shionka ao ninho dos grifinhos. A rapariga dava assim os primeiros passos no mundo incongruente de Eryk, um turbilhão de superstições, pantomimas, ingenuidades e até coisas banais.

Quando se cansou do devaneio, Shionka virou-se para Yankel, sentado ao seu lado.

Sinto o bafo de Shionka na bochecha, sei que está a olhar para mim. Fica assim muito tempo e Eryk para de falar. Conheço-o, é claro que está tão aturdido como eu. Então, sinto uma mão a rodar-me o queixo até o ombro. Agora o bafo sopra-me nos lábios; é Shionka que me estuda o rosto, talvez os olhos. Sim, os olhos... ela toca-me nos olhos com a ponta dos dedos, faz pequenos círculos à volta das pálpebras. A comichão é tão leve que a confundo com um sabor adocicado. De repente, lembro-me do toque da minha mãe, tão nítido e seguro. Este é diferente, surpreende, hesita, mas alastra pela pele.

Eryk, que se esticara para espreitar por cima do ombro da rapariga, olhava fascinado para a coreografia bizarra dos dedos de Shionka. Via em Yankel uma estranha submissão, um deleite tão pouco habitual na sua expressão infantil. Então lembrou-se de que o animal silvestre que tinha à frente era carne e espírito de Dreide, a estriga da floresta. Que poderes perversos teria herdado da bruxa? Que esconjuro esconderia nos lábios mudos? Quando se preparava para resgatar o amigo ao rito depravado, ela ergueu-se e partiu decidida, arrastando Yankel pela mão. Eryk foi atrás deles perguntando aonde iam, mas Shionka, que não falava, não pôde responder. Embrenharam-se novamente na floresta, mas desta vez tomando um caminho desconhecido dos rapazes. Galgaram as fragas na margem do lago, para se acharem de repente na parte mais densa do bosque. As árvores erguiam-se tão próximas que por elas não passava mais de um garoto de cada vez. E isso era demais para a imaginação de Eryk: que terror solidário as cravara ali tão apertadas? Que fenômeno demoníaco passara por aquele lugar? E depois a noite caía apressada, os passos do grupo ceifavam os fetos e mirtilos rasteiros, atrasando a marcha. Caminharam até Shionka estacar sem aviso. Nesse instante virou-se e fez sinal a Eryk para que aguardasse ali com Yankel, desaparecendo de seguida por um talude de musgo e chorões. Sem paciência para a espera, o rapaz puxou pelo amigo cego e aproximou-se da beira da escarpa. Lá ao fundo, como outra raiz da floresta, o palhal da feiticeira. Um fio de fumo cinzento – e não azul, como se jurava na cidade – subia a prumo, pois ali nem o vento se atrevia. Shionka encontrou a mãe à porta da casa, mas nenhuma pareceu querer dar pela outra. A rapariga entrou, deixando Dreide quase adormecida sobre um assento de pedra e agasalhada nas repas que caíam como um véu de cordas grossas. Lá do alto, Eryk descrevia a Yankel o pouco que via ao longe; estava cada vez mais escuro, mas a luz laranja que bruxuleava pela porta escancarada banhava o rosto imóvel da feiticeira. O tempo passou e Shionka não aparecia, apagara-se dentro da casa. "Já chega. Vamos embora." Perante a impaciência do parceiro, Yankel hesitou, não queria partir ainda. Discutiram em surdina o que fazer até esgotarem os motivos para esperar mais. Só então Eryk sossegou, era melhor assim; um último olhar e partiria para não mais voltar. Porém, ao fazê-lo, cravou os dedos em Yankel e deixou de respirar: a bruxa olhava-os lá de baixo! Os dois rapazes afundaram-se no tojo e Yankel ouviu do amigo aquilo que tanto o chocara: a expressão era doentia, maléfica; havia que fugir da peçonhenta, salvar a vida! Ao erguerem-se, Eryk ainda espreitou para a casa, mas foi pior: Cristo todo-poderoso! O assento estava vazio!

"Salva-te! Aí vem ela!" Mas, assim que se viraram, umas mãos firmes prenderam-lhes os artelhos.

Sabiam que iam morrer.

*

Jarika esbugalhou os olhos: "Judeus! E devem ter vindo todos. Só se vão embora se o comendador os atender." Skiba olhou para o coronel e praguejou, enquanto voltava a sentar-se. Por fim, lá aceitou recebê-los: "Mas depois de comer. E não passam do vestíbulo!" De seguida, mal a criada abriu a porta, o rés do chão encheu-se de vozes, uma algaraviada que o comendador já ouvira muitas vezes. Mas na sua própria casa? Uma desfaçatez... Ah, sim!, haveriam de esperar. E por isso fez render a refeição, mastigando o tempo com conversas verrinosas. Quando acabou, cruzou os talheres no prato e pousou com força o guardanapo na mesa. Ao vê-lo de pé, o coronel maldisse a judiaria e abdicou, descorçoado, do pudim de trigo. Caminharam lado a lado até o átrio para encontrarem mais do que esperavam: movendo-se acima dos móveis cobertos, as copas negras dos chapéus deslizavam em revista; ao pé da escada, desafiando-se ao espelho, uns gaiatos desordeiros sacudiam os cachos de cabelo suado numa dança de S. Vito galhofeira, sem adulto que desse por eles; por todo o lado, os judeus mais velhos arrancavam lençóis para admirar de perto os brocados e as pratas. Um deles, enlevado, encostara-se a uma vênus esculpida e provocava os amigos espremendo-lhe com as mãos os seios de mármore.

De repente, vindo de alguma sombra, Salomão Finkelstein apresentou-se à frente do comendador. O judeu das trigas, como era conhecido dos tempos em que fretava diligências, era para muitos a versão hebraica de Skiba. Abastado e ortodoxo, disputava-lhe cada palmo de terra, influência e respeito. Odiavam-se. Com um estalar de dedos, Finkelstein deu o sinal para que um judeu corpulento surgisse do meio do grupo carregado com um pesado saco de lona. Assim que chegou perto de Skiba, o homem largou-lhe o saco aos pés, expondo uma quantidade obscena de moedas. "Chega?", perguntou Finkelstein ao comendador, mas este, mesmo estonteado pelo cheiro do dinheiro, resistiu a olhar para os pés, sabia bem o que lhe queriam. A reclamação não era nova, ouvira-a muitas vezes desde que se mudara para a mansão. A sua propriedade, imposta em pleno lado hebraico, encostava-se ao largo do Mercado, prejudicando boa parte dos judeus. Obrigados a contornarem o seu perímetro, desperdiçavam meia hora por viagem, um transtorno a que havia que pôr cobro. Foi quando alguém falou da renda, alugar o direito de passagem, uma coisa a dividir por todos. A coleta concluiu-se em dois dias e Finkelstein ofereceu-se para falar em nome deles. "É suficiente?", insistiu o judeu, desafiando a indiferença de Skiba. Durante os momentos que se seguiram, aqueles dois homens poderosos nada disseram, preferindo corroer-se um ao outro com o mesmo olhar crispado. Entretanto, a comitiva de judeus encavalitara-se nas costas de Salomão, e os garotos, imiscuídos entre as pernas dos adultos, assistiam na primeira fila tão expectantes como os mais velhos. Uma mão erguida bastou a Skiba para calar o burburinho. "Guarda o teu dinheiro", disse ao judeu. "De qualquer maneira, é imundo." E expulsou-os como se faz aos cães.

*

Eryk fechou os olhos com força e agarrou Yankel por uma manga. Deixaram-se cair de joelhos, dobrados no mesmo horror, e suportaram sem coragem o aperto de Dreide. Aguardavam o suplício; o momento em que, descravados os artelhos, as garras da bruxa lhes rasgassem a pele e os tendões das costas. Mas não foi isso que aconteceu, pois sentiram-se livres e nada de mal se passou. Quando Eryk se voltou, era Shionka quem os olhava, agachada. Refletia no rosto transpirado a lua fugaz e o gozo de os ver sem cor. Tocou-lhes a boca com os dedos, perguntas para quê?, e levantou-se, ajeitando uma bolsa a tiracolo.

Quando se entranhou na floresta, eles seguiram-na como se fossem os dois cegos. O caminho de volta transformara-se numa massa escura, úmida aos primeiros pingos, e o grupo abrandava a cada passo pegajoso, num esforço castigado por gravetos e tropeços, feito a arfar e a praguejar. Passou muito tempo. O vento já zumbia com a fúria da borrasca repentina, e eles intrusos naquele ajuste entre o bosque e a saraiva. De repente, a queda sem amparo, uns sobre os outros chapados no lodaçal. Shionka foi a primeira a arrastar-se da margem do lago. Ergueu-se e procurou avidamente o conteúdo da bolsa até sossegar porque nada se perdera. Depois de descolar os rapazes da lama, abrigou-se com eles entre as penhas. Eryk, que sabia fazer fogo, esquadrinhou aos apalpos por chamiços, mas o pouco que encontrou escorria como ele. Por isso preferiu sentar-se com os outros, bafejar as mãos e ganhar alento para sair dali.

Foi então que se fez dia!, um apogeu breve de luz branca que a tormenta disparara sobre a água. Logo a seguir, o ribombo, um grito rouco de Deus. E as crianças tolheram-se; já estava escuro outra vez, nem pensar em sair agora. Os trovões e as faíscas deflagravam cada vez mais irmanados, projetando-se nos rostos assustados dos garotos. Foi num desses lampejos que Eryk deu com Shionka tombada sobre Yankel.

Repetia os gestos sinuosos no rosto do amigo, circulando os olhos com os dedos mirrados. Porém, ao fulgor seguinte, Shionka já vertia alguma coisa na boca entreaberta do rapaz. Utilizava as mãos como pinças, retirando da bolsa umas aparas pardas que a Eryk pareceram algas ou cogumelos. Temendo pela vida do amigo, quis desferir uma palmada na mão da rapariga, mas as trevas súbitas desviaram-lhe a pancada contra a ponta de uma rocha. Quando a luz voltou, viu que ela também mastigava e sossegou. Entretanto, ao desabrigo, o vento desmaiava e a chuva caía a prumo cada vez mais rala: era tempo de abalar. Uma aberta momentânea e levantaram-se. Seguindo os passos de Shionka, partiram pelo trilho mais macio que levava ao *shtetl*. Mas, às primeiras luzes, ainda distantes, Yankel largou a correr como se as tivesse visto. Logo à frente, derrubou Eryk e evitou Shionka por uma mão travessa. A rapariga foi a primeira a reagir e saiu-lhe no encalço. Desapareceram os dois no breu da floresta, deixando Eryk tombado na lama a olhar à roda. Quando se levantou, sentiu medo. As casas longínquas não o confortaram, entre si e elas milhares de criaturas fantásticas que o seu espírito errante se coibia de ver apenas como troncos. Ficou ali, lutou consigo, esfregou o rosto, rezou, blasfemou, até que, sem saber como, se viu desarvorado entre os demônios, escapando em corrida aos seus abraços, mãos em frente a abrir caminho. Ao pisar o primeiro cascalho, voltou a si e manteve o passo largo. Percorreu as ruas desertas sem saber aonde ir. Temia pelo amigo, não o queria nas mãos da bruxinha. E de repente, lá do casco, uma voz terrível, uma voz cortante de criança, a voz de Yankel. Eryk saiu disparado, berrando para todos os lados, e só se calou quando os encontrou. Estavam no largo do Mercado, ali mesmo, a meio, junto ao par de estátuas. Shionka, sentada sobre os calcanhares, mãos nos joelhos, balançava como um pêndulo exibindo o rosto ao céu. Yankel caminhava em círculos numa pressa desbragada, deixando-se tombar como um morto para logo se erguer, fora de si. Por essa altura, já cada janela do largo mostrava o seu curioso, por vezes aos três e aos quatro, disparando palpites ao acaso. Eryk não pôde esperar mais, estava consternado. Passou por Shionka e ouviu-lhe qualquer coisa, uma espécie de ladainha cantada, mas nem lhe ocorreu que ela era muda. Então, num impulso, barrou a corrida alucinada do amigo. Ao senti-lo, Yankel expôs um sorriso diáfano, quase pateta: "O verde, Eryk! Afinal, já sei o que é o verde..."

Yankel nunca se recordaria do que ali acontecera e, dias depois, com um olhar comprometido e a mão sobre o peito, Shionka haveria de jurar que não mais lhe daria a provar os cogumelos.

PARIS, 2001

Assim que Vivienne terminou, pousou os óculos sobre o manuscrito. Yankel demorou algum tempo a perceber que a leitura chegara ao fim. Na verdade, cedo deixara de ligar o que ouvia a qualquer coisa lida. As palavras roucas da editora, desfeitas na boca, eram vozes que afinal não esquecera.

– Tornas tudo tão nítido – disse mais para si próprio. – *Fils de pute.*

Tinham passado duas semanas desde o último encontro.

Naquele momento ninguém pareceu capaz de dizer nada. Estavam sozinhos, a livraria fechara mais cedo. Fidelia tivera de sair para levar a mãe ao Salpêtrière; outra vez os rins, uma maçada, o mais certo era vir tarde, ou "... talvez fique a fazer companhia à *mamacita*".

– Mas não deixas de ser um farsante – acrescentou o livreiro. – Nunca houve um morto na sacristia, o que é que te passou pela cabeça?

– É o fantasma que escolhi para me acompanhar ao longo do romance – troçou Eryk. – Mas sossega, logo se vê, ainda tenho muitas páginas para decidir o que fazer com ele. Se não for capaz de desatar o nó, não há problema, volto ao princípio e apago-o, nenhuma personagem está a salvo nos meus livros. E, depois, não é nada de novo, garanto-te, faço isso muitas vezes. Por que é que hei de saber logo o fim da história? Tenho tanto direito a divertir-me como o leitor.

– É como ele diz, acredite – admitiu Vivienne. – Passados tantos anos, ainda não resiste a brincar às escondidas com o que escreve.

Yankel não ouviu as palavras da editora. Ao aceitar o repto de Eryk, já sabia que se condenara àquilo: à devastação da memória e ao divertimento amargo com que iria tropeçar nas mentiras do amigo. Mas havia memórias que não admitiam concessões:

– Nunca me disseste que a Shionka cantou no meio da praça.

– A verdade e a fantasia andaram enleadas nessa noite, não tive a certeza – disse Eryk. – Num romance é sempre mais fácil.

– É importante para si saber se ela cantou? – perguntou Vivienne ao livreiro.

– A Shionka morreu – respondeu ele. – Há sessenta anos.

– Mas é importante? – insistiu a mulher.

– Não ouviu o seu marido? Com esta idade, a única coisa importante é não mijar as calças.

– Ainda assim, tocou no assunto. Por quê?

– Leia o livro até o fim – sugeriu Yankel, encenando um sorriso ingênuo na direção de Eryk. – Isto se o escritor tiver tempo para o amor.

Yankel congelou o sorriso durante algum tempo. Era uma provocação, Eryk sabia-o, e Vivienne também. Uma das muitas que se seguiriam. Nessa altura, porém, a editora preferiu tentar a sorte:

– Ligo o gravador?

Yankel abanou as mãos, desvalorizando:

– Não faça caso, são tolices de um velho que se mete onde não é chamado. Pergunte antes ao cavalheiro que a trouxe até aqui por que diabo riscou o nome do *shtetl*. Pergunte-lhe até onde está disposto a levar as omissões.

– Desiludi-te – afirmou Eryk.– Já sabíamos que ia acontecer, não era?

– Oh, claro – acenou Yankel, num tom jocoso. – Mas logo no primeiro capítulo?

– Esperavas o quê? Que terminasse a carreira a contar a história de um lugarejo? O *shtetl* era um buraco, um pedaço de floresta sujo de humanidade, a mais vulgar das maldições. Não merece duas linhas! Só lhe pego porque preciso de um palco para o romance, preciso de pessoas, preciso da merda toda que lá fizeram. Mas depois há o resto. E o meu último livro tem de ser universal. Tragédias como aquela passaram-se em mil lugares. Quando falo do *shtetl*, falo deles todos. Então, para o diabo com o nome, não preciso dele para nada.

– Não me chamaste para falar de mil lugares. A história não se escreve assim.

– A história morreu, Yankel, é um lastro de esterco. Só serve para nos recordar que é inútil. O que até podia ser bom, se não fosse um paradoxo.

Yankel não insistiu. Sabia quem tinha à frente. Se esperara por outra coisa, culpa sua. Agora era tarde, havia que levar aquilo até o fim. Alguém lhe dissesse o que vinha depois da inocência.

NORDESTE DA POLÔNIA, 1935

Shionka apoderara-se dos dois rapazes e isso notava-se na hora de escolher aonde ir. Deixava-os falar, discutir e, uma vez esgotados, já estavam no encalço dela sem saber como. O mais curioso era que o conseguia apenas com os seus silêncios e trejeitos. Mas era pouco para a ambição que não escondia. A verdade é que também ela queria contar histórias e, à falta de voz, havia de se valer da dos outros. Para mais, a intriga era a cultura dominante na cidade. O dom estava na escolha das palavras a escutar e ela sabia o que procurava: queria-as abafadas e clandestinas, ditas atrás das cortinas à hora da ceia, quando todos melhor conspiravam e alcovitavam. E foi assim que os rapazes conheceram as histórias de Shionka, um livro de contos que ela compunha em pequenos capítulos ditados pelas mais vistosas personagens da cidade, ao longo das visitas noturnas que se seguiram. Todos os dias de verão, depois do jantar, os três garotos encontravam-se à porta de Yankel e seguiam os passos da rapariga num trajeto escolhido a dedo. Uma das paragens preferidas era a casa de Pani Krysia, a sombra virtuosa do padre Kazimierz. Sobrinha do antigo prior, sem conhecer pai nem mãe, crescera na sacristia e por lá ficara. O tio padre, que a criara como sua até a hora da morte, abafara-a com tanta doutrina que dera azo a profecias. "Ou dá beata ou devassa", jurava-se amiúde.

Mas a jovem não os ouvia. Crescida sadia e temente a Deus, devotara-se ao novo pároco com a mesma lealdade. Quantas vezes encobrira o sacristão que, roubado aos deveres pelo vinho de missa, deixava esgotar os óleos ou a côngrua por cobrar? Foi então que o círculo perfeito reparou nela, naquele ror de cuidados que chegava a enternecer: as flores que cultivava para perfumar a igreja, os xailinhos tricotados ao serão com que agasalhava os santos no inverno, o lustro dos cibórios, as alvas sempre engomadas no roupeiro do senhor padre. Porém, se pulsava tanta graça no peito de Pani Krysia, nem um só fio de luz trespassava aquela couraça de azedume e fazenda preta. Um bolo de papoila, um motejo, um rasgo de sol no inverno, pouco importava, seria sempre sofrida, nada lhe aliviava os olhos contraídos, Nossa Senhora da Consternação, como passaram a chamar-lhe pelas costas. Tinha traços de retrato antigo, escaveirada, quase tão alta como o padre Kazimierz, era um farol de virtudes. Iludidos por tanta austeridade, alguns julgavam-na velha, mas os mais antigos, recordando os seus tempos de menina, faziam as contas mais certas e garantiam-na fértil, quando muito quarentona.

Krysia deitava-se cedo, era a primeira a apagar a luz, e Shionka, que não prescindia dela nas suas histórias, apressava os dois rapazes para ainda a apanharem acordada. Dita a bênção final da missa das seis, a beata corria para casa seguida por quatro devotas. Aí chegadas, comiam uma sopa e reuniam-se à volta da mesa para desfiar o rosário. Com os olhos postos no mesmo ponto do sobrado, cada uma fixava as vidas de trazer por casa e as dores que deixara lá fora. As mesmas roupas, os mesmos gestos, as mesmas palavras, *Ave Maria, Gratia plena,* cinco bonecas de corda e dedos mecânicos a fazerem correr as contas.

Ámen.

Era por essa altura que os três garotos, acabados de jantar, assomavam à janela para ver no que dava. Muitas vezes, Krysia levantava-se, caminhava até a saída, abria a porta às mulheres e despedia-se com acenos daquela procissão arrastada. Mas havia dias diferentes, momentos em que despachava as litanias para poder falar dos outros. Sabia de cada paroquiano o que precisava, media-lhes as culpas pelo tempo de confessionário, registava em caderninhos as manhas que encontrava, as conversas nos passeios, os olhares transviados, tudo para não se perder, tudo em nome do Senhor. Guardaria para si o crucial, mas faria constar tudo o resto. E para isso nada melhor do que as beatas que tinha à frente, sempre desesperadas por ouvir e soprar pela cidade o vento da maledicência. Naquele fim de tarde, Krysia ficou sentada e limpou com os dedos a saliva dos cantos da boca. Era o sinal por que Shionka aguardava, e os três miúdos colaram as orelhas ao vidro. Durante uma hora, a mulher afundou os braços na lama do círculo perfeito, remexeu-a, retirou os torrões que quis e esfarelou-os com prolongado deleite perante os quatro olhares esganados. E no dia seguinte, por altura do almoço, a cidade inteira também palpitaria sobre o calor que aflorava o rosto da jovem Glowicka na presença de outras raparigas e sobre os atos de contrição que a viúva Dabrowska carpia manhãs inteiras num dos bancos da igreja; falaria ainda do rapazinho em cera com um sexo exorbitante que o Igor coveiro, pai de sete meninas, abandonara aos pés da Virgem Negra, novidades que se intrometiam nas conversas rotineiras com que o povo comentava o suicida do presbitério ou o leilão da mãozinha.

Quando terminavam, Shionka levava os amigos dali; às vezes corriam, como aconteceu naquela noite, a caminho da vivenda de Tadeusz Orlosk. Constara-lhes qualquer coisa sobre um certo jantar de festa.

Tadeusz era o presidente da Câmara e, segundo o próprio, o rosto da cidade. Gastara os anos de garoto com o padrasto padeiro. Quando ele morreu, Tadeusz ficou-lhe com os fornos, o negócio fermentou e já não se enfarinhava nem fazia madrugadas. Fora sempre um rapaz vexado, ázimo, diminuído pela altura irrisória. Crescera a medir-se ao acordar, a celebrar os centímetros que somava, a maldizer-lhes a teimosia, a anotar tudo num diário compulsivo. Fez quinze anos e queimou o livrinho: tinha um metro e quarenta e nove e assim ficaria até a velhice o definhar. Nesse mesmo dia, jurou converter a estatura em prestígio. Haveria de virar-se para a abundância e por isso, anos mais tarde, escolheu Apolônia, uma esposa imensa com pele transparente, três queixos e um busto desmedido. Em privado, Tadeusz gostava de lhe dar pelo ombro, despejá-la nua sobre a cama e moldá-la como massa lêveda. Quando sossegavam, aninhado no colo farto, embalava-se no arfar da mulher, sonhando só para si. Era ali, naquele sobe-e-desce maternal, que preferia traçar a sua vida, pois havia mais montanhas por escalar. A do poder, de todas a mais pedregosa, subira-a com os cotovelos, golpeando à esquerda e à direita os amigos e rivais que a política lhe pusera à frente. Mas Tadeusz era um homem doente, sofria de manias, acordava desaustinado a meio da noite e ensopava de suor o seio condoído de Apolônia. Nem o mal era raro – muitos ali despertavam no mesmo desassossego – nem a causa era obscura – havia muito que o parasita fora identificado: "Cada judeu é um prego espetado em Cristo", gritaria Tadeusz a quem o quisesse acalmar. Gritaria mas não gritava, engolia a custo a sanha, tal como fizera ao tomar posse, num discurso aclamado em que jurara respeito e equidistância.

Aquela era a festa que prometera a si mesmo no dia em que nascera a filha. E agora, de frente para ela, fulminava-a com o olhar austero, tão ostensivo quanto os bons modos lhe permitiam. Na verdade, não passava de um aviso que tinha outro destinatário: Cibor, o jovem noivo que, separado por metro e meio de respeito, partilhava o sofá com Walentyna. O dono da casa estava triunfante, investira muito tempo e imaginação naquele enlace, afinal o rapaz era um dos gêmeos do Skiba. Ao longo dos anos, Tadeusz nunca olhara a meios para se fazer notado, atravessara-se a cada ensejo no caminho do comendador, gabara-o em público e, se o encontrasse em cerimônia oficial, ajeitar-lhe-ia a medalha ao peito para recordar que tal distinção só subira a plenário por insistência sua. O resultado de tanto esforço estava ali, nas pontas do seu sofá, e ele aproximou-se para estender ao jovem Skiba uma mão solene. O outro levantou-se e correspondeu ao aperto, constrangido pela telepatia com que Tadeusz lhe sublinhava o valor da oferenda: Walentyna podia não ser bonita, mas tinha muito de seu. E depois, que diabo, dobrados os vinte, era farta como a mãe, o mesmo peito opulento, ancas parideiras, um tesouro. "E levas-ma seladinha", sussurrou o presidente da Câmara no abraço que fechou o contrato.

Entretanto, espalhados em grupos de dois ou três, os convidados repetiam as conversas da cidade: falavam de comunismo e das guerras no *Sejm*,[5] choravam a morte de Pilsudski e a última viagem do navio *Pulaski* para Nova York, terminando como sempre no assunto do momento: o leilão da mãozinha. A um canto da sala, e acabado de chegar do seminário, Pavel, o irmão mais novo de Walentyna, mexia com o dedo o copo de limonada e sorria com pudor olhando os pés. Tadeusz não escondia o desgosto de o ter a estudar para padre. Se lhe visse a ambição paterna, quem sabe chegasse

[5] Câmara Baixa do parlamento polaco.

a bispo, talvez primaz, por que não? Mas era escusado, o rapaz só mostrava fé; uma fé surda, bradava o pai, nada que o levasse ao palácio Borch.[6] Além disso, eram passos perdidos, trabalhara-o para pisar outros corredores, deixasse lá as Alturas e olhasse o exemplo que tinha em casa. Mas a culpa era dela!, da mulher, mais as confianças com a padralhada. E, nem de propósito, lá estava Apolônia, segurando um pratinho de acepipes, à conversa com o prior Kazimierz. O clérigo, convidado para testemunhar a promessa alinhavada, trocava o peso do tédio de um pé para o outro. "Não larga o Pau Preto", rosnou Tadeusz para que o filho o ouvisse. Pau Preto era o nome que ficara ao padre dos bancos do seminário e devia-se tanto à altura como à sotaina negra e puída nas bainhas. Um homem santo, diziam. Olho de pássaro, bexigoso, exibindo as marcas do rosto como se fossem as chagas de Cristo, parecia uma estaca cravada no meio do salão, escondendo o cabeção de linho atrás da barba crescida, que, por ser muito hebraica, já lhe valera remoques do bispo. Entretanto, ciosa de ouvidos pios, Apolônia confessava-se ali mesmo, desfiando um por um os pecados do marido, dos filhos e de meia cidade.

Corremos a tarde inteira e Shionka cheira a transpiração. Mas está eufórica, quando chegamos ao pé da janela fica sempre eufórica, passa o dia à espera disto.

Hoje, ainda não me largou a mão.

Passou um ano e aprendemos a falar assim, há apertos para tudo, para o sim e para o não, para o nunca e para o talvez, para a pressa e para as raivas de cada um. Mas há outro que é diferente, que nunca afrouxa, como se estivéssemos sempre a dizer alguma coisa. Certas vezes, como agora, sinto o seu polegar nas costas da minha mão, a carícia, os pequenos deslizes sobre a pele, e esqueço-me de onde estou.

[6] Residência dos arcebispos de Varsóvia.

Até que a voz de Eryk me desperta, dizendo-me que o presidente da Câmara está furioso.

E, por estar mais irritado, Tadeusz acercou-se da mulher para a lembrar das horas, havia um jantar por servir. Contrariada, ela saiu para a cozinha levando atrás um marido a cuspir fogo. Desamparado, o padre olhou em volta até dar com Pavel e o seu copo de limonada. Gostava do rapaz, ungira-o, vira-o crescer na doutrina e recomendara-o no seminário. Então quis saber novas de Varsóvia e foi ter com ele. O noviço endireitou-se e manteve o sorriso enquanto lhe respondia. Quando o prior lhe falou de mulheres, Pavel voltou a olhar para os pés e ouviu até o fim: "Se não provaste, não vai ser agora. Se já experimentaste, vai-te desabituando."

Foi a voz de Apolônia que desfez as conversas da sala: o jantar! o jantar estava servido, graças a Deus, e todos se dirigiram para a sala ao lado.

Shionka estava cansada, não ia mudar de janela, um jantar com convidados só se torna interessante lá para a sobremesa, nem pensar em esperar. Então, saltou para o chão e amparou Yankel, que fazia o mesmo. "Já chega. Vamos beber licor", disse Eryk, como se a ideia fosse dele. Na verdade, todas as noites de verão terminavam no mesmo sítio e ao lado da mesma figura; uma figura estupenda, pois nada batia certo na personalidade de Shlomo Pasternak, o professor da rua Mazur.

Encadernador, poeta e dono da mina de ouro, era também comunista, tenor, judeu e ia para velho. Morava num casarão de dois pisos sem muro para a rua, comprido como um comboio, e doara os armazéns mais um terço do jardim para que ali se erguesse a primeira escola da cidade. Era lá que ensinava havia vinte anos.

Saía do *shtetl* uma vez por ano, sempre em junho, mal acabavam as aulas, e nunca dizia ao que ia. Quando voltava, um mês mais tarde, aparecia sem bagagem, mas todos sabiam que atrás dele chegaria uma tipoia puxada por cavalos. Era um acontecimento. A cidade inteira afunilava-se à porta do professor para ver chegar as caixas. Assim que as pousavam na orla do jardim, Shlomo avançava no meio de dois voluntários e, quando os pés de cabra revelavam os tesouros, a populaça recuava um passo por prudência. Uma a uma, à vista dos basbaques, o professor levava as peças com mil cuidados: um pote com pó amarelo, outro com cinzas, uma peruca, funis e lamparinas, aves embalsamadas, um alambique, brocados e velas de sebo, mapas de pergaminho, meio feto de macaco ampliado no líquido de um frasco, garrafinhas de orvalho e livros, sempre livros. Mal se via a sós com eles, arrancava-lhes as capas! Passaria os meses seguintes a lê-los e a encaderná-los com pele de burro. Nem ele sabia por que se apaixonara por aquele trabalho, as horas perdidas na prensa, a costura, o corte, a cola de farinha a cozer com a pedra-ume. No final, todos os livros pareciam iguais, as mesmas capas escarlate, os rótulos de 3 x 4, as suas iniciais gravadas a ouro entre as nervuras das lombadas e logo abaixo do título. Assim que acabava um trabalho, punha as vestes de cão molhado e ia sacudir a meticulosidade para o largo do Mercado, correndo ou jogando com as crianças, oculto nas arcadas da farmácia Kowalska para lhes pregar sustos ou rir com elas.

Mas havia sempre um lugar reservado para Yankel, o seu querido *boychick*.[7] Conhecera-o na rua, mal equilibrado nos primeiros passos, agarrado às saias de Rasia. Certo dia, no terreiro da sinagoga, resolvera sentar-se a seu lado, mesmo

[7] Designação afetuosa que significa "jovem rapaz" (iídiche).

no meio do chão, e deixara-se estar muito tempo a vê-lo brincar com as pedrinhas. Rodava-as com os dedos, cheirava-as, chocalhava-as nas mãos em concha e dobrava o riso por causa do barulho, ou talvez por saber que as conhecia melhor do que ninguém. Mais tarde, vira-o à porta da escola acompanhado por Rasia, que torcia as mãos sem saber se valia a pena. "Traga-o amanhã", ela trouxe, ele ficou, encheu a sala com perguntas de cego e o mestre usou-as para ensinar os outros. Às vezes levava-o para casa e mostrava-lhe, peça a peça, o recheio das caixas. Cada objeto exibia um som ao toque, um aroma, um sabor, uma textura, uma história, e o professor adorava misturar tudo numa fábula fulgurante onde conviviam crianças de outros lugares, canções em línguas nunca ouvidas e lagos de prata incandescente. Então raspava os fósforos gigantes que construíra com o pó amarelo, e o garoto, ao escutar os dragões cuspindo fogo, recuava encantado com o calor da chama e o cheiro a enxofre. Mas Shlomo também tomou conta de Shionka, também lhe abriu a escola e a porta de casa. Ao fim da tarde, passava-lhe o lápis para a mão e ficava a olhar para ela, para os traços que ondulavam no papel, letras que eram muito mais do que as letras com que escrevia o nome, *S-h-i-onka*: o desenho primoroso da serpente, o perfil de um trono, o miúdo de cabeça no ar... Depois ensinou-a a ler, e para isso leu-lhe contos, poemas inteiros, epopeias ditadas com o dedo a sublinhar cada palavra, cada sílaba. Foi paciente e valeu a pena; soube-o pelos olhos ávidos com que ela, do lado de lá do livro, varria as linhas uma a uma.

Nos últimos tempos já eram três a visitá-lo; Eryk venerava o professor. Vinham de noite, quase sempre à mesma hora, e chegavam alvoroçados. Depois, sentavam-se à sua mesa para beber o licor de laranja que ele diluía em água fresca e contar-lhe as histórias acabadinhas de saber. Daquela vez, foi a confissão de Apolônia a que mais o divertiu, o sacramento cumprido em pé com bolachinhas e os pecados dos outros.

Então alguém bateu à porta, o que era estranho àquela hora. O professor foi abrir e, assim que o fez, deflagrou no meio da rua um burburinho entusiasmado. O cavalheiro de uniforme que aguardava na soleira trazia atrás de si uma pequena multidão que agora se apertava, tentando bisbilhotar para dentro da casa. Além dos populares, contavam-se alguns polícias, e, bem afastado do grupo, o juiz Marszałek dava ares de impaciência. Após dizer qualquer coisa ao professor, o cavalheiro de uniforme pôs-lhe um papel à frente dos olhos, aguardou um instante, dobrou a folha em quatro e passou-a a alguém que tinha nas costas, sem sequer olhar para trás. Os dois homens ficaram assim por momentos, cada um espreitando por cima do ombro do outro, até o desconhecido encontrar o olhar inquieto das três crianças. Nenhuma delas se apercebeu de quem deu a ordem, alguém teria mandado entrar a matilha inflamada que engoliu o professor, que o laçou pelo pescoço e lhe atou as mãos e os tornozelos, levando-o noite dentro.

NORDESTE DA POLÔNIA, 1936

Um triângulo branco. Surgia-lhe muitas vezes sob a forma de montanha desolada, um cume coberto de neve, mas, a maior parte das vezes, era apenas isso: um triângulo branco. Eryk acordava a meio da noite a pensar naquela imagem, via-a durante o dia, via-a em todo o lado, e nunca se livraria dela até o último dos seus dias. Não era que a achasse estranha, já crescera a afastá-la da cabeça. Para ser franco, nem se lembrava do pai de outra maneira, deitado no quarto onde Eryk nunca entrava por não estar autorizado. Bastava-lhe aquilo que via pela porta entreaberta: uma luz adoentada e as pernas fletidas do pai cobertas por um lençol, um triângulo inamovível.

Pobre Eryk.

O ourives, desmiolado, tivera-o fora de tempo, resistindo a caducar como se espera de um velho. Nem pensar, se encontrara aquela jovem arrojada, tonta o bastante para o querer já cheio de achaques, havia de ir mais além, até porque essas coisas se pagam. E por isso dera-lhe um filho.

Contas feitas, o delírio durou pouco.

Tinha sido fulminante, diz quem viu. Num momento estava bem, a seguir já estava torto, a boca a murchar para a esquerda, nunca mais foi o que era.

E, de repente, com o velho posto a um canto, viu-se a jovem a sós com o filho de seis anos e um armazém de joias.

Vencido o primeiro abalo, não tardou a emancipar-se, deu largas à alforria e foi esbanjar o tesouro. Fê-lo com tal desgoverno que acabou alvo da ira de quem via assim esbanjadas as poupanças do ourives. Porém, sem ouvidos nem vergonha, a rapariga não prescindiu de nenhum dos excessos e talvez fosse isso mesmo que a fez cair à cama. A febre subiu-lhe tanto que a derreteu por dentro e bastaram oito dias para pôr fim ao martírio. As más-línguas decretaram que morrera de alegria e foi isso que ficou. Isso e um velho imprestável mais um filho por criar. Valeu-lhes então Pani Krysia, que destacou sete amigas. Cada uma tinha um dia da semana para aparecer, e era por essa ordem que Eryk as conhecia.

Naquele dia era a Sábado que estava a lavar o pai. O rapaz saiu da mesa e olhou pela janela. Não se ouviam os pássaros, mais uma tarde a escaldar. Yankel passara a manhã na sinagoga e, como o almoço do Shabat nunca o demorava muito, já devia estar à espera. Encontrou-o à porta de casa e foram ter com Shionka. Assim que a descobriram, Eryk fez questão de passar no matadouro. Os outros torceram o nariz, mas não o contrariaram, sabiam que ele não perdia aquilo por nada.

Primeiro apertava-a com os joelhos, a seguir pousava-lhe a cabeça no cepo de um salgueiro e cuspia para o punho do cutelo. O mais das vezes, o golpe caía-lhe em cheio, mas também era verdade que perdera um dedo por ter fé em demasia. Quando a via degolada, espremia-a para o balção e atirava o corpo exangue sobre o monte das carcaças. Conhecido por ser tonto, o Mata-Galinhas servia à justa para aquilo. Se calhasse antes do almoço, despachava cinco dúzias, mas se sobrasse para a tarde só sabia espenicá-las. Shionka e os dois rapazes abismavam-se a ouvi-lo do outro lado do muro. Tinha sempre uma palavra para se despedir das aves, uma graça indecorosa que julgava só para si, sem dar fé das gargalhadas que causava à garotada. Às vezes, Eryk arriscava soerguer-se e forçava-se a assistir. O que via era obsceno, mas também irresistível: havia cabecinhas espalhadas pelo chão, cabecinhas penduradas a olhar com esperança tola para os seus corpos andarilhos, e ele, o Mata-Galinhas, a passar no rosto as mãos sebentas, embebendo os pés descalços na mesma lama preta, feita de sangue e de terra, que lhe dava a cor às unhas.

Era sempre Shionka a enjoar-se, a mostrar que se ia embora, e os rapazes, já se sabe, acabavam por segui-la.

Daquela vez, e depois de umas voltas na cidade, acompanharam-na até a orla da floresta e despediram-se. Foi perto dos cemitérios que Eryk mudou de ideias: e se fossem refrescar-se? O lago não era perto, porém, caso se despachassem, valia a pena a viagem. Yankel disse que sim, mas era melhor chamá-la. Shionka tinha o sangue frio, só se queria dentro de água; o que havia de pensar se fossem nadar sem ela? E assim, largaram a correr na sua peugada; se queriam evitar a bruxa, tinham de a apanhar antes que chegasse a casa.

A verdade é que Shionka lhes levava um grande avanço e, por isso, chegaram ao palhal sem a alcançarem. Fazendo por passar despercebidos, desceram a ravina a coberto do moutedo e foram pôr-se de vigia, deitados atrás de uns fetos. Entre eles e o casebre, a coisa de cinco passos, havia uma tina de água pousada no meio do chão.

Shionka surgiu de trás da esquina. Atara os cabelos em nós grossos e levava as pernas brancas por causa da terra seca. Aproximou-se da tina e, sem nunca parar de andar, deixou cair o vestido. Mesmo assim, por se ter enrolado na cintura, não chegou a mostrar tudo. Ao ver o que tinha à frente, Eryk mordeu a manga. De repente, era tudo ao mesmo tempo: o riso sustido à força, o suor caído em bica e as perguntas que

Yankel lhe ia segredando. Por fim, conseguiu respirar fundo e contar aquilo que via. Melhor: se o amigo assim quisesse, prometia explicar-lhe a nudez da rapariga.

E começou pelas mamas.

Descreveu-as como peras, já contando com os mamilos. Ainda haviam de crescer, mas já tinham o seu peso e, se aquilo era do leite, também podia ser mãe, deduziu entusiasmado. Ao chegar junto da tina, Shionka virou-lhes as costas e libertou-se finalmente do vestido, deixando-o escorregar até o chão. Depois, mergulhou os tornozelos e a água transbordou. Eryk passou as mãos no rosto. As ancas, caramba, como se diz de um par de curvas tudo aquilo que lhe ia na cabeça? Sem saber bem detalhar, falou antes da cintura, exagerou como quis, para garantir no fim que era estreita como um braço. Sempre de costas, Shionka baixou-se para ensaboar os pés, só que, ao fazê-lo, expôs-se de tal maneira que Eryk perdeu a cor. Por dentro, o rabo era igual ao dele, explicou desconcertado; como se pode ter um filho por ali? Yankel ficou calado, também não fazia ideia. Por fim, ela virou-se de frente e espremeu um pano encharcado sobre os ombros. De seguida, esfregou o sabão na pele e espalhou a espuma com as mãos. Eryk esqueceu-se de Yankel, esqueceu-se da floresta e até da razão de ali estar. Os seus olhos perseguiram os dedos de Shionka por todos os recantos e assim continuariam mesmo depois de ela partir. Yankel transpirava como ele, mas não quis fazer perguntas. Aquilo que o amigo contara sabia ele das brincadeiras, dos empurrões, das vezes em que ela se encostara para melhor o guiar. De repente, Eryk deu-se conta do seu êxtase e pareceu envergonhado; inventou a correr uma piada, qualquer coisa sobre pilas, que ambos aproveitaram para forçar o riso.

A verdade é que algo se passou naquela tarde que quebrou os dois rapazes. Não deram logo por isso, apenas na manhã seguinte, quando acordaram tristes. Nenhum contara com essa dor, não podiam imaginar que o amor começa assim.

Dali em diante, iriam atravessar-se no caminho de Shionka as vezes que pudessem, mesmo que para tal se pisassem um ao outro. Porém, sempre que isso acontecia, nem tocavam no assunto, não fossem arreliar-se.

De surpresa em surpresa, a disputa entretinha a rapariga. Sem parar de vasculhar no seu espírito engenhoso, Eryk encontrava sempre alguma coisa: um bilhete com um poema, uma história inverosímil em que ele sobressaía, pequenos heroísmos como quando lhe apareceu com um casal de salamandras. Já Yankel se fazia notar pelo desvelo. Descobria cheiros ocultos entre as folhas da floresta, amassava-os entre os dedos e levava-os a Shionka para lhe perfumar o pescoço com gestos delicados. Mas não foi apenas isso que a fez tomar partido.

Havia mais uma coisa, a única crucial:

Yankel ofereceu tudo o que tinha: não a via nem ouvia, mas pôs-lhe a vida nas mãos e ainda se sentiu indestrutível. Aquilo que ela pisasse seria terreno firme, e ele seguia-a. Isso via-se-lhe nos gestos, na certeza dos seus passos, como se o chão em que andava já não fosse traiçoeiro. Por vezes, dizia-lhe o que sentia quando se encostava a ela; outras vezes, só queria saber de si e chamava-a para lhe pedir se podia penteá-lo, se podia ver-lhe as unhas, aquelas pequenas coisas que quem vê faz em recato.

Shionka começou por divertir-se, mas, mesmo sem dar por isso, já tinha escolhido Yankel; tanta honestidade havia de ser o bastante para poder morrer por ele.

*

Eryk foi o primeiro a conhecer o Checo. Visto do campanário, começou por ser uma serpente de pó a movimentar-se com pressa pelo meio da floresta, e o rapaz calculou que levaria dez minutos a chegar à cidade. Desceu as escadas de madeira em saltos de três degraus e preparou-se para sair da igreja sem avisar o padre. Pani Krysia agarrou-o a meio caminho, aonde ia com tanta pressa?, as aldrabas eram para ela arear? Eryk choramingou, voltaria no dia seguinte, dobraria o esforço, faria tudo o que ela quisesse; e prometia-lho ali mesmo, na casa de Deus. Ela lá o largou, mas já ele passara o portal e ainda lhe ouvia as imprecações. Foi então que correu até a rua dos cemitérios, onde entroncava a estrada das visitas. Quando estava a uma praceta e duas ruas de chegar às portas da cidade, a caleche apareceu-lhe desenfreada de uma viela, não o esborrachando por um triz. Amaldiçoou entre-dentes os minutos roubados por Pani Krysia e perseguiu furiosamente o som dos cascos até o largo do Mercado. Assim que chegou, Eryk viu o homem já apeado a sacudir a poeira das lapelas e a olhar em volta para a praça vazia. Aproximou-se dele enquanto limpava o suor com a manga e, num gesto de boas-vindas, ou talvez para se fazer notado, agarrou numa pedra para acertar à primeira no cão que rosnava ao cavalo. Resultou: o homem virou-se e acenou-lhe com as sobrancelhas. Então, curioso e descarado, o pequeno olhou-o de alto a baixo e fascinou-se com a figura que tinha à frente: o cabelo era branco e ofuscante, comprido como o das mulheres, e usava chapéu de aba larga, americano, um pouco tombado à frente para dar sombra aos olhos mais azuis que Eryk alguma vez vira. A casaca terminava a um palmo do joelho, pouco acima dos canos poentos das botas e, ao olhar do garoto, parecia mais requintada do que era uso encontrar por ali. Mas havia qualquer coisa grosseira no conjunto,

Eryk não sabia explicar o quê, talvez o rosto tisnado ou os vincos descoloridos no fim dos olhos, talvez os ombros largos, os braços grossos como troncos a repuxarem as mangas; natural seria que por baixo de tanta elegância se escondesse um cavalo de trabalho. Entretanto, o Emil da farmácia, que ouvira um cão a ganir, já se postara na arcada a olhar para o meio da praça. A seguir foi Pani Iga e as clientes da retrosaria, a mulher do guarda-livros e o marido a espreitarem por cima dos óculos de ver ao perto, o velho Felyks com os sapatos na mão, e Krystian, o dentista, mais um doente de boca aberta. Quem tomou a iniciativa foi Isaac Gold, que alugava quartos nos dois extremos da cidade. Aproximou-se e, abusando da deferência, fez o que pôde pelo negócio. O preço era imbatível e, por apenas mais um zlóti, punha-lhe à porta dez galões de água quente para o banho de domingo. O outro disse que sim, mas por pouco tempo, pois já tinha onde ficar. Bastavam-lhe dois dias, o suficiente para se instalar, e, sendo assim, gostaria de dormir uma noite em cada lado da povoação. Espicaçados pela audácia de Isaac, os populares acercaram-se, sem saberem o que pensar. Não era o caso de Eryk, já extasiado pelas construções que ensaiava enquanto sorria a si mesmo. Olhava para o viajante e via aquele agiota de Praga que atravessara a cidade havia uns anos; que fora corrido pelos judeus com os queixos partidos e uma coroa de espinhos cravada a fundo; o mesmo cabelo de neve, a mesma roupa de gabinete, os modos de quem está de passagem. Por isso não esperou como os outros para saber quem era; por isso lhe chamou Checo e continuou a fazê-lo mesmo depois de descobrir que aquele homem era tão polaco como ele e respondia pelo nome de Ireneusz Bogumil Sienkiewicz.

*

A mãozinha encarquilhara com a idade, mirrara, parecia agora de mulher ou de criança. Tornara-se cinzenta, quase preta, côncava como se tivesse querido enclavinhar-se à vida até o fim. Mumificara bem, pelo menos tendo em conta os séculos que lhe atribuíam, e por ela se zangaram gerações, e sobre ela se afirmaram muitas coisas: que era hebreia, dos tempos de Salomão, doada ao *shtelt* por uns caixeiros sefarditas, ou que era cristã, de um certo paladino que regressara das Cruzadas escandalizado com a própria mão e a cortara e deixara na cidade como relíquia de penitência. Andara perdida desde os tempos dos suecos e, numa altura em que a cidade já deixara de a chorar, fora encontrada, por acaso, nas ilhargas de um chiqueiro. A verdade é que a discórdia fossilizara com a mãozinha, e a descoberta só serviu para reavivar as chamas. Empertigados, os dois povos da cidade prepararam-se para a guerra, lutariam sem quartel por aquele achado ressequido, pois, como ditava a profecia, a quem de entre os dois coubesse a sua guarda causaria ao outro a desgraça eterna. Cansados do disparate, o rabino e o prior juntaram as fações no largo do Mercado. Entre eles, num pedestal, como pedra de idolatria, a mãozinha. O bom juízo acabou por triunfar, não se perderiam vidas, a relíquia ficaria em mãos neutrais, no Paço do Município e ao dispor de cada um. Apesar dos azedumes, quem veio a seguir lá foi ditando as regras: judeus e gentios visitariam em dias alternados, as mulheres depois de almoço e só por uma hora, crucifixos e *quipás*[8] deixados à porta, e o uso de luvas tornou-se obrigatório para que outras mãos não se vissem além da mão venerada. Os anos passaram

[8] Pequenos barretes com que alguns judeus cobrem o alto da cabeça.

e com eles veio a vergonha. As visitas tornaram-se mais raras, clandestinas, e cada um disfarçou como quis a crendice. Sabia-se de mãozinhas presas em fios ao pescoço ou abafadas entre a roupa das gavetas, mas acabaram-se as filas à porta do Paço. Foi então que o Conselho se reuniu. Tadeusz esmurrou a mesa durante duas horas: a melhor sala da Câmara a servir de altar às moscas? Uma tolice! Os conselheiros aplaudiram, trasladasse-se a mãozinha. Mas para onde? E mais grave: quem a guardaria? O Presidente, que já trazia a resposta, chupou dois dedos de charuto e engasgou os presentes com a sua convicção: "O comendador guarda-a e ainda paga por ela!" Os judeus da sala ergueram-se como um só e o escrivão decidiu não assentar os nomes que foram ditos. Tadeusz pediu calma, longe de si favorecer os gentios. Por fim, e depois de uma tarde sem decisões, alguém propôs que fosse o dinheiro a escolher por eles: um leilão era o mais justo e, antevendo os licitantes, mais proveitoso para os cofres da Câmara. Teria lugar dali a um ano, tempo suficiente para os dois homens mais ricos da cidade prepararem as ofertas.

*

Roman Skiba e Salomão Finkelstein recolheram aos seus quartos quase ao mesmo tempo. Fecharam as portadas e deitaram-se com panos espremidos sobre a testa. Não precisavam de mais reflexões, estavam desgraçados. A mãozinha que ardesse de uma vez!, nenhum deles se ralaria, desprezavam-na hoje mais do que nunca. E agora iam ter de pagar por ela! Esquecida no Paço era inofensiva, mas, caída em mãos erradas, valeria o ouro do mundo. Alguém evocou a profecia, as ruas transbordaram, judeus e cristãos gritaram alto para que os dois homens poderosos não esquecessem o que se esperava de cada um. Roman e Salomão continuaram deitados sem abrirem as portadas. Quando tudo acabasse, um deles seria amaldiçoado pelo seu povo, o outro estaria arruinado.

*

A casa que o Checo foi ocupar situava-se ali mesmo, num gaveto a dar para o largo e para a rua dos Dois Terreiros. Haveria de se instalar no piso de cima e usaria os baixos para montar o balcão da loja e a oficina das traseiras para preparar as tintas. O edifício era dos mais vistosos. Vago havia muito, perdera-se o rasto ao proprietário, dizia-se que por dívidas à fábrica da igreja. Questionado, o novo inquilino nada sabia do assunto, tratara de tudo com um intermediário de Lomza. Também quiseram saber os seus motivos, que diabo o levara ali? Ele respondia com o destino e a oportunidade; ouvira falar de um prédio devoluto e alguém lhe contara que a cidade era triste, carecida de chama e de cores vivas. Passou as semanas seguintes a mobilar a casa e a montar o negócio, enquanto deixava atrás um lastro de simpatia e bolsos cheios. A verdade é que, descontando os pigmentos chegados por encomenda, o Checo teimava em comprar tudo por ali: a mobília e as cortinas para os dois pisos, uma grosa de latões, três fatos por medida, crina para as trinchas, álcool e resinas, um relógio de parede, escaparates para a loja, tudo o que precisa quem se quer estabelecer e ficar para sempre. Com o correr do tempo, os seus hábitos tornaram-se um dos motivos favoritos para o cavaqueio da cidade. Dizia-se que não dormia, já lhe viam luz pelas cinco da madrugada e, bem antes de o sol despontar, uma chama de archote atravessava a floresta a caminho do lago onde o Checo se banhava nu todos os dias.

Mesmo assim, não contando com a taberna do Marek, a loja de tintas era a primeira a abrir as portas. O Checo passava as manhãs com clientes encostados ao balcão, homens velhos a falar, ciosos de paciência, e que nunca compravam nada. À tarde, enrolava a cabeça num turbante para não macular o cabelo alabastrino e ia pintar tetos e paredes. Almoçava e jantava na pensão por cima da farmácia e passava os serões a jogar no grêmio. Cedo se soube que não rezava, pelo menos em público, já que ninguém o via na sinagoga ou na igreja. Mas que importava, se era justo e generoso com os judeus e os gentios? No entanto, foi na nova sinagoga que o Checo melhor expôs o seu talento. No acaso de uma conversa, lembrara os seus tempos de Cracóvia, quando fazia restauros nos altares das capelas. Foi o bastante para ser chamado à *Kehilla*,[9] havia trabalho para ele.

O mural encontrava-se a meia altura do vestíbulo e representava uma paisagem com o Monte Sião e três profetas numa perspectiva distorcida. Os danos não eram grandes, pior era a sujidade que lhe levou uma semana a limpar. Depois ensaiou as cores em placas de gesso fresco, esperou que secassem, comparou com o original, voltou a ensaiar e a aguardar e repetiu os passos todos várias vezes. Só então retirou com mil cuidados as camadas danificadas do estuque e durante um mês não fez mais nada: começava de manhã cedo e só saía à noite. Era ao final do dia que mais gostava de trabalhar, aproveitando o melhor estado do gesso. Ao seu lado, o rabino Avigdor perdia a hora da oração, absorto na maestria do Checo. Quando terminou, arrumou o estaleiro e esperou dez dias que o fresco curasse. O mural resplandecia no dia em que foi apresentado aos fiéis. Quando os panos caíram,

[9] Estrutura comunitária judaica, encarregada de gerir a vida da comunidade e as suas instituições. Pode referir-se à própria comunidade.

o vestíbulo ainda susteve um silêncio admirado, para logo explodir em aplausos. De tal maneira que o artista foi elevado a membro honorário da *Kehilla*, uma honra nunca vista por ali. Mas o seu maior admirador era Salomão Finkelstein, o judeu milionário. Convidou-o para sua casa e, depois de lhe mostrar as quarenta e duas divisões, perguntou-lhe se conhecia a sinagoga de Chodorow. Era assim mesmo que ele queria, podia visitá-la e copiar os motivos. E depois o dinheiro não era assunto, sempre ambicionara um teto esplendoroso em cada sala; imaginava-se sobrevoado por leões, unicórnios, galos, macacos e trepadeiras, tudo pintado a sangue e ouro, e agora sabia ter encontrado o homem ideal para lhe dar cor ao sonho. O Checo disse que sim, mas teria de esperar, havia trabalhos já ajustados e era escravo da palavra. A verdade é que o pintor e o patrono pareciam inseparáveis, unidos como velhos amigos em torno das teimosias do judeu das trigas.

Mas não se pensasse que era só pelas mãos hábeis que aquele homem reluzia. Ainda que tal se omitisse, sempre que atravessava o largo do Mercado, as cortinas mexiam nas janelas e o hálito do pecado embaciava as vidraças. Os olhos lascivos que o despiam lá do alto eram, afinal, os mais insuspeitos do círculo perfeito, mulheres de exemplo, mães de virtude a esconderem as fantasias nas rotinas do lar, imaginando-o por todo o lado: nas manhãs vertiginosas e à beira dos miúdos prontos para a escola, tocando-as sem pudor nos banhos de alguidar, sentado à mesa nos almoços de domingo, ou até na cama, fazendo a vez dos maridos. E, ao voltarem a si, rezavam horas seguidas, tentando esconder de Deus o prazer daquelas culpas.

São três da tarde e o sol escalda, acho que o shtetl *é capaz de começar a arder. Aqui, sentado no chão, à frente da loja de tintas, apanho a sombra no único passeio da praça que tem árvores. As outras pessoas devem pensar o mesmo, porque continuam a passar à minha frente. Como acontece sempre que estou sozinho e não quero ir para casa, jogo às adivinhas. Inclino a cabeça para trás, o tronco para trás, e apoio-me com as mãos no chão; torno-me mais atento desta maneira.*

Começo com o arrastar de pés que se aproxima à minha esquerda... Não, afinal é só um pé que se arrasta. Por isso é fácil, tem de ser o velho Sobol, o pai do médico. De repente, dois miúdos a rir e a correr. Um deles para ao meu lado, o outro derrapa mais à frente e para também. Não duvido de que estão a olhar para mim. Como vêm a arfar, é fácil perceber ao certo onde estão e viro-me para eles. Não falha, fogem disparados.

Agora sinto uma aragem muito fraca, um alívio breve que já passou, escalda outra vez e ninguém aparece durante algum tempo. Finalmente mais passos, passos velozes, de mulher, tenho a certeza. Ah! Vem com um cheiro forte a alfazema: assim nem tem piada, é a viúva Dabrowska. Não me liga nenhuma, pudera, vai apressada. Quase imediatamente, e vindo do mesmo lado, um homem a tossir. É pesado mas também tem pressa. Cheira a cigarros e a roupa acabada de passar, uma combinação que me é familiar.

Que nervos! O peso, o cheiro... Está debaixo da língua e não consigo lembrar-me.

– Viva, rapazola.

Pois, claro! O senhor Malinowski; um ponto a voar.

É então que o sinto mesmo ao lado. Sobre este não tenho dúvidas, é o Checo, já estive com ele à porta da farmácia no dia em que o Eryk mo apresentou. Nunca senti um cheiro assim, não sei dizer. Existe cheiro a homem? Se existe, é isto: uma mistura de perfume, álcool e tabaco. E suor também, acho eu, um suor ameno. Mas ainda há mais, inspiro à procura... Tinta! Sim, tem de ser tinta; ou verniz, sei lá, o homem é pintor, vende essas coisas.

Agora ouço o raspar de um fósforo e calculo que ele tenha vindo fumar longe dos químicos da oficina.

Pergunta-me se conheço miúdas bonitas na cidade, está a meter-se comigo, eu sei, mas respondo-lhe à letra: "Sim, Shionka é bonita. Mas não fala." Ele insiste, quer que lhe diga o que mais se pode querer de uma mulher, mas depois ri-se e diz que não, está a brincar, respeita-as muito. Então sou eu que me atrevo, quero saber se é casado. O Checo ri-se outra vez, já me disse que as respeita muito. E assim ficamos mais uma hora, falamos o tempo todo, e agora, que voltou à loja, reparo que não aprendi nada sobre ele.

Entretanto, o sol arrefeceu. Levanto-me e caminho uns metros enquanto arrasto a mão na parede. Já sinto o passeio todo à sombra e por isso sei que é hora de ir para casa. Um pouco adiante, cruzo-me outra vez com o perfume de alfazema. Não é tão forte como há pouco, mas tem de ser a viúva Dabrowska no regresso, e desta vez vem devagar.

Afinal, a voz é de homem:

– Adeus, rapazola.

O senhor Malinowski? Não sei o que pensar.

*

A fachada era enganadora, a mais estreita da praceta. Parecia tão acanhada que quem não a conhecesse nunca suporia as festas que escondia. A verdade é que, transposta a porta do grêmio, o edifício se escancarava num átrio generoso de mármores, madeiras torneadas e biombos de vidro opalino. Para aceder ao Salão de Ouros, era preciso vencer os quatro lanços de escadas, embora ninguém subisse como descera: os jogadores chegavam aprumados mas febris, a bufar como cavalos de corrida; porém, horas depois, a escadaria enchia-se de bazófia e gargalhadas, que abafavam os passos desconsolados daqueles que juravam não voltar. Quando os cavalheiros ali se juntavam ao serão, alisavam as casacas engomadas e admiravam-se nos espelhos embutidos, sentindo-se tão opulentos como os cenários em redor. Desvanecidos, recusavam a lembrança de que o prédio de três pisos albergara um dia o prostíbulo da cidade e, pior ainda, o matadouro dos judeus.

Porém, naquela noite, ninguém poderia prever o que ali se passaria.

À entrada, o balcão e, encostado a ele, o Remigiusz balofo, empregado da casa. Com os braços cruzados sobre o tampo, pousava-lhes tudo em cima: os seios de mulher, a papada, depois o queixo e a boca babosa, mais os olhos escondidos por duas pregas adormecidas. Quando estava nesse estado, ninguém o incomodava. Se fosse preciso, algum jogador mais novo abandonaria a mesa para encher o copo ou levar um prato de queijo. No resto da sala, e alinhados num par de filas, os altares do jogo. Eram cones de fumo e luz amarela, cada qual com um trio de rostos, uma liturgia de gestos iguais, olhos graves, leques de cartas, garrafas e pontas de cigarro a queimarem sozinhas nos pires.

Remigiusz descolou os olhos à terceira tentativa. Fora a tosse do guarda-livros a arrancá-lo ao sono, que ardesse no inferno. Endireitou-se a praguejar e agarrou o pano que trazia ao ombro para limpar o balcão. Enquanto esfregava sem brio, fez as contas à sala: só havia cinco mesas ocupadas, uma delas a aguardar o jogador que faltava para a Mizerka.[10] Grunhiu qualquer coisa ao dar com o Checo a jogar. Gostava dele, apreciava-o à mesa das cartas, mesmo sem compreender as estratégias que adotava. Parecia dominar o jogo a seu talante, controlava as partidas e ganhava o dinheiro que queria; até que, destroçada a oposição, desatava a asnear, desbaratando

[10] Jogo de cartas de origem polaca em que participam três jogadores.

vazas certeiras. Reanimados, os rivais recuperavam até o último zlóti e tudo terminava como no início, cada um a descrever, carta a carta, a perícia com que tinha enganado o Checo. Este sorria e deixava-os acreditar, antes de sair às onze e meia, teimosamente às onze e meia.

Quando o Skiba e o coronel entraram no salão, as vozes extinguiram-se num ápice. Remigiusz aprumou-se num salto e escondeu o pano entre as garrafas. O comendador atirou a bengala e o chapéu para um sofá, alguém lhos guardaria, e foi com o coronel encostar-se ao balcão. Varrendo as mesas com os olhos, cumprimentou o empregado, enquanto se livrava das luvas puxando por cada dedo. Apreciava o gosto da surpresa, sabia que não era esperado. Já fora assíduo, sim, jogador exímio, respeitado como um campeão mesmo nas terras vizinhas, mas agora as suas visitas eram raras. Fora uma tragédia a afastá-lo das mesas de jogo. Acontecera havia muito e naquela mesma sala. Juliusz Dabrowski, o dono da serração, inebriado por uma noite de ganhos, desafiara Skiba à frente de toda a gente. A parada era alta, tão alta que as outras mesas vagaram para assistir. O jogo arrastou-se pela madrugada e, com ele, a desgraça do madeireiro. Esgotados os proveitos do serão, Juliusz assinou o primeiro papel, no valor de mil zlótis. A partida prosseguiu, mais papéis, mais perdas e sempre para o mesmo lado. A certa altura, Skiba aceitou-lhe um cordão de prata e, a seguir, a aliança de casamento, mas a sorte não mudou. Desaustinado, Juliusz pediu outra vez onde escrever e assentou qualquer coisa febrilmente. "Tenha juízo!", gritaram-lhe, "A serração está na família há quase um século". Quando tudo se perdeu, num gesto apalermado, o infeliz ainda pousou sobre a mesa a armação com os dentes de ouro, mas o Skiba olhou para o chão e disse que não com a cabeça. Juliusz esbugalhou os olhos, estremeceu e, por fim, capitulou.

Ergueu-se devagar e ficou assim, rígido, perante o pudor da assistência. De súbito, com um berro tresloucado, arrancou do bolso um revólver e, sem dar tempo a ninguém, disparou na própria boca. Todos deram um passo atrás, horrorizados, menos o comendador, que continuou sentado. À sua frente, o cadáver do madeireiro permanecia acusadoramente de pé. Até que, cedendo finalmente pelas pernas, caiu de joelhos, tombando o rosto sobre o colo de Roman Skiba, como num pedido tardio de clemência. Aquilo devastou o milionário. Ainda o recordavam na manhã em que fora prestar condolências à viúva Dabrowska, o corpo curvado pela vergonha, o rosto do remorso; numa mão um lenço encharcado, na outra, o maço de promissórias.

Podia ser por isso que o Skiba olhava agora para um ponto fixo no meio da sala. A sua expressão era tremenda e todos imaginaram que ainda visse o madeireiro por ali a espirrar sangue. Mas não, o seu olhar não se perdia no passado, o alvo era outro, era tangível e muito mais detestado: "O pintor?", atirou para o ar. Ninguém respondeu, mas, ao constatar que o ponto fixo era o Checo, cada um deduziu o motivo por que chispava Roman Skiba. E quem poderia censurá-lo? Era demais que sentisse o desagravo? Também ele tinha tetos por pintar e dinheiro para esbanjar; e o Checo sabia-o, que diabo! Por que não procurara o cristão? Por que se fora afilhar ao outro? E logo a um pacóvio como Salomão Finkelstein, o judeu das trigas. Não!, ali todos gostavam do pintor, mas desta vez não fora justo.

Quando os recém-chegados se aproximaram da mesa do Checo, temeu-se o pior, mas, pelo contrário, chegou a haver troca de vênias. Cordial, o Skiba pediu licença, se estivessem de acordo, aguardaria vez para jogar. O pintor não respondeu, mas os dois parceiros de jogo olharam um para o outro, arrumaram as fichas e desculparam-se com os afazeres do dia seguinte. Já sentado, o comendador propôs a parada, o Checo encolheu os ombros, e todos perceberam que se ia verter sangue. O coronel, a quem cabia fechar o trio, sentou-se também e tirou do bolso um baralho por estrear. Distribuídas as cartas e firmados os contratos da partida, foi o militar a abrir com a dama de copas. Depois de um duque à esquerda, a sena de trunfo com que o Checo arrecadou a primeira vaza. O jogo prosseguiu, e os jogadores das outras mesas, sabendo o que se passava à sua beira, distraíam-se sem querer. Foi então que Remigiusz decidiu – que o diabo carregasse o embaraço –, não se via coisa assim havia muito. Cheio de coragem, atascou-se na cadeira que apanhara a meio caminho e pôs-se ali, a um passo da mesa onde tudo acontecia. Sugestionados pelo empregado, alguns dos presentes apressaram as contas para se juntarem ao círculo que se ia formando. Visto com atenção, o espetáculo não desmerecia: os olhos mudos do Checo – olhos nas cartas, nunca nos outros; o coronel, transpirado, a forjar confiança com um riso aparvalhado, jogava como um cobarde e mantinha as perdas baixas; e o Skiba... Ah, o Skiba, que postura, que afoiteza. Mesmo a perder era gigante, via-se-lhe propósito, a mesma vontade insondável com que sempre se rira dos males da vida. Com o correr do tempo, os curiosos mostraram ao que vinham e, deixando que a perversidade lhes secasse a boca, fixaram-se em quem mais perdia: Skiba. Frustrados, não o viram estrebuchar, nunca o faria; pelo contrário, somava as derrotas com galhardia, mesmo que a tabela das contas não mentisse e o saldo começasse a assustar. Assustar?! A ele? Conheciam-no mal, a cobardia era um luxo ainda mais caro. Via-se como um galo de combate e, concluída a primeira série, em vez de se retirar, fugiu para a frente, encheu o peito e fez como a vida lhe ensinara: "Cem zlótis o ponto", desafiou. O assombro bastou para que o círculo de abutres recuasse por instinto: cem zlótis?! Não havia memória. Foi então que o coronel perdeu a cor, não queria estragar a festa, mas era demais para ele. "Fique! Eu cubro as perdas", rosnou Skiba sem tirar os olhos do único adversário que lhe interessava. Este, com os cotovelos pousados na mesa, limpava as unhas com o ás de copas. Remigiusz, que sentia o coração a martelar nas pernas, no peito e no pescoço, ergueu-se a custo e bamboleou com o formigueiro até o bar. Quando regressou, trazia uma garrafa de *vodka* e serviu os três homens, era por conta da casa. Na mesa, a partida já começara e a sala dividia a atenção entre Skiba e o pintor. Até que, a certa altura, o comendador foi abafado. Aquilo a que assistiram não deveria ser esquecido, nunca se vira por ali jogador daquele calibre, tanta argúcia a cartear: o Checo jogava com o desmazelo exasperante de quem não sabe o que é perder, prendendo sempre entre os dedos uma carta impaciente, uma carta adivinha a arder para ser jogada. Skiba e o coronel olharam um para o outro de viés, sem perceber. Estarrecidos com a intuição do Checo, apertavam o jogo contra o peito, leques de naipes inúteis e tão transparentes como os seus olhares vencidos. Passou uma hora. "São onze e meia", declarou o pintor, recolhendo outra vaza, a última, "nunca depois das onze e meia". O coronel lá respirou, sairia como entrara, sem vergonhas. Já o comendador, que ficou com as perdas todas, vacilou e olhou para as cartas espalhadas à sua frente. Era o olhar possível, tudo o mais lhe lembraria a humilhação. Aos poucos, o abominável: os afagos, mãos à pressa sobre os ombros, as palavras compassivas, a desprezível simpatia de quem consola a mentir. Miseráveis. Só pararam para ouvir as contas: dois mil e quinhentos zlótis! Perdera dois mil e quinhentos zlótis numa noite...

Daria para os tetos todos. Então, tirou a carteira de um dos bolsos – "Vem recheado", disse alguém – e começou a contar o dinheiro. As notas pesavam-lhe nas mãos, era com esforço que as pousava uma a uma sobre a mesa. Mesmo ao lado, sem darem por isso, dois ou três patetas mexiam os lábios, contando ao mesmo tempo. Quando acabou, Skiba percebeu que não chegava, faltavam duzentos zlótis. "Passe por minha casa amanhã", disse ele ao Checo, mas este olhou para o chão e disse que não com a cabeça: "Aceito-lhe o dente de ouro." O comendador fez-se escarlate, nenhum suplício doentio deixou de lhe passar pela cabeça. Valeram-lhe os outros: entre todos, reuniu-se a quantia exata e lá se emprestou o que faltava ao homem mais rico da cidade. Contas saldadas, o Skiba levantou-se e ficou ali, de pé, parado, a trespassar o adversário com os olhos. "Se for para tombar de joelhos, evite cair-me ao colo", disse o pintor, enquanto arrumava as cartas. O copo de *vodka* do comendador foi despejado com tanta violência que ainda apanhou cavalheiros plantados atrás do Checo. Encharcado, o pintor ergueu-se de um pulo. Quando se endireitou, já o Skiba jazia no meio do chão com as marcas da bofetada. Ninguém disse uma palavra, a sala petrificara e o comendador só falou para mandar o coronel guardar o revólver.

*

Já sem quartos para arrendar, Isaac Gold não se perdoou. Como fora possível nunca lhe ter ocorrido que viesse tanta gente? Pudesse ele voltar atrás e tinha-lhes pedido o triplo. Agora era tarde, mais valia esquecer esse descuido e virar-se para o trabalho. Querendo acudir aos hóspedes, irmãmente divididos pelas duas hospedarias, chegava a atravessar a cidade vinte vezes num só dia. E foi isso que o levou a esquecer-se da vergonha e ir apreçar a burra. O velho Felyks ficou sentado e nem se calçou para o receber. Andava outra vez com a puta e ao fim de cada visita ficava naquele estado, louco com a assadura e os bolsos vazios. Ainda tirou a mão da braguilha para o cumprimentar, mas cortou-lhe a expectativa: "A burra não se aluga. Volta malandra." Isaac virou-lhe as costas, vadio imprestável, e conformou-se a usar as pernas. Afinal só faltava uma semana, uma semana e deixaria os corrupios. Os hóspedes nem diziam de onde vinham, apareciam nervosos e, segundo o deus que os guiara, instalavam-se a norte ou a sul. Com a ânsia do leilão, saltavam as refeições, falhavam os jejuns e as horas de sono. Era vê-los nos terreiros ou no largo do Mercado, insinuados entre o povo, ouvido à escuta, ansiosos por prever o destino da mãozinha. Agoniados pela espera, havia por ali quem raiasse a insensatez, a julgar pelas cartas deixadas à porta de Skiba e Finkelstein, ameaças de morte, pragas, promessas de ira divina, caso perdessem a relíquia para os infiéis.

Quando o dia chegou, o largo do Mercado parecia um cesto de uvas. As bancas da feira disputavam com os lojistas um lugar sob as arcadas. Marcado para as dez em ponto, o leilão atraíra os seus notáveis. Viam-se de farda ou chapéus altos a descer dos vagões mesmo às portas da cidade; em seu redor, olhares indígenas, pasmados, bandos de pássaros, bandos de crianças, homens tão curiosos como as mulheres que tinham deixado em casa. Na esquina do Paço, um grupo apertava-se para consultar o edital, dois textos lado a lado, um em iídiche, outro em polaco, cada qual a contar a sua história, Salomão ou o cruzado arrependido.

Em frente da Câmara, os madrugadores que ocupavam as poucas tábuas corridas pareciam dobrar o gozo ao ver aquele muro de gente a espremer-se à sua volta. Entre a plateia e a grande escadaria, as cadeiras reservadas do costume. Seriam ocupadas pelos que, naquele momento, faziam tempo a convite de Tadeusz Orlosk. Chegados em dois grupos separados, adulavam o Skiba e o Finkelstein, bebendo e conversando em cantos opostos da sala do Conselho. Assim que os dois milionários pousaram os copos, a sala esvaziou-se e todos desceram em direção aos lugares da frente. Tadeusz ficou a meio caminho e foi ocupar o segundo patamar da escadaria exterior. O sol de verão, o licor e a excitação davam-lhe o ar trigueirinho de campônio que tanto detestava e rebatia com o melhor fato listrado. Ao ver de cima a praça cheia, consolou-se. Lembrou-se então dos tempos de criança, quando ia ajudar na padaria; das centenas de pãezinhos acabados de cozer e arrumados nas ripas de pinho como um exército perfilado apenas para o ouvir; e ele, só ele e os seus súbditos, a ensaiar como um rei os discursos em silêncio.

Foi o toque da igreja a despertá-lo: dez horas, chegara a altura! Ao seu lado, quatro enormes castiçais de bronze suportavam uma salva redonda. Em cima desta, havia qualquer coisa tapada por um pano: a mãozinha, adivinhou toda a gente. Além da relíquia, ninguém fez companhia ao Presidente; e ainda bem, fora assim que ele decretara, posto ao lado de outros homens, um metro e meio mal medido parecia atração de feira. Quando ia começar o discurso, descobriu Yankel espalmado na fila da frente. Um judeu aleijadinho? Que ensejo! Tadeusz neutral, Tadeusz piedoso: "O ceguinho! Deixem sentar o ceguinho." Gritada a ordem, cada madrugador se pôs a olhar para o céu, até que, por vergonha, lá apareceu uma ponta de tábua para acomodar o cego. Mas Yankel não estava só, com ele surgiram Eryk e Shionka para o guiarem ao assento. Sem surpresa, foi a rapariga a chamar a atenção. Ganhara formas no último inverno, mas viam-se melhor no verão, ao caminhar, sacudidas no vestido, o mesmo que usava nessa manhã. Era um vestido da cor da pele – ou da cor da carne, como Eryk descrevia –, o mais curto que se ousava por ali.

De repente, Shionka decidiu que não tinha de ficar em pé e procurou o colo de Yankel. Uma perna para cada lado, e sentou-se no seu joelho, não quis saber. Os homens que ali estavam pararam de falar, a língua começava a querer colar-se, e os seus olhares também. Mais ostensivas, as mulheres encararam-na e esbofetearam-na a distância; Pani Krysia empertigou-se, alagou-se em suores, ai de si se não apontasse no caderno; ao seu lado, apenas dois lugares à esquerda, a jovem Glowicka inclinou-se para a frente e deu com o perfil de Shionka; depois endireitou-se, cerrou os olhos e os lábios, sorriu, e apertou as coxas uma na outra.

Ela sentou-se, é louca. Não pisa o meu calção, só a parte despida da perna, logo atrás do joelho, e eu não sei onde pôr as mãos. Aqui ao lado os homens já pararam de falar, talvez adivinhem que Shionka não traz nada por baixo do vestido. É mesmo assim: pele com pele. Não... carne com carne, Eryk está certo. De repente, dá a ideia de que a praça se esvazia, como se estivéssemos sós. Então percebo que era aquilo, foi sempre aquilo: a dança dos seus dedos no meu rosto, os apertos violentos das mãos dadas, as mágoas, o êxtase, a pressa ou as horas que esticávamos mesmo à falta de motivo; tudo para descobrir que afinal quero viver mil anos.

Mil zlótis? Mas quais mil zlótis?

Afinal, não estamos sós.

"Mil zlótis para o cavalheiro da perna romba!"

O cavalheiro da perna romba sentiu-se tão afrontado por ter sido assim referido que saiu dali aos berros, caminhando aos solavancos: para o inferno com a mãozinha!, o leiloeiro que se empalasse com ela. A verdade é que o incidente não deu para entusiasmar; o povo esperava sangue, as ofertas de cem em cem soavam como bocejos. Foi então que o Finkelstein tomou as rédeas e ofereceu dez mil zlótis. Era apenas uma amostra, sabia-o bem, mas bastou para arrumar os pequenos licitantes. Separados por trinta metros, o comendador e o judeu das trigas tinham colocado as cadeiras frente a frente e não paravam de se olhar. "Doze!", respondeu Skiba. E assim se fez a escalada, lanço após lanço, sem fim à vista e sem sentido, dois povos a jogar tudo no sobejo de um defunto. Até que, para assombro dos presentes, aquele diálogo de surdos foi travado por uma voz inesperada vinda do meio da praça: "Cem mil!" O leiloeiro fez como toda a gente e esticou-se na ponta dos sapatos. Lá de cima, Tadeusz viu a multidão apertada a remexer-se para deixar passar um chapéu de aba larga. Eryk perdeu o sorriso: "É... o Checo?" "É o pintor!", confirmou a plateia, sem saber o que pensar. Finkelstein ergueu-se num pulo: traído pelo protegido? Fora para isso que lhe enchera os bolsos? Então deixou-se cair, a fazer contas à pressa. Não era pelo valor, se antes lhe dissessem que, por meros cem mil zlótis, saía dali com a mãozinha, faria festa na certa. Nada disso, o que o arreliava era o imprevisto, dispensava bem mais uma voz licitante. Quando se preparava para cobrir a oferta, o lanço morreu-lhe na boca. E se...? Olhou outra vez para o pintor. Mas, sim... Sem ser judeu ou cristão, tornava-se o indicado. Finkelstein exultou, estava achada a solução: com aquele par de mãos isentas, mantinha-se o equilíbrio, cumpria-se a tradição, e não tinha de esbanjar a fortuna para levar um coto imundo. Além disso, o pintor era bem visto entre os homens e as mulheres; fizera-se notado a sul e a norte pela arte das pinturas, pela cortesia na mesa de jogo, pela preferência que sempre dera ao comércio da cidade. Ninguém poderia acusar Finkelstein de defraudar o seu povo. Restava saber se o comendador pensava da mesma forma. Mas, mal se virou para ele, vislumbrou o aceno impercetível com que o Skiba concordava. Melhor assim. No entanto, por estarem já escaldados, os dois homens preveniram-se e marcaram-se um ao outro até o fim do leilão. Já Tadeusz, desesperado com o silêncio inoportuno, não parecia conformar-se, maldito pintor!, estava a contar com um milhão. Foi então que o leiloeiro fez a última contagem, para anunciar a contragosto: "Arrematada por cem mil zlótis. Um aplauso para o cavalheiro do cabelo branco."

*

O círculo perfeito não se distinguia da floresta às quatro da manhã. Um cão atravessou a rua dos Dois Terreiros, parou a meio para cheirar o chão e continuou a caminho do largo do Mercado. Aí chegado, deslumbrou-se com as sobras do leilão, havia restos de comida espalhados por todo o lado, garrafas partidas, frutas esborrachadas, ossinhos de galinha e papéis a esvoaçar. O animal não soube por onde começar e, durante meia hora, não tirou o nariz do empedrado, provando de tudo. Embuchado, arrastou-se até às duas estátuas e acomodou-se. O barulho que o acordou fê-lo espetar as orelhas. Era uma lata empurrada pela aragem que rolava na calçada. Voltou a adormecer, mas não demorou até despertar outra vez. Agora o ruído era diferente, longínquo, mas mais interessante. Era um som humano, talvez valesse a pena, e por isso levantou-se. Àquela hora, o som das unhas a batucar no passeio encheu a praça e a rua para onde virou. Ao longe, viu o vulto a caminhar, farejou o ar e disparou atrás dele. Quando estava prestes a alcançá-lo, desiludiu-se ao vê-lo desaparecer por um portão.

Já dentro da propriedade de Roman Skiba, o homem ignorou um ganido tímido nas costas e seguiu a caminho da mansão.

O comendador ia e vinha entre o salão e o vestíbulo. Parou a olhar para o relógio, esfregou o rosto com o sono e foi espreitar à janela. Nada! Tudo escuro, tudo na mesma. Estava atrasado, talvez não aparecesse, talvez o traísse... A primeira pancada foi tão subtil que não teve a certeza. Depois, outra. Agora, sim, era ele! Caminhou até a porta e abriu-a com cautela. O homem entrou e seguiu o dono da casa até à sala ao lado; nem uma palavra, só as solas no chão de pedra. Assim que chegaram, o homem abriu o saco e despejou com desdém a mãozinha sobre a mesa. Quando ergueu os olhos, já Skiba lhe estendia um envelope:

– Pode contar – disse ele ao Checo. – Descontei os dois mil e quinhentos.

O pintor não abriu a boca nem o envelope, limitando-se a esconder o dinheiro num cano da bota.

Lá de cima, pendurados na moldura, os olhos desmesurados do comendador reforçavam o aviso:

– Já fez o que tinha a fazer – declarou Skiba. – Parta hoje mesmo. Não o quero voltar a ver.

PARIS, 2001

Eryk bochechou com o *gin* antes de engolir o comprimido. Estava bêbedo; além disso sentia-se doente e preferira reunir-se ali mesmo, na *suite* do Crillon. Apesar de tudo, a voz era a mesma de sempre, talvez um pouco sobranceira:

– Nunca me esqueci desse Checo. Era um tipo interessante. Bem mais do que os animais que teve de aturar.

Yankel não contara com aquilo, Eryk arrefecera, sentia-lhe o bafo frio, desagradável, só podia ser desprezo, o desprezo de um homem que se sente à vontade na sua borracheira, que lhe conhece os recantos.

E, depois, Vivienne. O livreiro não lhe via a perna cruzada, nem o cotovelo assente no braço da cadeira, nem a cabeça de lado, apoiada na mesma mão que segurava o cigarro. Mesmo assim, enquanto se enjoava com o cheiro do *Gitanes*, Yankel entreteve-se à procura dos sinais: o tamborilar esporádico dos dedos no tampo da mesa de vidro, o sopro prolongado com que expulsava o fumo, ou até a forma brusca como tilintava o gelo no copo, parecendo sacudir algum fastio. Sim, calculava que aquilo não fosse novo, era assim que ela lidava com os excessos do marido, tão capaz de se exaltar como de cair a pique empurrado por um *gin*. Todavia, e apesar da perspicácia, Yankel ainda não tinha percebido que o escritor piorava a cada dia e que isso acontecia desde que o reencontrara.

De repente, Eryk cortou-lhe o pensamento e emergiu da bebedeira para se mostrar irritado:

– Ainda pensam que fui eu a escrever esta merda? Vá lá, conhecem-me há tempo suficiente; ou são como os néscios que compram os meus livros? Nunca vos apresentei o meu gajo? O meu gajo, sim, o gajo que se esconde nas minhas tripas, na minha cabeça e na minha piça. Todos temos o nosso, o meu é este, um traste, mas é ele quem me escreve os livros. Como eram dele os delírios que o Yankel aturou em miúdo, como era ele que me tirava de casa por duas ou três semanas sem dar cavaco a ninguém. Foi ele, foi sempre ele a distrair-me, a apanhar-me desprevenido. Todo o escritor tem um gajo desses a puxar-lhe o tapete. Ou então não se surpreende com o que escreve; e, se não se surpreende, não é escritor, é um pedante, o maior dos filhos da puta. O meu gajo é assim mesmo, dá-me tudo o que sou, mas lixa-me todos os dias. A culpa é minha, bem sei, babo-me como um adolescente a olhar para ele e ainda me quero convencer de que isso é amor-próprio.

Vivienne já conhecia aquele discurso, já se habituara à multidão com quem se casara: Eryk, Paul Lestrange, as personagens; o "gajo" só podia ser mais uma. A haver diferença, tinha de estar na ira, no tom belicoso que o marido deixara de disfarçar.

Foi então que Eryk se endireitou para emborcar o resto da bebida. Assim que o fez, pousou o copo no braço da cadeira e ficou a olhar para o chão. Aquilo fez-lhe bem, pelo menos quebrou-o. De tal maneira que o que disse foi, palavra por palavra:

– Depois os anos passam, as coisas mudam, o teu gajo já dorme a noite inteira e o melhor que tens a fazer é dormires também. Porque, se calha acordares de madrugada, não há fantasias que te valham, dás por ti a sós com a morte, pões-te a olhar para ela e estás fodido. – Nesse momento, ergueu o copo vazio à frente do rosto como se brindasse e pareceu olhar através dele. – É isto que te vai valendo. Agora, que o gajo morre aos bocados, uns bons copos ainda puxam por ti. Mas não dura para sempre, eu sei que não. Lá virá a altura em que te viras para o espelho e só vês um par de olhos desenganados, acabou o sonho, não passas de um pedaço de papel com reumatismo a embrulhar a vida como ela realmente é. Há quem lhe chame lucidez, não faço ideia. Mas, se é lucidez, também é o fim de tudo, tornas-te um velho à espera da morte.

As palavras de Eryk precisaram de tempo, e os outros deram-lho, o suficiente para que o escritor despejasse o resto da garrafa. Quando Vivienne falou, não teve a certeza se ele a estava a ouvir:

– Posso continuar a ler?

O marido olhou-a como se não percebesse o que ela queria dizer. Por fim, descobriu na algibeira um par de óculos articulados, que desdobrou desajeitadamente antes de pousar à frente dos olhos vermelhos. Nessa altura, arrancou as folhas das mãos de Vivienne e aproximou-as do rosto para se lembrar do que vinha a seguir.

– Diverte-te – disse, enquanto lhe devolvia o texto. – Não te vão faltar motivos para isso até leres sobre o desastre. E, depois, não há nada como tirar o véu às beatas.

NORDESTE DA POLÔNIA, 1937

Yankel era o mais alto; esguio dos ombros para baixo, ganhara o corpo de truta nos banhos do lago. Os olhos eram castanhos, baços como o cabelo quase sempre desgrenhado. Era belo, tão belo quanto um rapaz pode aspirar e, muito perto de ser homem, a pele retesava nos ângulos do rosto e lembrava pedra macia, veiada de pequenas cicatrizes que a cegueira lhe marcara ao longo dos anos. Já Eryk medrara a custo e ficara-lhe a um palmo; quase albino, olhos de gato no escuro, talvez encorpasse com a idade. Entre eles, vivia Shionka. Continuariam a dividi-la até terem a certeza de que não chegava para os dois. Quando isso acontecesse, o que quer que se rompesse jamais seria remendado.

Naquela noite, deu-lhes para ir ao largo do Mercado. No verão, havia ali bancas, havia queijo e refrescos e, depois, Shionka cansara-se das histórias, já sabia o crucial. Sentaram-se a comer nos bancos de pedra e Eryk declamou excertos dispersos do *Pan Tadeusz*.[11] Se lhe falhava a memória, completava-os com alexandrinos feitos à pressa, exibindo igual talento para a métrica e para o disparate. Yankel ria, Shionka sorria, e quando se cansaram eram os únicos debaixo

[11] Poema épico da autoria do escritor Adam Mickiewicz, publicado pela primeira vez em 1834. É considerado uma das mais importantes obras da literatura polaca.

das arcadas. Foram-se embora pelo caminho mais curto, iam deixar Shionka na orla da cidade.

Foi ela quem os alertou. Parou e guiou-os até o lado de lá do passeio. À primeira vista, a casa de Pani Krysia parecia tão adormecida como o resto da rua, mas, olhando com atenção, havia mais qualquer coisa, a janela da sala parecia mal fechada, descuido bastante para que o vento agitasse a cortina e destapasse uma nesga de luz. Àquela hora?! Teria de ser esquecimento. Ainda assim, aproximaram-se cheios de cautelas. Yankel foi o primeiro a ouvir, era um rangido intermitente, qualquer coisa acertada pelo bater de um coração, não dava para perceber. Shionka galgou uma raiz que brotara junto à casa e colou o rosto ao vidro. Assim que o fez, recuou e levou a mão à boca. Eryk quase que a empurrou para ver o que se passava. Não percebeu à primeira e, mesmo à segunda, teve de focar a imagem: Pani Krysia, debruçada sobre a mesa de jantar, saia arregaçada, esticava os braços como se fosse uma cruz, fincando as mãos à toalha de renda. Com o peito espremido no tampo, erguia o queixo para o teto como se visse o céu. Atrás dela, com os pés apoiados num banquinho, o presidente da Câmara trazia as calças pelos joelhos e dominava a beata puxando-a pelos atilhos do corpete. A certa altura, Tadeusz susteve os solavancos e, sem nunca olhar para baixo por causa do respeito, afrouxou as rédeas, prendeu-as numa mão e usou a que tinha livre para alcançar o cigarro. Puxada a fumaça, deixou a prisca acesa no canto da boca e voltou à desvergonha, desta vez cerrando um olho. Mal se esvaziou, desceu do pedestal, abotoou-se, esticou as lapelas e apanhou o banquinho para se ir embora. Desancorada, Krysia pôs-se de pé, deixando a saia cair por si, e prendeu uma ponta solta do cabelo. A seguir, restaurada a pose de tronco seco, virou as costas ao cavalheiro que batia a porta, sentou-se à escrivaninha e foi acrescentar mais um pecado ao caderninho. Entretanto, já no passeio, Tadeusz passou rente à sebe onde os garotos se tinham escondido à pressa. Levava com ele um desejo, uma ideia fixa: gostara da experiência, gostara de a ter de costas, de a comandar... Era do seu feitio, que diabo!, tinha de experimentar com Apolônia. Havia o problema do banquinho, cortara-lhe as pernas à medida de Krysia e, se o viesse a usar em casa, teria de calçar a mesa. Na verdade, a obsessão cresceu tão desmesurada que, para poder gastar o vício, elevou-a ao estatuto dos discursos importantes, inaugurações e toda a sorte de favores com que servia os eleitores, passando a distribuir calços por outras mesas da cidade.

PARIS, 2001

Assim que acabou de ler, a editora virou-se para o marido. Calculara que tivesse adormecido, mas encontrou-o desperto, a mastigar em seco e a balançar o copo vazio. Yankel sorria como uma criança e Vivienne ficou apática, os dois calados, um silêncio demasiado cético para que Eryk não se sentisse insultado.

– Choquei-vos? – rosnou. – Que eu saiba, um livro também serve para ajustar contas.

O silêncio manteve-se por momentos, até Yankel o censurar com voz de troça:

– Um banquinho, Eryk?

– O gajo não prestava, não valia nada! Um tipo daquele tamanho não chega aonde ele chegou sem se empoleirar. Há quem lhe chame canalhice, eu vi ali um banquinho, qual é o problema? Tens um banquinho, tens uma história. Se és aspirante, pões alguém a limpar o pó às prateleiras; se és escritor, apodreces tudo. – Nesse momento, estremeceu com violência. – *Merde,* Vivienne!, arranja-me qualquer coisa que se beba.

Foi o bastante para que a mulher pusesse termo àquilo. Virou-se para Yankel:

– É tarde. Eu acompanho-o. É só o tempo de chamar um táxi.

O livreiro levantou-se devagar. Ficou ali mesmo, a um metro do amigo embriagado, enquanto aguardava que Vivienne lhe chegasse o sobretudo. Depois de o vestir, ajeitou a gola para se proteger dos primeiros dias de inverno. Antes de partir, estendeu uma mão indecisa na direção de Eryk. Quando lhe tocou no braço, tateou até o ombro, mas num instante deixou de saber o que fazer e saiu dali com pressa.

NORDESTE DA POLÔNIA, 1937

A primeira suspeita veio com o peso da fruta. Às duas maçãs do costume, Elka Mencher somou outras tantas, mais uma dúzia de ameixas. Já se lhe conhecia o coração, pelo que a fartura súbita teria de coincidir com a aflição de algum vizinho. Mas a rua Mazur era acanhada, todos se conheciam, e não constava que qualquer dos moradores estivesse doente ou passasse necessidades. Como aquilo continuou dias a fio, lembraram-se de a seguir, mas nunca lhe viram desvios ao caminho habitual. Até que, naquela noite, Israel Haussman saiu disparado para vomitar no passeio e deu de caras com Elka à porta do professor. É claro que a voz de um bêbedo se deve ouvir com cautela, mas o segredo nada pôde contra a curiosidade da rua inteira e, em menos de uma manhã, lá veio a confirmação: Shlomo Pasternak estava de volta! Os detalhes vieram depois: o julgamento não dera em nada, as provas afinal não o eram, e, malgrado as desculpas da República, não se apagou a vergonha. Dois anos de calabouço, contados assim sem culpa, são dois séculos de injustiça. E depois a humilhação, a calúnia desprezível, ele e as crianças – logo as crianças... Que as seduzia, que as fechava em casa, que as alcoolizava, que abusava delas. E tinha de ser verdade, o povo assistira à detenção e espreitara-as à volta de uma mesa, testemunhara a pouca-vergonha e compadecera-se dos seus olhos inocentes, suplicantes, relutantes, ébrios de licor de laranja. Fosse quem fosse o autor da denúncia, a cidade devia-lhe o que tinha de melhor e poucos quiseram saber por que razão os garotos nunca chegaram a depor ou até por que tanto choraram a ausência de Pasternak.

Yankel foi quem mais sofreu com as tramas da Justiça, sabia que ser cego não era aquilo, tinha de falar com o professor. Acompanhado por Eryk e Shionka, procurou-o todos os dias na sua casa, mas nunca foi atendido. Até que, certa noite, depois de muito bater, a porta se abriu. Não totalmente, apenas uma frincha, o bastante para uma mão vacilante sair à rua e afagar o cabelo do rapaz, depois um ombro, depois o rosto, depois mais nada. Foi assim a despedida, já que, da mesma maneira que regressara, Shlomo Pasternak partiu, desvaneceu-se dois dias depois. Até os primeiros palpites, ninguém sabia para onde, só mais tarde seria visto na América, na Hungria, na Palestina e até em Roma, à beira do Coliseu, a mudar o pneu de um carro de luxo; era uma questão de inspiração, tudo se lia na correspondência que a cidade trocava com aqueles que tinham partido, tudo se multiplicava nas conversas do meio da rua.

Passadas umas semanas, chegou à cidade um duo notável: as mesmas casacas, os mesmos chapéus, as mesmas polainas, um destro, outro canhoto, seguravam as malas e alinhavam o passo numa simetria hilariante. Porém, quem os visse de perto perderia a alegria; eram um par desbotado, carregado, adoecido pelo dever, estavam ali com um só propósito e a mando de Pasternak: dar bom destino ao patrimônio deixado ao abandono. Durante quinze dias, os dois homens distribuíram-se pela cidade e mesquinharam mais do que o professor alguma vez se atreveria, para, no final, abandonarem aquele lugar com as malas inchadas de dinheiro e os bens entregues. À exceção da mina de ouro, que por o ser só de nome não encontrou interessados, nada ficou por vender: os armazéns foram para a Câmara, que assim manteve a escola; as lojas das arcadas para quem já as arrendava; e as extensas propriedades a norte da cidade, tão férteis e ricas em água, juntavam-se agora ao vasto território de Salomão Finkelstein, um desejo de décadas. Além disso, entre prédios e baldios, mais uma dúzia de negócios, mais uma dúzia de cidadãos radiantes. Bem vistas as coisas, a perdição de Pasternak aproveitara a tanta gente que logo houve quem somasse novas causas para a denúncia. Na justa tradição do círculo perfeito, tais suspeitas morreriam mesmo assim, juntando-se às outras culpas, culpas sem rosto, mais antigas do que a memória daquele lugar. Mas havia ainda a honra, e o professor fez questão: ao rasto de indignidade, imporia uma marca de grandeza. E por isso não vendeu o casarão, doou-o ao Município para que ali se albergassem os dementes da cidade. Deixou também decretado que não sobrasse recheio, pelo que, num fim de tarde, e à vista de toda a gente, se deitou fogo aos seus pertences. A pilha impressionava: lá estava a mobília, a roupa e a comida estragada, mas também os potes, as substâncias, as perucas, os funis, as lamparinas, a fauna embalsamada e os frascos de orvalho, coisas de todo o mundo. A preencher os interstícios, os livros do professor... A fogueira levou cinco dias a apagar, mas arderia para sempre nos olhos de quem a viu. Abrasada pelas chamas de todas as cores conhecidas, a amálgama rangia desesperada, o guincho de mil animais feridos, explosões de enxofre e limalha, lágrimas de ouro que escorriam das iniciais das lombadas, o fumo miraculosamente branco, pestilento, a cobrir a cidade como um cogumelo. Shionka e os dois rapazes também lá foram despedir-se, mas cada um se aqueceu de maneira diferente:

ela com os bamboleios, os lábios febris a falarem para dentro, talvez possuída pelo próprio Pasternak; Yankel, calado, a dor que crescia com o cheiro a dragão, cheiro a prata incandescente, era o único a ouvir o que dizia o fumo; e Eryk, figura de estátua, olhos vidrados, encantados, conseguia discernir no fogo as figuras dantescas, contorcidas só para ele.

*

Os dignitários cheiraram o rumo ao vento antes de se perfilarem no lado certo das cinzas. Sentados na escadaria, os doentes sorriram para o brasido que ainda fumegava no tapete calcinado. Os seus olhos visionários transformavam os tições em pó das estrelas, em diamantes, laranjas incandescentes, qualquer coisa encantadora que os distraísse dos discursos dos políticos, tão preocupados em varrer para longe o nome do professor, mesmo que a placa descerrada anunciasse em letras de palmo:

MANICÔMIO PASTERNAK,
para acudir aos aflitos da razão,
por generosíssima oferta inaugurado
a 26 de maio de 1937/16 Sivan, 5697[12],
na presença do Senhor Presidente da Câmara,
o honorável Tadeusz Orlosk.

*

O piso de cima era um esqueleto de peixe, um único corredor ao comprido e doze baias de cada lado, tantas quantas

[12] De acordo com o calendário judaico.

as janelas laterais protegidas por fortes grades de ferro. Era assim que se distribuíam os loucos do manicômio e era ali que passavam a maior parte do tempo. A poente, seis mulheres, na outra ala, sete homens, um dos quais amarrado e amordaçado noite e dia por causa do odioso costume de lamber as doentes.

Mas Florian, não, era um rapaz doce e, como vinha a tornar-se hábito, foi o primeiro a sair para o jardim.

Movia-se como um prodígio no seu espaço imaginado e por isso traçou com os olhos umas retas sobre a relva. Seguiu a primeira até o vaso de bronze; aí chegado, alinhou a vista com a tília dos vizinhos, deu sete passos em frente e parou uma vez mais; para concluir, virou em ângulo reto e caminhou outros três metros. Tinha chegado, era aquele o ponto certo, o fim do percurso. Só ali, exatamente ali, poderia vislumbrar, entre dois prédios da rua Mazur, o primeiro contorno do sol a nascer sobre os ulmeiros. Ficou assim muito tempo, de pé, com o alvor aceso no rosto. Sempre que isso acontecia, começava a falar, a rir, comovia-se e calava-se outra vez. Quando os outros doentes saíam para o passeio da manhã, encontravam-no sentado na relva a olhar para uma larva no braço, a rodar um trevo nos dedos, a virar-se para o vento como se o visse passar. E conversava, tinha sempre o que dizer à larva, ao trevo e ao vento. Às vezes tirava do bolso uma flauta minúscula, lascada nas pontas, gasta e sem brilho, um instrumento tão ridículo como ele. Mas, quando a levava aos lábios, também sugava o ar e o tempo e os fantasmas dos loucos à sua volta.

O padre Kazimierz, que incluía o manicômio nas visitas de domingo, já esbarrara naquele quadro de outras vezes. Deixava-se ficar a olhar para o músico, parecendo levitar com o resto do grupo. Certo dia, aproximou-se do rapaz e levou-o para uma sombra, quis saber o que lhe respondia o vento.

Florian empertigou-se – "Não falo para o ar, falo com Deus" –, era nos vermes que O encontrava, nas ervas, no sopro do vento e da sua flauta. O padre assombrou-se e disse que Deus era mais do que isso, falou-lhe de três pessoas, falou-lhe do corpo e do pão, do sangue e do vinho, falou-lhe de muitas outras coisas e até dos pecados que lhe poderia lavar ali mesmo. O rapaz, que era louco, só percebeu a parte do amor, por isso saiu da sombra e regressou ao jardim.

Depois havia Kasia, a irmãzinha de Florian, tirada da rua poucos dias depois dele. Era uma catraia, a mais nova do hospício, e nunca se conformara por ali estar: aquilo era para loucos e o seu mal estava nos olhos, não na cabeça. No lugar de pessoas, via animais, e então? Quando o mercado se enchia às terças-feiras, Kasia não se levantava, não se destapava, alagava-se em suor e gritava até o fim da tarde. Já os vira ao redor das bancas, um vespeiro de más companhias: sapos untuosos a tresandarem a morte, cobras que descamavam entre os dejetos da cidade, lacraus, ratos obesos, moscas e escaravelhos espremidos, um zumbido furioso em forma de nuvem. Mas não era só ali, não eram só os feirantes, os que compravam e os que vendiam, pois Kasia encontrava as criaturas por todo o lado. No círculo perfeito, só os cães eram cães e as crianças crianças. O padre dos domingos também lhe parecia humano, umas escamas no pescoço que iam e vinham, mas, sim, era de sangue quente. De resto, havia os outros, os mutantes, aqueles que lembravam tantas coisas, como Tadeusz, a quem chamavam Presidente. Encontrara-o nas festas citadinas e arrepiara-se: por trás do leque de penas fulgurante, vivia um pavão em corpo de perdigoto que saltitava, que se agarrava com as unhas à roupa dos outros, que era capaz de ferir só com os olhos de salamandra. Mas também Skiba e Finkelstein, as serpentes que esventravam os alicerces da cidade em labirintos obscuros, túneis bafientos entre as raízes e tudo o que a terra apodrecia. Já as vira ao sol, estendidas no passeio a fazer de mortas, a cheirar o vento com as línguas bifurcadas, e Kasia, aos berros, a apontar para elas perante o pasmo de quem passava. Uma vez levaram-na de arrasto, o médico que a aturasse. Já na enfermaria, o doutor Sobol recebeu-a e falou muito tempo sem fazer ideia de que tudo o que ela via era uma cabeça inchada de peixe, olhos esbugalhados a babar clara de ovo e um beiço bovino a mastigar palavras estrangeiras. Quando por fim percebeu que ela não o escutava, resolveu sentá-la ao colo, agarrou-lhe a mão franzina e, já que os olhos não serviam, mandou-a usar o tato guiando-lhe os dedos pelas pregas anafadas do seu fato de fazenda. A rapariga, que era louca, continuou sem achar formas de gente, por isso foi amarrada e levada para o hospício.

*

Yankel enterrou os pés na terra molhada, mas deixou-se cair e ficou sentado de frente para o lago. A meia dúzia de metros, encostados a uma árvore, Eryk e Shionka: ele sentado numa raiz a desenhar nas folhas de papel pardo que lhe dava o Pasternak; ela, deitada no ervado, apoiada nos cotovelos para ir espreitando os bonecos.

Naquele momento, o rapaz rabiscava pelo a pelo, ínfimos tracinhos uns por cima dos outros, formando aos poucos uma mancha para o comprido a dar ideia de um bicho lãzudo. Shionka terá pensado a mesma coisa, pois, num gesto sinuoso, serpenteou a mão por entre as ervas imitando um animal e apontou para a margem do lago. Eryk deu uma gargalhada: "Que dizes tu? Uma lontra?" Ela encolheu os ombros e riu-se como uma tola, o que em silêncio era ainda mais estranho.

Sem nunca lhe dizer se estava certa, ele continuou. Agora, um pouco acima do primeiro, desenhou mais dois bichos lado a lado, em tudo iguais ao original, porém com metade do tamanho. A seguir olhou para a rapariga e esperou por novo palpite. Shionka, que se debruçara sobre a folha de papel, endireitou-se de um salto, sentou-se com as pernas cruzadas e, cheia de certezas, embalou em cada braço um filhote imaginário, apertando-os ternamente contra o peito. Eryk riu-se outra vez e disse que não com a cabeça. Então decidiu pôr fim ao jogo e corrigi-la no papel, traçando um risco rápido entre os três montes de pelo. Unidos por aquela linha em forma de nariz, as crias e a mãe lontra transformaram-se de repente no vistoso par de sobrancelhas e no bigode formidável de Tadeusz Orlosk. O resto era mais simples, um traço largo a contornar o rosto, o corpo atarracado a parecer fora de escala, as calças pelos joelhos, e as mãos cruzadas logo abaixo da cintura por causa da vergonha. A acabar, o banquinho de três pernas e as palmas entusiasmadas de Shionka.

Ao ouvi-los tão efusivos, Yankel quis saber o que se passava e Eryk descreveu-lhe o que tinha desenhado, procurando não esquecer nenhum detalhe.

"Não te esqueceste de ninguém?", perguntou o cego, de novo virado para o lago.

Eryk olhou para ele, olhou para a folha e, num gesto repentino, saiu-lhe um perfil adunco. Shionka nem hesitou e benzeu-se para dizer que era a beata. "Pani Krysia", confirmou o rapaz para que Yankel o ouvisse. Depois, sempre a morder o lábio, continuou pelo pescoço, os ombros nus e, como frutos maduros, os seios, tão murchos que chegavam à cintura. Aí, parou de repente e pareceu desnorteado, incapaz de prosseguir. Fazendo um ar provocador, olhou para Shionka, "agora não sei o que faça". E levantou-lhe a saia do vestido para o deixar ver como era. Sem parecer levar a mal, ela deu-lhe uma palmada no braço e, já composta, arrancou-lhe o pauzinho de carvão. Então, muito meticulosa, desenhou um tufo negro que, aos poucos, alastrava pelas pernas da beata. Ao vê-la fazer aquilo, Eryk ficou transtornado e Shionka apercebeu-se. Divertida, deixou cair o desenho, levantou-se de repente e mascarrou-lhe o nariz com a mão encarvoada. Só então saiu disparada para se ir banhar no lago.

NORDESTE DA POLÔNIA, 1939

Guerra.

Em dia de mercado, a palavra alastrou de boca em boca, de banca em banca, e, antes do almoço, o rumor já pegara ao resto da cidade. Os velhos e as crianças calaram-se e ficaram a assistir. À sua frente, fervia o sangue dos rapazes e as mães corriam para a igreja e mandavam rezar missas. Foi então que o nevoeiro caiu sobre as ruelas, tão denso que ninguém se recordava de outro igual. Houve ainda quem jurasse vislumbrar na neblina qualquer coisa pavorosa a lembrar corcéis rampantes, cavaleiros teutônicos na sombra de um guerreiro formidável que tinha de ser o próprio Odin, ele mesmo a avassalar de espada em riste o sagrado chão polaco, e de quem pouco se sabia além do nome:

Hitler.

Os tempos seguintes trouxeram outras novas, o recorte de jornal acabou por sossegar: afinal era para o baixo, tinha traços de judeu, não viria mal dali.

Mas o nevoeiro não chegou a dissipar-se e o círculo perfeito encheu-se de outros vultos ainda mais tenebrosos. Falou-se então das fogueiras, das piras feitas de livros, dos vidros partidos, da sentença de aleijados, das prisões, campos, castigos e libelos de sangue, tudo aquilo que eles imporiam no dia em que chegassem. Ah, sim, não tardariam. E viriam pelos judeus; viriam para expurgar, para queimar e lançar as sortes sobre o pouco que sobrasse.

A *Kehilla* reuniu-se muitas vezes, os sionistas gritaram ser o tempo de Aliyah, o regresso à terra de Israel. Mas logo houve quem falasse do passado e de todos os direitos resgatados com o sangue dos judeus. Não, haveriam de ficar. E, depois, talvez fossem só rumores, talvez o nevoeiro levantasse.

Menos crédulo, o exército polaco foi bater a cada porta. Só no círculo perfeito reuniu cem patriotas, garotos em pé de guerra mascarados de soldados. Eryk foi um dos cem e, mesmo ao sair de casa, parou à porta do pai, olhou de soslaio para as pernas dobradas e saiu sem se despedir. A seguir, foi ter com eles.

Eryk termina todas as frases como se lhe faltasse o fôlego. Deve ser por se rir e falar ao mesmo tempo. Diz-nos que tem duas horas para se apresentar à frente da Câmara, não chega para despedidas. Ou chegaria, se fôssemos capazes de ser sinceros e confessar que a morte não nos sai da cabeça. Não somos. Por isso, o que dizemos não é nada parecido com um adeus: eu pergunto se o céu lhe parece com ar de chuva, ele responde-me que sim e acrescenta no mesmo tom casual que alguém terá de lhe entregar uma espingarda. A seguir, cala-se. Ouço-o a remexer o embrulho de papel que a minha mãe lhe mandou. Há um queijo e bolos de cebola, e conta-os em voz alta: "São doze", informa-me como se fosse importante; "Onze", corrige já com a boca cheia.

Shionka aparece finalmente.

Apoia-se no meu ombro para se sentar e noto que está a pingar; veio a correr, que tonta.

E depois já a conheço, estou mesmo a ver que, com a pressa, tropeçou e se esfolou nas árvores, não quis saber; pisou todos os míscaros e groselhas que encontrou no caminho da floresta e de certeza que traz o cabelo cheio de folhas. A sua pele quente e transpirada espalha agora um aroma açucarado a seiva e a frutos esborrachados, o que, em vez de nos confortar, só realça o cheiro da morte que talvez nunca nos largue.

Passaram as duas horas, comemos os bolos todos, nem isso Eryk há de levar para a guerra. No meio, repisámos piadas e histórias velhas, mais nada, um esforço indecente para não fraquejarmos.

Quando dou por mim, percebo que chegámos ao largo do Mercado, só aí é que cabem tantas vozes. Mas são só vozes de mães; se há por ali pais e mancebos guardam tudo para si. Parece também ser essa a escolha de Eryk. Shionka trava-me pela manga, é melhor deixá-lo ir.

PARIS, 2001

Segundo Yankel, o seu apartamento na rue de Buci era uma réplica aceitável da Livraria Thibault. Ali também havia livros nas prateleiras e mobília velha, um cheiro que seria o mesmo, não fossem os pistácios e a gordura a derreter no café afegão do prédio em frente. Eram sete da tarde, a chuva ouvia-se melhor nas ruas estreitas e ele sentou-se à janela. Era um vulto quieto numa sala às escuras e, se a imagem valesse alguma coisa, serviria para lembrar que Fidelia partira e não voltara, um mês inteiro com as luzes apagadas. Deixou tombar a mão ao lado do sofá e os seus dedos tocaram em *Armand*. Afagou-o com cuidado para não o acordar, pois estava cheio de drogas e tumores. Yankel afligiu-se, já tivera outros cães e outras amantes, mas nunca perdera dois ao mesmo tempo.

A maneira que encontrou para deixar de pensar nisso foi lembrar-se do seu estado ruinoso. Todos os dias se sentia mais decrépito, a dor que o andava a incomodar ultimamente já lhe apanhava o ombro, o pescoço, e descia até o peito. Porém, se deixava de a sentir, então estava desgraçado; cada vez se tornava mais difícil passar sem aquela distração.

Naquele momento, o telefone tocou ao pé de si, era Vivienne. Pelos vistos, Eryk terminara uns capítulos e ela gostaria de lhos ler; podia ser ali mesmo, se não se importasse. Yankel disse que sim, viessem quando quisessem, e desligou. Aos poucos, a chuva deu a vez ao coro sussurrante dos cento e noventa e seis relógios de coleção que trabalhavam como insetos um pouco por toda a casa. Fechado num mundo escuro, Yankel viciara-se no tempo por causa daquele zunido, mesmo que agora lhe parecesse corrosivo. Teve medo da morte, teve tanto medo de que o casal afinal não aparecesse que deu por si a telefonar-lhes. Quando Vivienne atendeu, Yankel não soube o que dizer e acabou por ser sincero:

– Traga queijo, pode ser?

Vivienne deve ter dito que sim, porque ele agradeceu. Sem Fidelia, e se a dor lhe dava tréguas, Yankel comia queijo ao chegar o fim da tarde. Esboroava uma fatia entre os dedos e depois cheirava a mão. A seguir, levava tudo aos lábios e deixava derreter na boca, para então salgar a língua lentamente e sempre de trás para a frente; era assim a fome às escuras e também o que fazia para poder esquecer o resto.

Quando o casal chegou, já ele acendera as luzes. Convidou-os para a sala e disse-lhes onde guardava as garrafas. Mesmo por baixo, havia pratos e facas para o queijo. Enquanto compunha o tabuleiro, Vivienne varreu a sala com os olhos. Estranhou a falta de Fidelia, estranhou os deslizes que encontrou, coisas fora do lugar, erros de cego a confirmarem o sumiço da argentina: o blusão desportivo que usava com a gravata, as molduras arrumadas de pernas para o ar – Yankel e a amante, os dois de cabeça para baixo, a rirem às gargalhadas da figura que faziam –, a revista erótica esquecida por Fidelia que ele expusera sem saber no topo de uma pilha de jornais.

Eryk, que ignorara tais detalhes, sentou-se ao lado do amigo.

– E Fidelia? – perguntou sem interesse.

Yankel não hesitou:

– Mudou-se para Batignolles, foi viver com um casal de turcos ou coisa que o valha. Pelos vistos ama-os.

Vivienne espreitou por cima dos óculos e lambeu o polegar antes de pegar na tábua do queijo e ir ter com eles.

– Como se está a arranjar sozinho? – quis saber.

– Mademoiselle Foss – respondeu Yankel. – Quando descobriu que Fidelia se pôs a andar, lembrou-se de que não tem de ser porteira nem solteira toda a vida. É o que me tem valido, mas, se não lhe dou atenção, vira-me as costas e deixa o serviço a meio.

Durante quinze minutos, falaram ao acaso, beberam vinho e Yankel foi o único a não tocar no queijo. A dada altura, já só pensava numa coisa:

– Não quer começar a ler? – perguntou a Vivienne.

A editora disse que sim e acabou de mastigar. Só então foi à pasta buscar as folhas, que eram poucas. Começou pela história do Pasternak e, assim que falou da guerra, fez uma pausa para mais um gole de vinho. No meio, uma única interrupção, quando Yankel lhe pediu para repetir o parágrafo sobre a louca que via criaturas:

– Era a única cabeça sã da cidade – disse, como quem dá uma notícia. – Mas, desculpe, continue.

NORDESTE DA POLÔNIA, 1939

Aquela era a fatia mais recôndita do círculo perfeito, a mais ortodoxa, morada dos judeus hassídicos havia vários séculos, e em nenhum local do *shtetl* se observava a Halachá[13] com igual pureza. Era um sítio enevoado, composto por três quarteirões, cada qual com uma dúzia de casas viradas para um pátio. Os judeus chamavam-lhe o Vigele, o berço, pois a virtude nascia ali e dali irradiava. No centro desse triângulo, havia sete árvores, sete sobras centenárias da floresta dispostas em torno da pequena sinagoga, um prédio vetusto de madeira, tão estimável como um pai de família. À volta do bairro, o *eruv*, uma cercadura de postes e arame que travava os visitantes e abria as ruas ao transporte de bens durante o Shabat. Havia ainda um mercado, um barbeiro e um peleiro, a casa de oração, os banhos e o *cheder* onde os rapazinhos aprendiam hebraico. Já à sombra da floresta, o matadouro de Meir Berkovich e as quarenta e duas divisões do judeu das trigas. Cada pátio do Vigele era uma sala reservada que apenas se enchia à noite: a norte, os homens, Deus e a política; mais abaixo, os dois vértices estridentes, mulheres a poente, gaiatos a nascente, um conjunto interligado por ruelas apertadas onde se cruzavam, em grupos separados, raparigas e rapazes casadouros.

[13] Código das Leis Judaicas.

Era ali que vivia Tauba Sandberg.

Diziam que a cor de azeitona lhe vinha de um tio arménio, mas nem ela nem a mãe nem o pai nem o resto da família pareciam perdoar aquele tom de pele. Talvez fosse isso que levava a rapariga a ver-se nua ao espelho duas vezes por dia; rodava em passinhos para se desnudar ainda mais; não fosse tingida, seria ideal: ombros estreitos de fidalga, mãos e braços melindrosos, Pasternak chegara a gabar-lhe o pescocinho de Modigliani. Nessas alturas, torcia a cabeça para poder olhar as nádegas abastadas, assentes em coxas generosas – só era branquinha dos joelhos ao umbigo. Já a mãe, gorda por igual, parecia tão desbotada como uma gentia. Foi por isso que Tauba pensou em engordar, rechear-se de comida para esticar a pele e assim perder cor e a fama de bastarda. Nem pensar, gritou Baruch, o primo endinheirado que lhe estava prometido: a fartura onde é devida, queria-a como uma pera e gostava de ombros delgados. Como sempre acontecia ao sentir-se angustiada, foi falar com Perla Weissmann, querida amiga, que haveria de iluminá-la. Ombros delgados?, riu-se a outra; que se risse ela também e fizesse o que ele dizia. Então abraçaram-se, tinham sentido a falta daqueles momentos, das horas calcorreadas sob a pérgola do cemitério judaico, para onde fugiam juntas desde crianças. Daquela vez, porém, era diferente. A dez dias do casamento, Tauba estava em polvorosa, detestava que a apressassem. Queria lá saber da guerra mais das histórias que inventavam. Mas Baruch não se fiava – se tivesse de ir lutar, já queria ir arrumado. Depois havia o pai da noiva, com mais olho para o negócio: calhando enviuvar, voltava à casa paterna, mas com o nome do marido e tudo o que dele herdasse. Perla ficou calada; quase sempre categórica, desta vez mordia o lábio. Ao contrário da amiga, assustavam-na os rumores, e se os alemães chegassem ninguém sabia o que esperar. Uma coisa era certa, as meninas despachadas sempre tinham outro amparo, e um marido como Baruch podia vir a valer-lhe. Tauba pareceu convencida, por pouco não sorriu, de qualquer modo era tarde para mudanças. Por fim, lá olhou para Perla, casada de fresco, e desatou a fazer perguntas. Já que ia mesmo em frente, ardia por saber tudo. Em resposta ao desafio, a amiga vincou o sorriso travesso que trazia da noite de núpcias e deu uma corridinha até um banco de pedra. Já sentada, alisou muitas vezes o vestido sobre as coxas, estava ansiosa, teatral, e pôs-se a olhar à volta com uma cautela fingida. "Nunca nos casamos só com um homem", revelou. Depois falou do marido: Pinchas era ele e o pai dele, o rabino Avigdor; era a assembleia que enchia a sinagoga; era todos os homens hirsutos de fato escuro que a modéstia equiparava a um só. De seu, o marido tinha pouco, mas era tudo o que bastara a Perla: a maneira como se desperdiçava num riso de garoto, nos motivos de garoto, no rosto indeciso que guardava só para ela, pois, dizia desarmada, "a dúvida é a única forma sincera que um homem encontra para dizer que te ama". Depois contou-lhe que Pinchas se zangara só três vezes, pouco para um mês a dois, e sempre por razões justas: um candeeiro deixado aceso durante a intimidade, o queijo servido pouco antes do *cholent*[14] e o cabelo solto que Perla desvendara ao espreitar pela janela. Tauba, sempre metódica, ia arrumando os deslizes da amiga entre o muito a que já se proibira. Afinal, da próxima vez que passeassem sob a pérgola, seria ela a correr para o banco de pedra, quisesse Deus com igual contento.

[14] Prato de carne e legumes guisados habitualmente servido ao almoço no Shabat entre as comunidades judaicas.

O Vigele foi posto ao lume nos últimos sete dias. Durante esse período, Tauba não viu Baruch, Baruch não viu Tauba, e nenhum se passeou pelo *shtetl* sem a corte obrigatória. Do lado de lá do *eruv*, também se contava o tempo, pois nenhum judeu fora esquecido na lista de convidados. Dada às grandezas que não tinha, toda a judiaria destravou as fantasias e anteviu um dia inesquecível. Haveria comida e esplendor a romper a madrugada; chegariam forasteiros de Varsóvia e Poznan, mas também de Mukachevo, Budapeste e até da Alemanha – afinal, dizia-se, havia um Sandberg em cada *kehilla*. Como era habitual, o Vigele cedeu os três pátios para a boda. Nos dias que a antecederam, despejaram-se os burros das lojas antes de os conduzir à eira emprestada pelo judeu das trigas e arejaram-se as casas. As mulheres descravaram e limparam as *mezuzot*,[15] esfregaram as ombreiras das portas da rua, lavaram as sacadas e os filhos por trás das orelhas. E, na noite anterior, cada família colocou a um canto do pátio o número de cadeiras a que contava dar uso, para que os rapazes as alinhassem ao longo das mesas corridas.

Chegado o dia, Tauba acordou a meio da noite. Temia pelo rosto maldormido e desesperou por regressar ao sonho interrompido. Já pouco se lembrava, a imagem era difusa, parecia-lhe Baruch, sim, mas havia mais alguém, muita gente desfocada. Quando se achou só com eles, já estava a dormir de novo. De repente, viu-se do teto a dançar com o marido, a multidão desvanecera-se, e, a cada rodopio, o rosto de Baruch era o rosto da mãe dele. A imagem estarreceu-a de tal modo que acordou com dores no peito. Nesse momento, descolou o lençol do rosto transpirado e pôs de

[15] Plural de *mezuzah*, um rolo de pergaminho com passagens da Torá, que muitos judeus colocam nas ombreiras das portas das suas casas, normalmente acondicionados em pequenos contentores decorados de pedra, madeira, cerâmica, metal, etc.

lado o relógio, ainda era escuro, não quis saber, fosse que hora fosse, no dia seguinte, por essa altura, estaria deitada com um homem e seria assim para sempre. Deixou-se estar quieta, a olhar para cima; lá embaixo os primeiros ruídos da cozinha. Não faltaria muito para que a mãe irrompesse quarto adentro com as toalhas lavadas, um gesto de muitos anos e igual a tantos outros, extintos daí a nada. Assim também era o cheiro a forno, o cheiro a bolos e a leite quente, o cheiro maternal que as manhãs tinham. Riu-se: do tanto que perdia, conceber manhãs diferentes era a sua maior dor. Nesse momento, lembrou-se da fome e sentiu-se estonteada; para a noiva, era dia de jejum, ditava a Lei. Quando a mãe chegou ao quarto, dirigiu-se para a janela, correu as cortinas e encheu a bacia de esmalte com a água morna que trazia num jarro. Depois de pendurar as toalhas num varãozinho de ferro, foi abrir o guarda-fatos. Ficou ali, de costas para Tauba, a separar a roupa da filha pela última vez. Peça a peça, ia-se virando para pousar tudo no lado vazio da cama. Perdida naquele afã, parecia não ver ninguém. Mas era engano: "Então?", perguntou sem olhar para Tauba e sem parar de arrumar. A jovem não disse nada, era escusado, nos últimos dias a mãe fazia a si mesma muitas perguntas daquelas. Uma hora mais tarde, enquanto se purificava nas águas do *mikvé*,[16] a escolta das doze mulheres aguardava pela noiva à porta do edifício. Ainda lhe fariam companhia quando fosse à sinagoga para a última oração, carpindo sempre ao seu lado para que ela não esquecesse aquilo que ia perder. Vã lembrança, saberia quem lhe lesse o olhar errante, pois nem durante a cerimónia Tauba pôs de lado aquela angústia.

[16] Banho ritual judaico.

Foi a voz sonolenta do rabino a despertá-la, as palavras aramaicas com que lia a ladainha indecifrável com as promessas do casal. Atrás do mestre, espalhados pelo pátio, os convidados vigiavam em silêncio. Separados das mulheres por uma cortina translúcida, os homens pareceram-lhe mais iguais do que nunca, olhares afins diminuídos por óculos semelhantes, barbas castanhas, chapéus castanhos em pele, fatos pretos, sapatos pretos, rostos e mãos da cor das meias, os gestos mínimos que pareciam comandados por uma única vontade. Atrás deles, havia um segundo grupo constituído pelos homens e rapazes que não eram do Vigele. Tão judeus como os da frente, havia-os de vários feitios, mas todos se cingiam ao papel que deles se esperava, mantendo-se modestos e atentos.

Fora entre estes que Yankel se sentara. Detestava casamentos, horas seguidas de tagarelice, os mil cheiros diferentes da comida, as danças delirantes, a transpiração, a filha deste e daquele a quem Rasia sugeria um dedinho de conversa. Não era que não protestasse, mas a mãe levava-o sempre, nem que fosse pela fartura que não podia dar-lhe em casa. Naquele instante, só queria sair dali, correr até a floresta; daria tudo para poder estar com Shionka.

Acontece que, de súbito, o seu sonho fez-se em cacos, tal como o copo de vidro que Baruch esmagou com a sola. "*Mazal Tov!*", estavam casados!, e todo o grupo se embriagou de alegria, cumprindo o mandamento de alegrar os noivos, o que fez dançando à sua volta e ao som dos *klezmorim*.[17] A festa prolongou-se pela tarde, desaguando destravada nos três pátios. A cada sinal de euforia, o rabino Avigdor segredava sobre o ombro, e a música cedia prontamente o lugar

[17] Intérpretes de música Klezmer, um gênero dominante na cultura dos judeus asquenazes.

aos epitalâmios e piadas do *badchen*, o bufão contratado. Foi num desses momentos comedidos que se ouviram passos de corrida. O *badchen*, vermelho de ofensa, calou o poema a dois versos do fim. Surpreendendo toda a gente, o desenfreado surgiu da quelha sombria que dava para a saída do Vigele. Assim que foi reconhecido, um rumor passado transbordou de um pátio ao outro: era Simon Leichter, o amanuense, um judeu comunista tão mal visto por ali. Vinha exaltado, fora de si, e, achando-se no meio da boda, pareceu desamparado, olhando à sua volta sem saber com quem falar. Por fim, lá descobriu o judeu das trigas e o rabino sentados ao pé do noivo. Aproximou-se dos dois e inclinou-se para dizer qualquer coisa, gesticulando ao mesmo tempo. Os velhos ouviram-no em silêncio e assim ficaram mesmo depois de ele ter partido. Naquele momento, já os homens e mulheres se acotovelavam, ninguém queria perder as novidades. Coube ao rabino transmitir aquilo que ouvira. Para tal, fechou os olhos e rezou em nome do seu povo.

A noite caíra sobre o *shtetl*. Havia fios de fumo a subirem das fogueiras do Vigele e, com eles, a oração prolongava-se até Deus. Aos poucos, outras preces se juntaram vindas dos outros pátios, dos outros bairros, de todo o círculo perfeito.

Mais tarde, Yankel e Rasia ampararam-se um ao outro pelas ruas da cidade. Quando chegassem a casa, também ela acenderia a *menorah* e, sempre com o filho ao lado, maldiria a desgraça que o rabino anunciara:

Os alemães não estavam longe.

*

Eryk esfregou os olhos com os dois dedos que não tinha entrapados. Assim tão próxima, a mão cheirava-lhe a vomitado e distraiu-o por momentos do ar que respirava, da urina, dos excrementos, da transpiração e da comida azeda. A dor no pé pareceu-lhe suficiente para morrer. Se conseguisse, arrastava-se até a porta blindada, saía com a arma em riste e dava o peito às balas para tombar como um herói. Melhor ainda: podia chamar putas às mães dos boches e assim deixar-lhes um cadáver com ar de troça. Ali, no búnquer, nenhum soldado sabia contar as horas. À sua esquerda, o cabo Marek nunca se calou, conseguindo chorar e rezar ao mesmo tempo. Eryk tentou imaginar Deus ali com eles, sentado como eles sobre as próprias imundícies, essa lama pestilenta que os colava a todos. Estava escuro, mas o som esporádico das bombas trouxe flagrantes de luz e revelou a catástrofe dos rostos iguais, mortos e vivos, o mesmo olhar. De repente, outra explosão, agora mais forte ou mais próxima. Eryk vomitou outra vez e o cabo rezou mais alto, gritou por Deus, gritou com Deus. A seguir foi alguém que se lembrou da mãe e falou com ela: palavras desarmadas, apalermadas, que cada um foi escutando até perceber que eram suas. Depois veio o silêncio, o silêncio preparatório. E finalmente a voz por que todos aguardavam, a voz do capitão. Raginis fora ferido, os olhos purulentos já nem distinguiam os seus homens, mesmo assim foi capaz de os lembrar do muito que já haviam conseguido. Chegara, porém, o momento. Ele, que jurara prescindir da própria vida em lugar da rendição, pedia-lhes agora que fugissem. Lá fora, uma onda depravada prometia varrer tudo; por cada polaco agonizante, cinquenta alemães mais os *panzers* e todo o fogo caído do céu. O capitão encostou-se à porta do abrigo para honrar os seus soldados. Saíram devagar, passando por ele um a um, ofuscados pela luz que agora invadia a casamata. Junto à saída, Eryk deixou-se estar. Reconheceu um amigo que viera com ele do círculo perfeito e quis chamá-lo, mas já não ouviu a própria voz, apenas o zumbido da última bomba. Depois, passou o cabo Marek; já sem chorar ou rezar, agarrava contra o peito uma mão decepada na esperança de que fosse a sua; logo atrás, amparado por dois companheiros, um rapazinho. Eryk fixou-lhe mais os olhos esbugalhados do que as tripas que abraçava, aparvalhado. Só então se levantou, foi o último a sair e saudou Raginis com um aceno. Ao chegar lá fora, olhou para trás sem saber por quê e viu o capitão a arrancar a cavilha da granada e a atirar-se para cima dela. Quando a promessa de Raginis se cumpriu, Eryk deixou de ver e tombou também.

Porém, assim que o fez, abriu os olhos.

Havia qualquer coisa errada, o céu estava amarelo. Depois, aquele som estranho, aquele silvo metálico enclausurado na cabeça que o fazia endoidecer. Aos poucos, obrigou-se a sossegar, estava deitado e ergueu uma mão para ver os dedos. Pareciam desfocados, mas mexiam. Fez o mesmo à outra mão e, nessa altura, a dor no pé lembrou-o do búnquer, do cheiro a gasóleo e dos gritos. Desvairado, quis levantar-se, deixara de respirar, o corpo não respondia. Sem nada a que se agarrar, socorreu-se das imagens e, no meio da aflição, conseguiu descobrir uma: a água parada do lago, as árvores. Então, voltou a ganhar fôlego. Não sabia onde estava, mas salvara-se, o céu amarelo era afinal um teto iluminado. Nessa altura, alguém se debruçou sobre ele, uma mulher, um rosto difuso. Seria a mãe?, pensou, mas a mãe morrera havia muito. E que interessava? Podia sonhar que a tinha ali com ele e foi o que fez quando voltou a adormecer. O segundo despertar foi muito mais lúcido. Alguém o recolhera, alguém cuidara dele, restava saber quem. O candeeiro continuava aceso. Ou era sempre noite, ou era um lugar sem janelas, e assim não conseguiria contar o tempo. Até que a mulher apareceu uma vez mais.

Era velha e não mostrou empatia mesmo ao lavar-lhe o rosto. Primeiro, Eryk sentiu a vista a arder, depois o gosto antisséptico da *vodka* que escorria em fio do sobrolho, e só então percebeu que tinha estilhaços na testa. Quando terminou, a velha virou-lhe as costas e correu a cortina que o separava da cama ao lado. Não fosse o maldito zunido, Eryk já teria dado pelo choro, mas só agora percebia quem estava à sua beira. O cabo não chegou a dar por ele, soluçava a olhar para o teto e para as imagens que ali via desfilar. Num gesto demente, balançava junto ao rosto o coto ensanguentado, mas, quando a mulher lhe afastou os cobertores, todo o quarto tresandou a podridão. Eryk desviou o olhar tão depressa que quase desfaleceu. O cabo morreu dois dias depois. Com ele, enterrou-se meia perna gangrenada e a mão de outro soldado. Também foi nesse dia que Eryk se levantou para experimentar o pé e conseguiu caminhar até a porta. Horas depois, com roupas de camponês, subiu à carroça de Pan Kaminski para viajar e rezar a noite inteira. Quando avistou a torre da igreja, esqueceu-se das orações. Não havia sinais de alemães, tinha chegado antes deles, mas não se iludiu, era uma questão de dias. Pouco depois, cavalos estacados, Eryk desceu num só pé à porta da sua casa.

Entrou.

O cheiro a detergente era tão agreste que se entranhou no nariz e lhe causou picadas na garganta. Ao ouvirem o barulho, as quatro mulheres saíram do quarto do ourives e, assim que deram com Eryk, deixaram cair os braços e os lençóis sujos que traziam. Incapaz de desviar os olhos da roupa espalhada pelo chão, o rapaz não chegou a encará-las, nem mesmo quando se afastaram para o deixar entrar no quarto. Lá dentro, outras três agachavam-se ao lado dos baldes enquanto esfregavam o chão com as escovas. Ao verem o rapaz, calaram-se num instante, esbugalharam os olhos e continuaram a esfregar, desta vez a caminho da saída. Sem dar por elas, Eryk ergueu a cabeça devagar e olhou para a cama. Restava um colchão vago e a cova ali inscrita por dez anos de torpor. Foi então que a Quinta-Feira, das sete mulheres a mais afoita, embargou a voz à força e de pronto esclareceu: o velho morrera a dormir e já fora a enterrar. Havia de ver o mortório, acrescentou, o mar de gente! Como Eryk não reagisse, as mulheres arrumaram as coisas e dirigiram-se para a porta da rua.

Uma a uma, de Segunda a Domingo, saíram para não voltar.

PARIS, 2001

Não fossem os anos seguidos que passavam sem se ver, teriam o suficiente para ser amigos. Yankel conhecera Jaleleddine na livraria quando ele lá fora pedir para expor fotografias. Em julho de 68, Paris ainda fumegava e o livreiro teve de lhe dizer que não queria mais tralha incendiária. *Mais non,* o jovem tunisino descreveu-lhe as imagens dos árabes de Belleville com tanta humanidade que acabou por permitir. A verdade é que os retratos demoravam os clientes entre as estantes, faziam-nos voltar mais vezes, e, sem contar com as vendidas, as molduras nunca foram retiradas. Jaleleddine vivia na garagem mais arruinada do Quai de Conti, com vista para o arco que cobria a livraria, e passara a visitar Yankel desde então. Aparecia fora de horas, esganado de fome, com um alforge a tiracolo onde enfiara uma baguete com fatias de beringela e uma garrafa de cerveja choca que insistia em partilhar. Yankel, a quem divertia o desgoverno, despejava a cerveja num vaso e mandava-o procurar o que beber no nicho do Maupassant. A seguir punha-o a jantar no fundo da livraria, deixava-o falar da única maneira que sabia, a correr ou a travar só para engolir. Conversavam sobre livros, conversavam sobre imagens, nem uma palavra além disso. Do fotógrafo, o livreiro não sabia grande coisa: que tinha outra vida em Córdova, que fugia de Paris de vez em quando, que gostava das meninas pubescentes que retratava às escondidas. Do livreiro, o rapaz só podia imaginar e tinha pouco para isso: o sotaque forasteiro, o olhar turvo, a mulher que lia por ele, era tudo. Ora no dia em que a primeira amante se cansou de ler, Yankel afligiu-se e o jovem percebeu. Não era tanto por ela, outra se arranjaria, mas havia que fazer na livraria e um cego sem bengala não dá conta do recado. Primeiro, Jaleddine abespinhou-se, depois consolou-o, "era uma puta!", por fim soube sossegá-lo ao prometer-lhe ser capaz de chegar a horas. E foi assim que o tunisino cumpriu o primeiro de vários turnos a vender livros e a acertar encomendas, enquanto Yankel não voltava às leituras de alcova. Fê-lo com tal denodo que, desde então, o livreiro manteve-o sempre de reserva para suprir os intervalos entre as amantes.

Naquela quinta-feira, foi o fotógrafo quem os atendeu. Ao reconhecer a voz do casal, Yankel chamou-os do fundo da loja. Eryk vinha à frente e dava ideia de estar ali contrariado. A mulher não; prestes a levantar fervura, Vivienne mal se continha, notava-se-lhe no falar e no aperto de mão. Quando se sentaram ao lado do livreiro, ela dirigiu-se aos dois homens:

– Sou eu que estou a tornar-me impaciente, ou os cavalheiros que me estão a fazer perder tempo? – Cruzou a perna e aguardou pela resposta. Qualquer deles saberia o que dizer, mas para Yankel não era tão difícil:

– Há livros mais fáceis de escrever.

– Eu sei – ripostou Vivienne. – O que me falta descobrir é se ainda o querem acabar. Há quase dois meses que não falam um com o outro. Digam-me o que pretendem de uma vez por todas. Se é para desistir, prefiro sabê-lo já.

O escritor passou a mão pela cara.

Não há rostos fáceis, quem os desenha sabe-o, sabe que um rosto sem sombras é um rosto esmorecido, mas também o é se os lábios descolam com o peso do queixo ou se encurta a distância dos olhos ao sobrolho. Caso Yankel se atrevesse, tocaria no rosto do amigo para descobrir esses sinais de desistência; não foi preciso, bastou-lhe o tempo que ele levou a responder.

– Parar por aqui? Já me ocorreu – disse Eryk finalmente. – Está a ser tramado.

– O que é que te falta? – perguntou Vivienne.

Eryk olhou em volta e encolheu os ombros.

– Urgência – disse. – O que me tem valido na velhice é a urgência, só quero escrever e acabar de escrever, é uma chatice se a morte me apanha com um livro a meio. Mas com este não, tudo é diferente. Agora a pressa... *Pfff!* – abriu as mãos de rompante. – Foi-se, esvaneceu-se, onde quer que a procure, não dou por ela. – Nesse instante, virou-se para Yankel e pousou-lhe no ombro uma mão fraternal. – Já viste que miséria, meu irmão? Afinal, nem tu me vales.

Ninguém quis esmiuçar aquela imagem; pelo contrário, Vivienne lutou para manter o marido à tona. Conhecia bem a sua angústia, aquilo que o ia demorando. As últimas páginas do livro seriam terríveis de escrever; quem viu de frente o inferno, não pode querer lá voltar nem contar o que encontrou. Mas havia outras dores a visitar, e Vivienne fez questão de o recordar:

– Talvez seja o momento de borrares a pintura – disse ela. – Yankel já te desafiou a achares tempo para o amor, e a guerra está às portas da cidade. Por que não agora, antes que o *shtetl* arda de vez?

Naquele momento, ninguém se quis comprometer, e a verdade é que, nas semanas seguintes, Eryk não escreveu nem uma linha. Mas, ao longo desses dias, foram muitas as vezes que passou na livraria. Chegava sozinho e sempre à tarde, quase à hora de fechar. Depois sentava-se com Yankel e ligava o gravador. Jaleleddine, que atrasava a saída só para lhes fazer um chá, corria metade do estore de ferro e deixava--os à conversa. Nem sempre corria bem, a princípio era difícil ir além da timidez, dizer agora o que antes se calara, e isso dava cabo do escritor. Acabava a insistir com o livreiro, mandava-o repetir e dizer de outra maneira, deixasse-se de ponderações e contasse o que sentira. Yankel lá se escudava nos anos decorridos, mas, sem conseguir ser convincente, só lhe restava a verdade. Quando chegaram ao fim, Eryk levou as cassetes para o quarto do hotel e ouviu-as até as saber de cor. Só então se sentou para escrever. A certa altura, por volta do meio da história, recordou o desafio de Vivienne e censurou-se: imbecil!, já devia estar à espera: se era para falar de amor, teria de voltar aonde não queria. Foi então que ligou a Yankel e perguntou se lhe tinha contado tudo.

NORDESTE DA POLÔNIA, 11 de setembro de 1939

A princípio tão longínquos, os sons da guerra foram confundidos com os queixumes da floresta, mas os fios de fumo espreitados do campanário acabaram com a incerteza, podiam contar com ela. Imagine-se porém como a guerra se instalara. Entre o medo e a previdência, as pessoas foram deixando de falar e de comer; diziam e levavam à boca o essencial, reservando as palavras e a fartura para lidar com o imprevisível. A seguir, tornaram-se apressadas; a urgência de atravessar a rua, a urgência de deixar um filho pronto, a urgência de adormecer e de acordar. O postal colorido e modorrento da cidade lembrava agora um filme a preto e branco, acelerado, carreiros de gente frenética debaixo de um céu carregado e prestes a desabar. O fervedouro só esmorecia pela fé. Quando isso acontecia, a igreja e a sinagoga enchiam-se com a devoção das mães. Mas os templos eram escassos para tanta aflição, e alguém lembrou ao Skiba que ainda havia uma mãozinha. Magnânimo, o comendador vergou-se ao clamor do povo e emprestou-a. Mais: usasse-a quem precisasse, não queria saber de credos. Como a ordem não tardou, foi num instante devolvida ao Paço do Município. Ficou protegida numa gaiola de prata, em cujas barras se ataram com pudor farripas de roupa e outras relíquias dos mancebos que, a dois dias de distância, já arriscavam a vida para rechaçar os nazis.

Do outro lado da cidade, desta vez sem embaraço, dezenas de rostos cândidos, molduras gravadas com nomes de rapaz, tudo exposto aos pés da Virgem, entre velas e raminhos de urze.

Com o passar das horas, o medo assentou de vez e as ruas esvaziaram-se. Sobraram apenas dois vultos, um casal a correr ao pé dos cemitérios e prestes a desaparecer na orla da floresta. Yankel e Shionka estavam tão angustiados como os outros, mas, ao contrário destes, preferiram resguardar-se entre os pinheiros. Pouco passava do meio-dia, e nenhum dos jovens se lembrava de um calor tão opressivo. Assim que chegaram ao lago, Shionka não foi à procura das sombras, preferiu puxar o amigo até uma pedra que escaldava e sentou-o a seu lado. De repente, levantou-se e tirou o vestido pela cabeça, ficando completamente nua. A seguir tomou consciência do seu corpo, viu-o pelos olhos cegos do rapaz que tinha à frente e excitou-se. Foi então que surgiu a frustração, sentiu-se etérea, invisível, odiou a imagem vã que lhe oferecia: o conjunto telúrico, a folhagem crespa de cabelos negros e imensos, as pernas e os braços longos, os músculos e tendões como as estrias dos troncos ou os nós dos ramos; era uma árvore a um tempo despudorada e inocente. Então mergulhou com estrondo. Yankel sentiu a água fria no rosto e no peito. Depois teve a certeza do que tinha a fazer e despiu-se como ela. Desprezava a vergonha de estar nu; cumpria-a, mas não a concebia. Caminhou pela margem até os pés reconhecerem o amontoado de seixos que o lago empurrara contra a fraga. Subiu com cautela e mergulhou com a confiança de quem já o fizera muitas vezes. Shionka nadou até ele. Os corpos estavam agora muito próximos, tocando-se ao acaso num bailado desregrado ao sabor da água. Ela deu-lhe a mão e foram ao fundo. A seguir, nadaram a par, voltaram a tocar-se e a empurrar-se. Depois, a explosão de bolhas, talvez fosse do riso; subiram ofegantes à superfície, e, sim, riam-se. Ainda outro mergulho, e outro. Quando finalmente saíram, Shionka conduziu-o até o tapete de erva pisada à beira de um amieiro. Deitaram-se lado a lado, deixando os braços encostados e os corpos úmidos à chapa do sol. Sabiam o que iria acontecer caso um deles se virasse.

PARIS, 2001

Vivienne calou-se, voltou atrás e repetiu a leitura só para si. Os olhos correram as últimas linhas com rapidez, parecia que saltavam as palavras, parecia desprezo. Quando chegou ao fim, atirou as folhas para cima da mesa e tirou do maço um cigarro que não acendeu. Ao invés, ficou a olhar para ele, rodou-o entre os dedos, até que, num gesto intempestivo, o partiu em dois sobre o cinzeiro:

– Um desperdício. – Tirou outro cigarro e desta vez acendeu-o, antes de se virar para o marido: – Foi para isto que chamaste o teu amigo? Lamento, é um desperdício, não presta. Este texto esbanja tudo.

Eryk não disse nada, nem sequer olhou para ela. Yankel recostou-se e sorriu para o ar antes de sugerir:

– É óbvio que nos vai dizer como fazer.

– Já o fiz, lembra-se? – disse Vivienne.

– Ah, naturalmente... – concluiu o livreiro, divertido. – É da minha voz que estamos a falar. Quer que eu me dispa à sua frente, certo?

– Não faça de mim tola, tinham dezasseis anos! Estavam deitados e despidos e encostados um ao outro. Não me interessa o tempo que levaram a cozinhar aquele momento, só sei que no livro isso se arrasta por oito capítulos. É demasiado para acabar numa sugestão. Eryk deu-lhe voz, não deu? Use-a!

Yankel ouviu e ficou calado. Nem lhe ocorreu revelar que já tinha contado tudo; se Eryk o omitira, era porque ainda lhe doía.

*

Era muito tarde quando se despediram de Yankel. Paris cheirava intensamente a chuva e Vivienne, que gostava de caminhar e meditar a olhar para o chão, não se distraiu com as fachadas de Saint-Germain-des-Prés projetadas aqui e ali nas poças da rua. Eryk dera-lhe o braço, mas era ela a carregar o peso dos dois. Pareceu-lhe estranho, havia qualquer coisa na forma como se agarravam, mais do que um marido embriagado a chapinhar os pés na água do passeio e a salpicar-lhe as meias de vidro. Quando Eryk disse que queria beber *champagne,* Vivienne limitou-se a dobrar a esquina e descer a rue Saint-Benoît sem nunca o apressar. Porém, mal chegaram ao Flore, o escritor fez um sinal com a cabeça e mandou-a seguir em frente. Durante muito tempo, nenhum deles falou.

Ao chegar ao fim da avenida, Eryk conduziu-a pela Ponte da Concórdia, mas parou a meio para descansar. Encostou-se à balaustrada, apoiando os cotovelos, e ficou a olhar para o Sena. Vivienne aproximou-se, mas virou as costas ao rio. Sabia que o marido ia falar, conseguia ouvi-lo antes do tempo, julgou-se capaz de prever tudo, até o tom da acusação. Por isso irritou-se quando Eryk preferiu começar pela dor:

– Na primeira vez que aqui estivemos o rio corria ao contrário.

– Foi a seguir à guerra. Paris corria ao contrário – comentou Vivienne. Então teve a certeza de que não existia nostalgia e isso sossegou-a.

– Não fazia ideia do que fazer contigo – disse ele.

– Nunca fizeste. E sempre te divertiste com isso. Uma personagem de carne e osso à guarda do grande Paul Lestrange, pronta a ser inventada todos os dias.

– Disparate, até as mulheres dos meus livros aprendem a falar por si.

– Eu sei – declarou ela. – Mas, no fim, cortam os pulsos ou matam os maridos. É isso que me espera?

– Sempre soubemos que isto ia acabar mal, não espero a tua clemência. Só não podia imaginar que usasses um livro para me abater. A ironia mais trágica em cinquenta anos de casamento.

– Parece-me justo. Foi esse o tempo que levaste a desenterrar o Yankel, não foi? Agora olha para ti, vê o que andaste a fazer ao longo de meio século. Construíste um mundo à tua medida, um local doentio, o único onde és capaz de escrever os teus livros. Despejas tudo para lá, posso ser eu, pode ser o teu amigo de infância, não interessa, temos todos um lugar reservado junto às personagens e às intrigas que inventas. É o ideal para escreveres a nossa história como te convém. – Aí, calou-se por instantes. A poucos metros, na margem do Sena, um casal de namorados interrompeu um beijo por causa do gendarme que passava a assobiar. A seguir, os risinhos, o abraço retomado e novamente o som das águas que passavam debaixo da ponte. Quando falou de novo, Vivienne olhou para Eryk, mas foi só para o ferir com o sorriso: – Deu-te jeito fazeres-me acreditar que o Yankel morreu no *shtetl*? E então?, o escritor és tu; custou-te tanto como despachares o herói a meio de um livro.

– Matei o Yankel, e então? Desde sempre que o homem o faz por ciúme. Ou livra-se do usurpador, ou liberta-se do objeto do amor. Otelo fê-lo, e ainda hoje lhe chamam herói trágico.

De repente, a ponte desapareceu no meio de um nevoeiro cerrado, e Eryk descolou-se do murete só para a encarar mais de perto. Ali, a meio das duas margens, um postal desbotado de Paris: o escritor, a mulher e o candeeiro de rua, tudo atrás de um vidro fosco. Depois, continuou a olhá-la como se olha para um desenho, um retrato acabado de pintar; focou os detalhes e os contrastes, procurou imprecisões, dedadas na tela, cada traço que ali ia acrescentando desde os tempos de garoto.

Havia tanto de destrutivo naquilo que ele disse a seguir:

– Arranquei-te daquele chiqueiro, lembras-te? Fui eu quem te foi buscar ao fogo. Ninguém mais queimou as mãos por tua causa. Olha para ti hoje – disse com um sorriso apático. – Uma *flâneuse*... Nada sobra da Shionka, o animal selvagem que aqui chegou a balbuciar as primeiras palavras. Há mais de mim em ti do que é teu por natureza. O resto? O resto foi Paris que fez sozinha. Transformou-te numa francesa, com as merdas todas que as francesas têm. E tu adoraste. Casei-me com uma mulher apaixonada pelo meu melhor amigo, tu casaste-te com um estafermo. E então? Eu sabia-o, tu também. Foi a única vez que nos fodemos honestamente. Mas agora estás velha, Vivienne, que podes querer nesta altura? Magoar-me? A vingança não é a melhor escolha para acabar um livro.

– Talvez não, mas é o que tenho – afirmou ela. Nesse instante, chegou-se ao candeeiro e abriu a bolsa *Hermès* para procurar qualquer coisa. Agarrou o estojo e retirou o batom, pôs o espelho à frente do rosto e retocou os lábios. Podia ser vinho envelhecido, sangue venoso, ou outra cor cansada e devassa, mas precisava da boca assim para dizer aquilo: – Quiseste o teu livro, o teu último livro, precisaste tão desesperadamente de Yankel para o escrever que o foste buscar aos mortos. Maldito sejas, e eu? Não te ocorreu que talvez preferisse não saber que desperdicei a vida por causa de uma mentira? Mas acredita que o Yankel foi sempre o meu amante, nunca me deitei com outro homem, cada vez que te abri as pernas e gritei de prazer fui tão cega como ele; só assim o via e me extasiava. Agora chega, ganhei o direito a ser rancorosa. E tu, do alto da tua prosápia, nem isso percebeste; foste ingênuo, foste incauto e emprestaste-lhe a voz. Tem paciência, Eryk, é tarde, não se para um livro a meio. Vais assistir na primeira fila ao teu ultraje, ouvir cada história que ele tem para contar; vais surpreender-me em flagrante, enrolada com o teu melhor amigo, e escrever o que vês como se fosses tu a deleitar-me.

Ali, onde estavam, perdera-se o cheiro a chuva.

Ao partir, usaram o mesmo passeio da ponte e o braço um do outro. Quando voltaram a falar, já estavam à porta do Crillon.

– Vais contar-lhe? – perguntou Eryk.

Ela sorriu ao *concierge*, antes de olhar para o marido com piedade.

NORDESTE DA POLÔNIA, 11 de setembro de 1939

[...] Shionka conduziu-o até o tapete de erva pisada à beira de um amieiro. Deitaram-se lado a lado, deixando os braços encostados e os corpos úmidos à chapa do sol. Sabiam o que iria acontecer caso um deles se virasse.

Virei-me eu.

Agora, que estou de joelhos ao seu lado, sento-me nos calcanhares e inclino-me sobre ela disposto a saber o que me falta. Alguém disse que não se imagina às cegas, mas isso é ignorância. A ser verdade, como poderia haver surpresa? A surpresa deste instante em que lhe toco nos pés, em que os comparo a tudo aquilo que eu sei de pés, os meus sem qualquer mistério, os de Rasia por terem sido os primeiros brinquedos. Já os de Shionka são mais estreitos, mais duros, parecem feitos de pau. Por baixo a pele é grossa, de andar sempre descalça, e lembra tecido amachucado, ainda esponjoso por causa da água do lago. Mexo-lhe nos dedos um a um, são compridos, as unhas mal cortadas, cheias de falhas, são como as minhas, parecem cascas duras crescidas na pele. Pior só os cabelos do corpo, os meus são asquerosos, a maior desilusão quando me toco; mas Shionka não os tem, ou ainda não os encontrei e já vou pelo joelho. Agora que descubro os primeiros sulcos de gordura, uso as mãos abertas para lhe apertar as coxas. A brandura tornou-se insuportável, por isso faço-o com força. A pele ainda não secou, mas a água ali é mais viscosa e estaco com receio de escorregar.

Ergo os braços por instinto, estou confuso pois há mais uma surpresa, a surpresa da demora, o tempo com que respondo à pressa desvairada do meu corpo com estas relutâncias. Então ela afasta as pernas e eu repito o gesto, desta vez só com uma mão. E é com a palma da mão que lhe sobrevoo a perna inteira quase sem a tocar. Mas toco, e ela estremece. Talvez a tenha ouvido, talvez ela tenha falado, mas que interessa nesta altura? De repente, as mãos já não me chegam, afundo a boca e o nariz onde calhar. Calha a meio, a dois dedos das costelas de Shionka, e ponho-me à procura de tudo o que é doce ou repulsivo. É a busca tresloucada pelos gostos e odores, aquilo a que sabe e cheira um corpo de mulher num leito de terra encharcada: o cheiro da saliva, do suor, o sabor a lodo, ou o cabelo frio a que aderiu cada aroma da floresta.

Mexemo-nos agora de uma forma tão convulsa que acabamos à beira de água, eu por baixo, ela sentada no meu pescoço, prensa-me a cabeça com as coxas e move-se devagar, uma dança espiralada, alagadiça, embalada pelas ancas.

É aí que me agarra o cabelo e se empurra para baixo, escorregadia; desliza e para, desliza e para.

E para mesmo, mal me sente.

Por um instante, pareço dentro dela, mas se for é quase nada, um descuido, uma maldade a correr, Shionka eleva-se como se tivesse tocado numa brasa.

Afinal, talvez não tanto, ei-la de novo, primeiro titubeante, uns pelos grossos flutuam agora por ali a encharcar tudo, até que os sinto no umbigo como as patas geladas de uma aranha. Por momentos, apenas isto.

É então que me afunda dentro dela. Golpeia-se à primeira como se tivesse a certeza de tudo. É Shionka, pois. Molhada, morna, bestial, abranda agora por não crer naquilo que sente. De repente, as unhas lascadas lanham-me os ombros, e ela, ríspida e primitiva, esfrega-se com tanta raiva que parece querer que a fira até a alma. Se assim é, trespasso-lha com a mesma selvajaria e encho a floresta de sons de luta sem quartel.

E, sem saber, já estou por cima; no escuro, procuro-lhe a boca com a minha, falho por muito, beijo ao acaso, beijo-a com os dentes, ali mesmo, no pescoço, no queixo e então nos lábios. Quando o cuspo me sabe a sangue, paro para descobrir o que é isto que nos está a acontecer. O sopro aflito de Shionka é o mesmo que me enche e esvazia o peito, o único sinal de vida entre as árvores. Depois, tudo recomeça, mas desta vez a medo, uma cadência lenta, ainda estupefacta, dando-me tempo de voltar a mim. Uso a pele e o nariz para recordar os momentos passados com Shionka, muito se perdeu pelo caminho, mas aquilo que fica restitui-se ao menos uma vez na vida e este é o momento: reconheço aqueles gestos que um dia traçou na minha pele; reencontro o cheiro de Shionka de manhã, o cheiro de Shionka ao ir dormir, o cheiro de Shionka quando corre ao meu encontro; preciso deles todos para que isto signifique mais do que agora. Oh, HaShem!, só quero ser um abraço a debater-se à beira de água; e, se isto é a minha vida, pois que a esprema jubiloso na vida de Shionka.

NORDESTE DA POLÔNIA,
13 de setembro de 1939

Quando a mosca levantou voo da janela, já Yankel despertara com o som da vibração. Era tão tênue que não soube de onde vinha e por isso levantou-se. Encostou a orelha a uma parede, mas não sentiu nada. A seguir, afastou o cortinado, pressionou a vidraça com as pontas dos dedos e então, sim, o tremor deixou de se ouvir. Quando abriu a janela, a madrugada arrefeceu o quarto, enquanto tudo se tornava mais distinto: algures na floresta, havia qualquer coisa a aproximar-se, uma coisa inominável, um ranger surdo que só agora começava a agitar o sono dos gansos. Sem imaginar o que fosse, Yankel lembrou-se de Shionka, sozinha com a mãe no meio da mata, e sentiu medo pela primeira vez. Passou uma hora, Rasia acordou com o frio e levantou-se para ir cozer os bolos. Estranhou ver o filho de pé, debruçado à janela, estranhou os grasnidos aflitos que vinham do barraco. A luz pareceu-lhe da lua e foi ter com Yankel para ter a certeza: "O que é?", perguntou, como se os olhos cegos do filho pudessem alcançar mais longe. Ele não disse nada, ficou assim algum tempo, mas, mal escutou os homens, soube quem estava a chegar. A língua era diferente, um iídiche lapidado, mas tão hostil como um grito de guerra. Só então contou à mãe, abraçou-a e passou-lhe os dedos ao longo do cabelo como fazia para a adormecer. Rasia deu-lhe um beijo, libertou-se dele e olhou à volta sem saber para onde apontar. Em cima do escabelo, com a boca escancarada e olhos de morto, o pai de Yankel dormia como um palerma. Sem mais nada para fazer, ela correu a cortina, puxou o filho para dentro e sentaram-se aos pés da cama. Nenhum se levantou quando os alemães lhes passaram à porta.

*

Kasia, a menina que só via bichos, pôs-se à janela e olhou para baixo. No piso de cima do manicômio, entre as grades de ferro, viu o irmão no jardim, de pé, a olhar para o sol. O som vinha dos cemitérios, e ela procurou imaginar o que seria. Colou-se mais ao vidro, mas a tília tapava-lhe o fim da rua. Deu por si a estremecer enquanto discernia o trabalhar dos motores e os cânticos dos homens. Quando os camiões desfilaram à frente do manicômio, Florian não deixou de olhar para o céu, e Kasia viu os soldados de relance por baixo dos oleados. Estranhou as palavras bizarras daqueles hinos de guerra, mas não distinguiu os visitantes das criaturas que sempre vira a rastejar à sua volta.

*

Tadeusz acordou com o fio de luz apontado em cheio a um olho. Sentiu o rosto pegajoso, tinha adormecido em cima da própria baba e encharcado a almofada. Ao seu lado, Apolônia torcia-se num sono alvoroçado, enrolando a camisa de dormir nas pregas da barriga. O marido olhou para ela, descomposta, e acalorou-se. Ponderou até acordá-la – se usasse de meiguice, talvez nem fosse preciso –, mas, em vez disso, arrotou e o cheiro a retrete lembrou-o da noite anterior e das *vodkas* que emborcara na casa de Roman Skiba. Ao ouvir o som distante de vozes a cantar, deduziu que outros o houvessem imitado e, depois de um sorriso conformado, preferiu voltar a adormecer. Num instante, encontrou-se novamente no grande salão de Skiba, desta vez repleto de cavalheiros frenéticos aos berros. A certa altura, vinda do vestíbulo, Pani Krysia pareceu flutuar em direção aos homens, acabando por desaparecer no meio deles. O grupo apertou-se em volta da beata e viram-se calças e casacos a voar. A gritaria aumentou e o presidente da Câmara, louco de desejo, juntou-se aos outros. Infelizmente, quanto mais Tadeusz saltava, mais eles se agigantavam e ele diminuía. A frustração parecia sem remédio, quando vislumbrou no meio do jardim de pernas um seio de pele transparente. "Krysia!", gritou, enquanto irrompia ao seu encontro, agora sem qualquer esforço. Porém, assim que lhe tocou, ela virou-se e, para sua aflição, mostrou-lhe um rosto sereno: era Apolônia! No meio de tantos gritos, a mulher quis sossegá-lo:

"Tadeusz... Tadeusz."

Acordou desorientado. Apolônia estava à janela e chamava-o sem nunca desviar o olhar de qualquer coisa: "Tadeusz...", insistiu. Ele ouviu o clamor que vinha da rua e levantou-se para verificar. Dali, só podia ver um canto da praça, o bastante para saber quem acabara de chegar.

*

A cortina que servia de biombo fora estampada como um álbum de histórias para crianças: da esquerda para a direita, o judeuzinho da barba comprida surgia montado num burro com olhos de pessoa; a seguir, o judeuzinho à porta de um casebre pasmava-se para a menina que já vestia de noiva; mais ao lado, o casal partilhava o burro a caminho de algum sítio;

e no fim, rodeados por rapazinhos de barba que brincavam, davam a mão um ao outro. Cortina fora, o padrão repetia-se em bandas separadas por um palmo, e Tauba, agachada em cima da bacia, lia e relia aquela história conhecida enquanto se lavava por baixo. O som do chapisco foi abafado pelas vozes da rua e ela limpou-se à pressa. Sem tempo para escolher roupa, vestiu a camisa de dormir que pusera para lavar e correu para a janela, recuando assim que os viu: parado à sombra da sinagoga, estava um descapotável militar com o motor ainda a trabalhar. Lá dentro, os quatro soldados alemães agrediam em voz alta o silêncio do Vigele. Não se via um só judeu nas ruelas nem nos pátios, mas Tauba acreditou que, tal como ela, muitas famílias espreitavam por entre as frinchas das portadas. Foi então que um dos soldados saiu do carro. Era um homem alto, escanhoado, parecia engraxado e pronto para a parada, ninguém diria que acabara de chegar do meio da guerra e da floresta. Caminhou até o centro do terreiro para melhor ver os edifícios e, rodando sobre si, vasculhou as fachadas dali mesmo. Demorou-se em cada janela, parecendo avaliar o medo escondido atrás das cortinas. Perante aquele olhar ciente, Tauba encolheu-se e tentou compreendê-lo. Porém, não lhe encontrou coisa alguma, nem sequer uma ameaça, e foi isso que a assustou. Sem nunca tirar os olhos das janelas, o alemão dirigiu-se até a sinagoga. A um metro de distância do portal, virou costas a tudo e urinou contra o templo.

Pouco depois, os homens partiram, o terreiro ficou vazio, os judeus continuaram à janela e o Vigele, não fosse aquela mancha, voltaria a ser o mesmo.

PARIS, 1º de janeiro de 2002

A notícia da morte de Paul Lestrange, o escritor belga que nascera na Polônia, fez chamada de capa no *Le Monde* do primeiro dia do ano. Abafado entre uma imagem efusiva de Paris e o símbolo do Euro acabado de estrear, o retrato perfilado do autor e uma legenda: "1923 – 2001." Um pouco por todo o mundo, o destaque foi moderado, alguns artigos à pressa no fecho das redações, encômios recolhidos por telefone junto de autores consagrados, maçadas de última hora em noite de *réveillon*. Mas tudo mudou mal se soube aquele detalhe: Eryk fora encontrado na igreja du Saint-Esprit. Sentado na fila da frente, em pleno presbitério, o único sinal de morte pairava nos olhos baços. Depois de passar no necrotério, Vivienne cismaria muito tempo com o sorriso que lhe vira antes de o cobrir com a mortalha. Foram precisos dois dias para apurar a verdade, tempo mais do que necessário para motivar intrigas no rosto dos tabloides. Confirmado o suicídio, alastrou a frustração e o nome do escritor regressou ao pé de página. Mas ainda havia os livros e a chama reacendida. Nos dias que se seguiram, as montras das livrarias encheram-se de Paul Lestrange, reedições apressadas pela febre do momento, esquinas dobradas por filas de leitores.

Morto o autor, o mundo reparou em Vivienne. Acossada dia e noite, a memória viva de Lestrange refugiou-se na *suite* do Crillon e avisou que não estava para ninguém, não queria saber de homenagens nem pensar em entrevistas. E, sim, já vasculhara as gavetas, não havia originais!

Só ao fim de uma semana sentiu forças para se atrever. Saiu do hotel, já tinha o táxi à espera. Ao chegar à rue de Buci, sentiu receio outra vez. Yankel esperava-a lá em cima. Ela telefonara-lhe uma hora antes a dizer que o ia visitar, mas agora, que guardava o troco da viagem, pensou em desistir, voltar ao Crillon, sair de Paris. Então, passou a mão pelo cabelo, ajeitando-o à frente da porta envidraçada do prédio. Sorriu. Indiferente ao tempo e à cegueira, continuava a arranjar-se só para ele. Depois tocou à campainha e subiu as escadas desistindo a cada degrau. Mas chegou. E, assim que o fez, viu a porta do apartamento escancarada. Encostada à ombreira, Mademoiselle Foss pareceu que lhe ia cuspir em cima. "Ele janta a horas", foi como a cumprimentou antes de se pôr a andar. Vivienne ficou a olhá-la até o fim do corredor, ganhando tempo, e só entrou no vestíbulo quando a viu desaparecer. Não estranhou a cortesia da porteira ao ter-lhe apagado as luzes, e chegou a admitir que talvez fosse preferível. Na penumbra, a orquestra dos relógios de parede parecia mais distinta, e, contra a claridade da janela, Vivienne encontrou o perfil que procurava. Yankel não se mexeu, não a convidou a aproximar-se, não lhe ofereceu uma cadeira, mas ela aproximou-se, arrastou uma cadeira e sentou-se à sua frente. Ninguém disse nada, ninguém soube por onde começar.

Até que, ao fim de dez minutos, Yankel ergueu o rosto:

– O *Armand* morreu.

Vivienne vacilou. Numa frase, aquele homem mostrava-lhe as mãos vazias, confessava-lhe já não ter nada. E, com a sala às escuras, tudo lhe pareceu insuportável, até o diálogo que se seguiu.

– Nos últimos dias, tenho-me perguntado se terá sido melhor assim – disse ela.

O livreiro ergueu o rosto; já estavam a falar de Eryk.

– Não será cedo para perguntas? – questionou mais para si mesmo.

Novo momento de silêncio.

– Ao menos não foi surpreendente – declarou ela, passado algum tempo. Então, puxou o fumo do cigarro devagar, mas expulsou-o como se tivesse pressa. – Quem julga que era o morto do primeiro capítulo? Quem pensa que era aquela personagem encontrada na igreja e que Eryk não sabia se chegava ao fim do livro? – O frenesim durou-lhe pouco, num instante estava absorta como antes. – Cinquenta anos é muito tempo, são muitos livros. Vi-o vezes sem conta a disfarçar-se nesta ou naquela personagem só para poder imiscuir-se nas histórias que escrevia. E sabe por quê? Porque adorava ensaiar a própria vida nos romances. A diferença é que, desta vez, o fez com a morte; e levou as coisas até o fim.

Yankel acenou de forma imperceptível e manteve-se calado até esquecer todas as perguntas. Sobrou-lhe apenas uma, e essa foi capaz de a fazer sorrir:

– E agora? Tem ideia do que se faz com meio livro?

Vivienne inclinou-se para a frente na cadeira. Quando falou, os seus rostos não distavam mais de um palmo:

– Meio livro? Não seja inocente. Há mais de vinte anos que Eryk o tem escrito.

NORDESTE DA POLÔNIA, 1936

(ou 1937 não tenho a certeza, não é importante
V. que encaixe onde lhe apetecer)

Mal se livrou da sombra dos pinheiros, Yankel descalçou-se. Deu mais dois passos e, assim que sentiu a terra úmida, soltou os suspensórios e quase tropeçou nas calças. Então pisou-as para se livrar delas, ao mesmo tempo que atirava para longe a camisola. Estava nu e só parou quando o lago lhe deu pelos joelhos. Atrás de si, Eryk desabotoava a última bota sentado no meio do chão. Acabou de se despir com relutância, a nudez pesava-lhe tanto que lhe custou a levantar e protelou o mais que pôde; olhou à volta, dobrou a roupa como nunca fazia em casa e tornou a olhar. No momento em que se ergueu, descobriu no meio das árvores um arbusto clandestino que reconheceu à primeira: a gaforina de Shionka oculta no meio dos fetos, e só podia estar a olhar para ele. Nesse instante, resolveu não dizer nada, preferia sentir na pele despida aquele prazer inefável de ser espiado por ela. E, como isso foi mais forte do que a vergonha, avançou despudoradamente até o amigo, mesmo que, ao seu lado, soubesse que perdia: Yankel chegara primeiro a homem, era mais alto, tinha o corpo duro, tisnado, hirsuto onde devia; nada como Eryk, embebido em leite, o rabinho enrubescido só por ter estado sentado, os joelhos colados, as coxas de menina, o avanço temeroso dentro de água, e as mãos molhadas nos ombros a dar coragem.

Como para o incentivar, o amigo deu um passo em frente e virou-se para ele.

Só que, ao fazê-lo, também se expôs à rapariga.

Eryk estremeceu, a imagem não lhe era nova, mas, ciente de quem tinha atrás, viu Yankel com os olhos de Shionka e tomou dela o ardor pelo que via. Chocado com o próprio coração, achou-se ridículo. Pior do que isso: sentiu um desprezo impiedoso pelo rapazinho de braços cruzados que se interpunha entre aqueles corpos esplêndidos.

~~A negação~~ O conflito durou-lhe apenas um fogacho, não mais do que Yankel precisou para se virar e mergulhar. O sol caíra para lá das árvores, e o jovem judeu nadava num lago cada vez mais escuro. Passado algum tempo, Eryk despertou e gritou-lhe "mais à esquerda!", estava a afastar-se. Assim que regressou, Yankel ficou pela margem, caminhou em círculos à volta do amigo, varrendo o lago com os pés para levantar cortinas de água e encharcar tudo. A cada golpe gelado, Eryk mal reagia, parecendo perder-se no corpo que tinha à frente. Resguardado na cegueira de Yankel, olhou-o sem restrições e pensou no que lhe apeteceu. Por isso saiu do lugar e atravessou-se à sua frente como se fosse sem querer. Ao chocarem, os corpos desequilibraram-se e caíram contrastantes um por cima do outro. Quando se levantaram, não havia embaraço. Yankel deitou-se ao sol, Eryk escondeu-se no lago.

E, ainda no meio das árvores, Shionka persistia. Nunca confessou que ali estivera, nem Eryk lhe contou que a tinha visto.

PARIS, 2002

Vivienne pousou as folhas e guardou-as na pasta. Depois ficou à espera, Yankel que falasse.

– Coisas de garoto – disse ele a si mesmo.

– Coisas de garoto... – assentiu ela vagamente. – E o que lhes faço?

– O Eryk nunca me disse que Shionka estava lá.

– Pelos vistos não disse a ninguém. Se aceitar continuar a fazer isto, arrisca-se a ser surpreendido mais vezes.

O livreiro recostou-se e inclinou a cabeça para trás. O cheiro do papel desta vez enjoava-o. A editora descrevera-lhe os caixotes de cartão que encostara à parede, uns por cima dos outros, inchados, a transbordar de pastas, maços de envelopes, cadernos amarrados com elásticos, fotografias, recortes, embrulhos rebentados com papéis à vista e rolos de máquina de escrever, tudo o que o escritor acumulara durante décadas na casa dos subúrbios de Bruxelas. Vivienne mandara-os vir havia um mês, mas só agora os empilhara ali, na nova morada. Já liberta das extravagâncias do marido, abandonara o Crillon e instalara-se no pequeno apartamento no Marais, não muito longe da Livraria Thibault, o último que ocupara antes de se mudar para a Bélgica. Eryk nunca se desfizera dele, utilizando-o sempre que passava por Paris, desde que fosse sem ela. Vivienne nunca o confrontara por causa disso, mas poder sobreviver-lhe naquela água-furtada era agora um deleite irresistível.

Yankel, que ali estava pela primeira vez, fincara as mãos nos braços do sofá, parecendo pouco à vontade.

– Quantos caixotes já viu? – quis ele saber.

– Três. Até agora, esta história no lago deve ser a única coisa que podemos usar. O resto são fotografias, cartas da Polônia, trato disso mais tarde. Também encontrei as atas do julgamento a seguir à guerra. Quer que lhas leia?

– Para quê? – perguntou Yankel, sem querer tempo para pensar. – Prefiro acabar isto depressa, se for possível.

– Não se iluda, o seu amigo não nos facilitou a vida. O livro está escondido no meio desta papelada. O mais certo é que o vamos descobrindo aos poucos, da mesma forma que demos com o que acabei de lhe ler.

– Tenho pena de si, terá de o fazer sozinha.

– Não se preocupe. Enquanto acreditei que valia a pena, passei anos a vasculhar a mente dele. Não deve ser muito diferente de revolver uns caixotes à procura de uma história com sentido. – Ao dizer isto, reparou que Yankel levara a mão ao pescoço num movimento repentino, ao mesmo tempo que franzia o rosto. – Sente-se bem?

O livreiro abanou lentamente a cabeça, o que tanto podia ser um não como um gesto para aliviar a dor.

– Dura há uns dias – disse ele. – Mas passa rápido, um homem habitua-se. – Então, desejoso de mudar de assunto, decidiu provocá-la: – Não leve a mal, mas, mesmo às escuras, a imagem de dois velhos sentados num armazém de caixotes a tentar colar as páginas de um livro parece-me estúpida.

– O quadro é estranho, eu sei, mas foi assim que Eryk o imaginou. Fica espantado? Não fique, é exatamente como ele quis: nós os dois, perdidos no meio da sua tralha, e um livro aos bocados espalhado por várias caixas. Diabólico, hem? Não o ouve a rir aí no escuro?

– Não me diga que foi para ser maquiavélico que o Eryk veio ter comigo passados tantos anos.

– Oh, não, pelo menos a princípio – disse ela, jovial. A seguir, olhou para o cigarro que tinha entre os dedos e decidiu sacudir o fumo: – O Eryk começou o livro pouco depois de nos mudarmos para a Bélgica. Sabe quanto tempo lhe levou a escrevê-lo? Vinte e dois anos. Para se contar uma história, é uma eternidade, não concorda? E, mesmo assim, durante todo esse tempo, nunca desconfiei, ele só me falou do livro quando o terminou. Hoje, imagino que o tenha escrito no intervalo dos outros romances; ou, se calhar, foi ao contrário, não sei. A verdade é que, quando viu o resultado, se detestou. Ainda faltava falar de certas coisas, coisas que só o amigo de infância poderia saber. E talvez fosse por isso que nunca me mostrou o que escreveu. O resto já sabe, demorou outros vinte anos a ganhar coragem para vir ter consigo.

– Não lhe valeu de muito.

Vivienne levantou-se lentamente da cadeira. A seguir, caminhou até a parede e pôs-se a olhar para os relógios e para os pássaros mecânicos. Trazia os braços cruzados, mas levou o cigarro à boca e soprou um rolo de fumo para intoxicar um cuco. Depois, apagou o cigarro num vaso e, sempre de costas para Yankel, mediu as palavras para não dizer mais do que era capaz naquela altura:

– Não, não valeu; o Eryk caiu a pique desde o vosso reencontro. Tudo o que escreveu a partir daí só serviu para o destroçar. Em parte, compreendo-o, sabe? Há memórias execráveis. A ideia com que fico é a de que o Eryk não quis regressar àquele desastre sem ter você por perto.

– Está a sugerir que foi isso que o matou?

– Nada como ler o livro para o sabermos.

– Tem os seus riscos – sorriu Yankel. – Há que ser humilde, reconhecer que não fazemos ideia do que está nestas pastas, nestes cadernos, nos envelopes. Ninguém pode garantir que isto acaba sem mais vítimas.

Vivienne procurou outro cigarro. Assim que riscou o fósforo, hipnotizou-se com a chama.

– Nada nos obriga a fazê-lo, sabe? Podemos sempre ser drásticos – declarou ela, lançando um olhar sardônico, antes aos caixotes, depois ao fósforo aceso. – Mas não queremos isso, pois não?

Apagou a chama com um sopro.

– Pergunte-me no fim – sugeriu o livreiro. – Para já, basta-me saber como vai ser daqui para a frente.

– Só me ocorre continuar a despejar mais caixotes. Ler tudo o que veio da Bélgica e comparar com o que ele escreveu já ao seu lado. Depois, é queimar a palha e arrumar o que prestar pela ordem que entendermos.

NORDESTE DA POLÔNIA, 25 de setembro de 1939

Doze dias. Nem duas semanas os alemães ficaram por ali. Saíram pela estrada da floresta por onde haviam entrado, desta vez sem cânticos, despedindo-se de uma cidade embasbacada.

Doze horas. Nem um dia os russos demoraram a aparecer. Chegaram pela mesma estrada da floresta e, contas feitas, haviam de se ter cruzado com os alemães. Mas não se viam marcas de combate, roupas manchadas de sangue ou feridos às costas, fazendo supor que ambas as colunas estivessem combinadas. Além disso, ao contrário das tropas que rendiam, os comunistas vinham sujos e a olhar para as botas.

Lentamente, o círculo perfeito saiu de casa. Primeiro, apareceram os judeus. O rabino foi-lhes dizendo que, se os russos se instalassem, os nazis já não voltariam. Mesmo assim, por não quererem celebrar antes de tempo, encostaram-se às paredes para ver passar as tropas e preferiram aguardar.

Entretanto, os soldados bolcheviques confluíram no largo do Mercado para, ali chegados, quase desfalecerem em cima do lajedo. Deixaram-se estar sentados ou deitados nas mochilas, com as armas caídas ao lado, sem vontade de dizer fosse o que fosse. Os camiões surgiram pouco depois e a praça tresandou ao gasóleo mal queimado. Nessa altura, já com os primeiros cristãos, a populaça acercou-se e misturou-se com os militares. Não tardou a que chegassem as mulheres carregadas com cestos de pão e queijo fumado. Logo a seguir, a *vodka* e, com ela, a ressurreição dos russos. De repente, já se ouviam as gargalhadas e uma língua que poucos conheciam; depois, era a *Kalinka* cantada e dançada nas pequenas clareiras que se abriam um pouco por toda a praça.

Ao mesmo tempo, no resguardo das arcadas, trocavam-se as primeiras conclusões. Ao contrário dos judeus, os cristãos mostravam-se soturnos. Conheciam o abraço da Mãe Rússia, sabiam-lhe as manhas, o peso do agasalho, e tinham-na ali de novo, restava saber para quê. A crer na maioria, viera rechaçar os alemães, mas cedo se percebeu que não seria bem assim. A verdade era diferente e falava de um acordo alcançado semanas antes, quando, para lá das fronteiras, alguém escrevera debaixo da mesa o destino da Polônia. Vergados sobre o mapa, Hitler e Stálin desenharam de alto a baixo um risco ao meio, tomando para cada um a metade do país que lhe convinha. Acertada a divisão, coube aos bolcheviques a guarda do círculo perfeito, assim como de toda a região do Kresy.[18]

Nos dias que se seguiram, foram muitos os soldados que abandonaram a cidade, ficando só uma dúzia para mostrar autoridade. Também por isso, o círculo perfeito foi-se enchendo de sujeitos à civil, burocratas que o Partido enviara de Moscou para impor a nova ordem. As pousadas de Isaac Gold foram então requisitadas e, aos quatro por cada quarto, os funcionários instalaram-se em poucos dias.

[18] Região oriental da Polônia, abrangendo aproximadamente metade do seu território.

MOSCOU, URSS,
27 de setembro de 1939

Vindo da praça Dzerzhinsky, o carro desligou o motor cinquenta metros antes de se imobilizar à frente do edifício. O condutor colou o rosto ao para-brisa e descobriu a luz acesa no quarto andar. Ao seu lado, um homem fardado dormia com a cabeça tombada sobre o peito; no banco de trás, outro soldado, igualmente adormecido. Àquela hora da noite, as ruas estavam frias e o condutor não abriu a janela para fumar. Estava adiantado, não tinha pressa.

Ao mesmo tempo, lá em cima, Govorov passava as mãos pelo rosto, sentado aos pés da cama. Quando se levantou, aproximou-se da janela e olhou para baixo. Não se surpreendeu nem apressou por ver o carro à espera. Dirigiu-se para a porta do quarto e, antes de sair, enfiou os pés nos sapatos, acalcanhando-os pelo corredor até a cozinha comum. No caminho, ignorou os ruídos dos outros quartos. O *kommunalka* n.º 7 era o apartamento mais atulhado do prédio, o que, de madrugada, também se deduzia pelo que se ouvia atrás das portas: a bronquite da Elena Galiyeva, o choro do miúdo mal jantado, o grunhido asmático que vinha do quarto G, o flato, o colchão de molas. Outro sintoma era o cheiro. Na quietude, o cheiro das refeições cozinhadas à vez notava-se mais, a confusão de ingredientes, os odores que se pegavam à panela e ficavam nas paredes, na roupa e na pele, acompanhando

Govorov para todo o lado. Mal chegou à cozinha, lembrou-se de que não trouxera a chave do cacifo e praguejou. Ainda assim, experimentou abri-lo, as distrações de Aliya também se viam naquelas coisas e já antes se esquecera de o trancar. Confirmando a expectativa, a porta do armário abriu-se à primeira, e ele praguejou outra vez. Aquilo irritava-o. Não era tanto a possibilidade de ter sido roubado, mas mais o desmazelo da mulher. Afinal, quem se lembraria de assaltar Ivan Fedorovich Govorov, o tenente da Segurança do Estado? Pelo contrário, aqueles com quem partilhava o apartamento eram os primeiros a vasculhar no pouco que possuíam um mimo que lhe agradasse: meio quilo de biscoitos, um copo de hidromel bebido no corredor, ou, se o quisessem ver consolado, uma informação, uma denúncia com pernas para andar. Mas nem essa aura de medo chegava para o seu conforto, já que em nenhum outro lugar se vivia a Revolução como no *kommunalka*. Ali, todos se equivaliam, mais não fosse perante os tempos de espera: a fila para a casa de banho, a fila para o fogão, a fila para o tanque da roupa, a fila para a varanda. E por isso, naquela noite, mesmo com o carro à espera, Govorov fez questão de apreciar cada minuto a sós sobre a banca da cozinha. Cortou um canto do pão e juntou quatro fatias de queijo. Comeu uma e guardou o resto para a viagem num saco de papel. Antes de se ir vestir, ainda aqueceu o resto de chá que Aliya deixara num tachinho de esmalte, mas, assim que o bebeu, sentiu o líquido quente a correr-lhe pelas tripas e disparou para a casa de banho. Quando abriu a porta, estranhou a luz acesa até deparar com a imagem atroz de Anatoly Pomerantsev, o velho sargento, adormecido na retrete. As calças e as ceroulas tapavam os sapatos, mesmo ao lado da garrafa de *vodka* meio cheia. Com o queixo enterrado na papada, o homem passaria por morto, não fossem os espasmos com que ia respirando. Desesperado por tomar o seu lugar, Govorov sacudiu-o furiosamente, mas só conseguiu acordá-lo quando o corpo inerte tombou para o lado e se espalmou nos ladrilhos. Estonteado, o velho Pomerantsev acabou por sair dali com as calças pelos pés e em passinhos travados, deixando atrás de si uma sanita por despejar. Agoniado, Ivan Fedorovich já não teve tempo de alcançar o balde, mas sentou-se a tempo. Ficou a esvaziar-se e a olhar para as paredes úmidas, parecendo ver o cheiro a transpirar nos azulejos. Não deixara de ser cheiro a comida, mas espessara e azedara enquanto apodrecia naquele cubículo sem janela. Quando terminou, voltou ao quarto para se vestir. Odiava aquele quarto, odiava a cama sempre desfeita, os pratos pendurados como quadros baratos, a paisagem fabril, o proletário, o punho em riste, a rendinha a atapetar o busto de Lênin, a coleção de miniaturas, oito Kremlins encolhidos nem sempre com a mesma escala; também odiava a mesinha, o bacio, o roupeiro e a roupa que não cabia. Afinal, um bazar sem espaço para mais cores e bagatelas, mas que tinha de conter toda a sua desilusão mais o feitio corrosivo de Aliya.

Aliya estava acordada, chegara havia pouco.

Trazia nas pernas uma noite inteira de esforço, as horas que levava derreada a esfregar cantarias no Lubyanka. Quando chegava, cansada demais para dormir, ouvia rádio. Daquela vez, porém, o marido já estava de pé. Sem interesse que se visse, ela observou-o a fechar a maleta onde não caberia mais do que um par de calças, duas camisolas, umas ceroulas e o casaco de inverno. Ainda assim, Ivan Fedorovich conseguiu acrescentar-lhe o saco de pão com queijo e um exemplar do *Curso Breve*. Por fim, sentou-se de novo na cama para se calçar e abotoar os punhos da farda. A um passo de distância, e deitada de lado no sofá, Aliya parecia agora tão absorta que ele pôde olhá-la livremente. Não se lembrava da última vez que o fizera, que atentara nos detalhes. Preferia iludir-se com a lembrança da jovem revolucionária que corria nas ruas de Moscou para chegar a horas à reunião do Komsomol, das pernas com que o fazia, do rosto esbraseado a falar-lhe do que ouvira. Que diabo acontecera desde então? Quem era aquela que ocupava o seu sofá? Não tinha idade para aquelas rugas, que raio de vida lhas escrevera assim no rosto? Depois, o peso bestial, os botins tombados no chão, a perna por depilar, a mão que afagava o pé descalço descolando os dedos um a um, esfarelando qualquer coisa para o tapete. Maldição! Agora era tarde, agora já a olhara, além do cheiro a merda, levaria agarrada mais essa recordação.

Pegou na maleta e saiu sem se despedir. Depois de bater a porta, ainda ficou ali só para ouvir a telefonia como se fosse a voz de Aliya. Se falassem um com o outro, talvez descobrissem por que se detestavam, o que morrera naquele quarto e o que morrera nas ruas.

Não quis saber e atravessou o corredor. Na terceira porta, alguém acordara para amar, o último som que queria ouvir. Ao chegar às escadas, ouviu-se a respirar, pousou a maleta no patamar e ensopou o lenço na testa, no pescoço e atrás das orelhas; um minuto a mais no *kommunalka* n.º 7 e talvez tivesse enlouquecido.

Só então desceu e pensou finalmente para onde ia, a pequena cidade na Polônia de que nem sabia o nome.

PARIS, 2002

Le Passage du R...

Não dava para ver o resto porque o bilhete estava rasgado ao meio. Mas o filme era com o Aznavour, logo, tinha de ter sido ideia de Eryk. Vivienne olhou para a data, 6-12-1960, uma sexta-feira. A hora da sessão também fora cortada, assim como o nome do cinema, via-se apenas que era na Toison d'Or. Havia lá uma sala, sim. De resto, Vivienne não se lembrava de mais nada. Até porque o tempo que vivera em Bruxelas era a última coisa que lhe poderia interessar naquele momento. O motivo por que estava há dez minutos a olhar para meio bilhete de cinema desbotado só podia ter a ver com o bloco de notas de onde caíra. No meio das páginas escritas à mão pelo marido, ainda encontrou outros pretextos para adiar um pouco mais a leitura: o guardanapo de papel com um número de telefone, a prata de chiclete e três calendários de bolso, todos de 1997, fazendo supor que Eryk nunca perdera de vista aquele caderno coçado de capa às cores.

Então, mostrando um vigor que não sentia, endireitou-se de repente e deu duas palmadinhas na mesa. Se era para ler, para que protelar mais? Já tinha marcado a página por onde ia começar e não perdeu tempo. Era ali mesmo que Eryk dava conta das suas frustrações. Dizia o seguinte:

12-04-1963

Continuo a acreditar que não vale a pena insistir com Vivienne. Se quisesse falar da mãe, já o teria feito. Agora não sei o que fazer com Shionka. Fico com um gato selvagem criado na floresta que se lembrou de que não tem de falar com ninguém e nem posso explicar por quê. A resposta tem de estar na bruxa, talvez insista. Yankel haveria de saber alguma coisa, o filho da puta tinha de estar aqui comigo a escrever isto!!

Perguntar a V. se se lembra do nome do gajo que tirou a fotografia ao Skiba. Não é importante, se não se lembrar, inventa-se. Por enquanto, ~~Igor~~ Jerzy serve.

Ainda há que falar dos russos e de toda a merda que fizeram. Continua a faltar-me paciência para escrever sobre estas coisas.

Para já, isto tem de chegar:

Lá ao longe, o trio de silhuetas via-se cada vez mais nítido. A cem metros, era um casal e uma criança; a cinquenta, dois homens e um rapazinho endiabrado com um brinquedo na mão; ali mesmo, um par de russos a arrastarem o presidente da Câmara, que não largava o seu banquinho. Carregado como um fardo, Tadeusz, ensandecido, berrava e pedalava na atmosfera. Mal viu a rua Mazur, os espasmos redobraram, pois sabia o seu destino. O Manicômio Pasternak deixara de o ser em exclusivo uns dias antes, quando os comunistas ali decidiram trancar os inimigos da Revolução. Mateusz era só mais um culpado. Além dele, todos os membros do Conselho Municipal, o juiz Marszałek apanhado de passagem, antigos combatentes do exército polaco, quatro judeus, cinco nacionais-democratas e mais uns tantos a quem faltava saber por quê. Misturados com os dementes, os prisioneiros repartiam-se entre as baias, dormindo nos catres ou espalhados pelo chão. Kasia, a menina que via lacraus, já conhecia bem as criaturas acabadas de chegar, mas, encolhidas como estavam, pareceram-lhe menos escamosas, mais humanas.

Assim, no lapso de um mês, o manto repressor dos bolcheviques pousou no círculo perfeito, as ruas tornaram-se perigosas e o povo desconfiado. Os gentios acusavam os judeus, os judeus culpavam os cristãos, e as denúncias arremessadas de um lado ao outro da cidade apanhavam sempre alguém, enchendo com mais inocentes as salas do manicômio e meia dúzia de caves escolhidas pelos russos para lhes soltar a língua.

Mas o terror tinha um rosto, aquele que os fazia olhar para o chão, estacar de rompante ou mudar de passeio. Quando desceu do carro, ninguém viu mais do que uma farda. Em pleno largo do Mercado, Govorov deixou de mão estendida aqueles que o esperavam e dirigiu-se em passada militar até as estátuas. Era meio-dia, e ele pisava a própria sombra enquanto rodeava os pedestais. Então parou e, com a mão em pala sobre os olhos, deixou-se estar a observá-las. No centro da praça, um cristão de pedra, um judeu de bronze e um russo empedernido como eles. Quando o tenente virou as costas às esculturas, já somara outra tarefa à sua lista.

Ainda há a questão da criança. Já escrevi qualquer coisa sobre a criança, não sei onde pus, não interessa, era fraco, é melhor reescrever. Logo se vê se resulta, no fim decido se uso ou rasgo.

Pode ficar mais ou menos assim:

Rasia não fazia ideia, que visse no largo. Tinha-lhe dado um beijo, o costume, depois vira-o sair com o pão nos dentes e, agora que falava nisso, parecera-lhe apressado. Levara qualquer coisa enrolada debaixo do braço, mas, ao passar pela porta, esbarrara com o pai a cair de bêbado e já não lhe perguntara nada. "Uma toalha", palpitou, "ou talvez um cobertor". Eryk estranhou, Yankel esperava sempre por ele, nunca saía sozinho depois de jantar. Bom, podia ter alguém à espera, Shionka, quem mais?, mas isso Rasia já não podia confirmar. O rapaz agradeceu e despediu-se antes que ela percebesse como aquilo o irritava. Iria procurar Yankel nos lugares de sempre, copiar o percurso que faziam todas as noites, as ruelas que levavam ao largo do Mercado, debaixo das arcadas, da igreja à sinagoga, haveria de dar com ele. Na esquina da rua Mazur encontrou três russos à conversa. Eram civis e pararam de falar assim que passou por eles. Seguiram-no com os olhos durante mais algum tempo e Eryk teve a certeza de que o iam mandar parar. Mas não, dessa vez não. À porta do manicômio já não teve tanta sorte. Agora eram dois homens fardados e gritaram-lhe. Quando parou, vieram ter com ele. O mais alto segurou-o por um braço e arrastou-o pelo passeio até lhe ver o rosto à luz de um candeeiro. Perguntou a mesma coisa várias vezes, mas Eryk, que não falava russo, só repetia o seu nome. O outro abanou-o, não era isso que queria, e acabou por chamar o companheiro. Num polaco arrevesado, o segundo soldado conseguiu fazer saber que não queriam insurretos a vaguear pela cidade àquela hora. Que não, não era isso, bradou Eryk levando a mão ao peito. Estava ali por um amigo, um cego que devia andar perdido. Os russos conferenciaram por momentos e, depois de lhe verem os papéis, mandaram-no para casa. Para casa, ouvira bem? Ele dirigiu-lhes um sorriso imbecil e saiu dali às arrecuas: sim, *comrades*, ouvira, não se ralassem. Um pouco mais à frente, ainda eufórico pelo gozo de os mandar à fava, Eryk escolheu um caminho alternativo e retomou a busca, não era um par de idiotas que o iria desviar. Porém, mal alcançou a orla da floresta, esbarrou no próprio medo e não soube o que fazer. Já não eram os fantasmas de criança que o travavam, mas a suspeita indefinida de que talvez encontrasse o que não queria. Nessa altura, sentiu a corrente de ar gelado que vinha dos pinheiros e encolheu-se inteiriçado. Se até a floresta o repelia, talvez fosse para levar a sério. Aquilo acabou por excitá-lo e, não precisando de outro alento para avançar, embrenhou-se nas sombras disposto a vasculhar até o fundo do lago. Era tal o frenesim que a viagem durou pouco e, mesmo arranhado pelos galhos secos, só usou de cautelas ao ver por entre as árvores o brilho das águas tranquilas. A partir daí, debruçou-se e fez os últimos metros a rastejar no tojal. Desabrigada, a amálgama de arbustos que circundava o lago estridulava com a aragem. Quando o vento parou para inspirar, ouviu-se um som intruso, um som de gente, parecia uma voz de rapaz. À força de braços, soergueu-se para os ver deitados: Shionka por cima, o decote caído desnudando o ombro; Yankel a agarrar-lhe as coxas debaixo do cobertor, fazendo-a rir com o que dizia.

Eryk ficou petrificado. O que quer que explodira dentro dele causara estragos sérios. Com a cara afundada nas folhas mortas, manteve os olhos fechados, capaz de ficar ali para sempre a rasgar aquela imagem em mil bocados. No fim, deve ter acabado por sair, já que se viu de repente à porta de casa, a andar em círculos largos. Com a lua descoberta, continuou a perseguir a própria sombra no passeio, esfregando o peito com as mãos como se a roupa úmida lhe provasse onde estivera e o que vira.

O fim daquele parágrafo coincidia com o fim da página, e Vivienne pareceu relutante em prosseguir. Sozinha na água-furtada, reparou que o que lera já parecia desfocado no papel. Conhecia esse sinal, perdera-se em pensamentos. Então, pousou o caderno e cerrou os punhos, irritada com a tremura. Não sabia o que podia encontrar e, com um gesto seco, empurrou o livrinho, fazendo-o deslizar até a borda da mesa. Depois, revoltou-se com a sua candura. Que lhe passara pela cabeça? Como acreditara que se pode sair incólume de uma coisa assim?

Apesar de tudo, esticou-se, agarrou no caderno e voltou a ler:

Ao longo dos meses seguintes, a dor alastrou de tal maneira que Eryk deixou de ser quem era. Entre ele e o exterior, uma única camada de pele a proteger a ferida imensa em que se transformara. Cada sinal, cada evidência, tocava-o como um ferrão e ia deixando marcas. Se se via a sós com Yankel e Shionka, perscrutava-lhes os rostos, os gestos e as frases, palavra por palavra, descobrindo sempre um trejeito clandestino. Não voltou a procurá-los na floresta, mas manteve-os junto de si, desafiando-os com a sua presença despeitada.

Até que um dia Shionka deixou de aparecer.

O primeiro a notá-lo foi Yankel, deixado à espera na soleira do portão quase até de madrugada. Na manhã seguinte, Eryk foi encontrá-lo debruçado sobre o muro da casa, virado para a rua, como se a pudesse ver chegar. Mas Shionka não chegou; nem nesse dia, nem no outro, nem depois. Até que, no fim daquela semana, Yankel pediu a Eryk que o levasse ao palhal da feiticeira. Este, consternado como ele, puxou-o ali mesmo pela manga e internaram-se na floresta. Ao chegarem ao declive, pararam para espreitar como da primeira vez em que lá tinham estado. Ficaram quietos, a olhar para baixo, mas nada viram. Malgrado o frio, não havia sinais de fumo e a janela deixada aberta sugeria uma saída atropelada. Agarrando-se às raízes que a chuva descobrira, os rapazes desceram a escarpa, cabendo a Yankel suster a vertigem do amigo. Assim que chegaram à beira do casebre, começou a nevar e colaram as costas e os ouvidos à parede. Como um cão de guarda, a janela empurrada pelo vento pôs-se a golpear o batente. A seguir, outra janela assanhada, depois já era a porta. Desnorteado, Eryk fez-se de forte, mandou o amigo esperar e avançou para não perder a última luz da tarde. Aquilo que viu lembrava uma caverna, cheirava como uma, parecia escavada nas fragas e nem os utensílios caídos por toda a parte sugeriam presença humana. Nessa altura, chamou por Yankel, que se arrastou pela parede até dar com ele. "Ninguém", disse-lhe Eryk.

E era tudo, a página seguinte estava em branco e as restantes preenchidas com poemas. Eram sonetos colocados lado a lado: à esquerda, as estrofes em polaco numa letra displicente; à direita, os mesmos versos escritos em francês e cheios de emendas, traduções penosas com que Eryk ensaiara a língua que o daria a conhecer. De vez em quando e sem ordem aparente, Vivienne ainda descobriu uns pedaços desgarrados de prosa, meia dúzia de notas biográficas, e desenhos, muitos desenhos. Isso acontecia porque Eryk nunca parara de desenhar e fazia-o em todo o lado, no café, no metro e até quando escrevia, sobretudo quando escrevia. Dando a ideia de que o texto não bastava, ensaiava em traços rápidos as imagens, antes de as pôr por palavras.

Entretanto, Vivienne olhou para o relógio e para os papéis amontoados. Era tarde, não lhe apetecia ficar mais uma noite a remexer. Por outro lado, sabia que ali mesmo, perdido nos caixotes, estava o fim daquele capítulo. Frustrada, folheou o caderno uma vez mais e foi então que os viu. Eram esboços a lápis, desenhos de mulheres nuas, ou, quem sabe, sempre a mesma em várias posições. Vivienne achou-se no lago, deitada numa fraga e a dançar abraçada ao cabelo molhado. Na mesma página, o retrato de um rapaz. Era Yankel, pois. Não o soube pelo rosto quase deixado ao acaso, três linhas apagadas, outras tantas para o cabelo. Distinguiu-o, sim, pelos braços desenhados como asas para conseguir andar no escuro. O olhar de Vivienne fluiu pela folha seguindo cada risco até o fim. E foi assim que encontrou o pretexto do desenho, o lugar por onde começara. Ali, o lápis era mais preto, aguçado, a tingir a sombra que o botão das calças fazia no tecido. O cós descaído destapava-lhe a cintura e o traçado aligeirava para sombrear a musculatura, os primeiros cabelos e o ponto mais alto da perna. Dali para baixo, as linhas desmaiavam, os pés eram garatujas tão grosseiras como as ervas que pisavam. Vivienne passou o dedo no desenho, um afago que deixou um rasto cinza. Fechou o caderno e foi deitar-se.

*

Pelo receio de não ser levado a sério, o livreiro nunca revelara ser capaz de se cheirar por dentro, esquadrinhar as entranhas à procura da pestilência que, havia um par de meses, lhe augurava más notícias. Não fosse a dor que ia e vinha, nem diria nada ao médico, mas, assim, acabou por sujeitar-se, cumprindo à risca o extenso rol de maçadas prescritas com certa urgência. Na sala de espera, enquanto aguardava que Yankel terminasse a ressonância, Jaleleddine preocupava-se: a cada dia passado, via-o mais amarelo. Mas nunca fora capaz de o alertar – a desculpa era aceitável, não sabia como lhe falar de cores.

Naquela noite, contudo, sentado no seu sofá, Yankel parecia tranquilo e pode inebriar-se com a dádiva que lhe chegava do andar de cima. O sopro do oboé abafava o pulso aos relógios logo ao primeiro andamento. Ele amava aquela peça, mas, nos últimos anos, ouvia-a cada vez mais apagada. A culpa, sabia-o, estava na veterania do intérprete, Monsieur Grimauld, quase centenário e falho de fôlego, vizinho do quarto piso. Yankel encontrava-o nas escadas uma vez por outra, cumprimentavam-se, mas era tudo. Uma ocasião, porém, confessou-lhe que gostara do que ouvira na noite anterior. "Ah, Bach", disse o músico. A verdade é que, naquele momento, Monsieur Grimauld deve ter pensado que não se vive tantos anos sobre o teto de outro homem sem que haja alguma gratidão. Por isso, a partir daquele encontro, Yankel passou a ouvir aquela música muitas vezes.

Mas não era apenas Monsieur Grimauld a tocar no quarto piso. De vez em quando, o ouvido apurado de Yankel distinguia outro oboé. Menos versátil, era, ainda assim, harmonioso e seguia o repertório do primeiro. Fora Mademoiselle Foss quem desfizera o mistério. "Não há outro oboé", esclarecera. "É *Marceau*", o papagaio de meio quilo manchado com quatro cores que, a porteira garantia, não falava, mas assobiava como um oboé vienense.

Daquela vez, contudo, eram outros os sons a sobrepor-se aos relógios. Desde o princípio da tarde que as escadas do prédio não cessavam de ranger. Ao contrário dos passos vagarosos a que Yankel se habituara, estes eram mais pesados, apressados, e eram-no nos dois sentidos. Só à noite é que tocou a campainha, depois o som do ferrolho e o estalido que acendia o candeeiro da entrada. Quando Mademoiselle Foss perguntou se podia, já estava colada a ele, exaurida e ofegante. Sempre que se punha assim, a porteira parecia um radiador, encostava-se e arfava-lhe para cima. Yankel sabia que era apenas o fervor do mexerico.

– De certeza que já sabe – disse ela.

– Certamente que não – bufou ele.

Mademoiselle Foss não quis saber do enfado.

– Monsieur Grimauld, pobrezinho... morreu no sono.

Yankel deixou de a ouvir, não disse nada.

Apanhada desprevenida pelo silêncio, a porteira ainda tentou a histeria:

– Fui eu que o encontrei, ouviu? Fui eu que dei com ele. Faz ideia do choque? – Mas nem assim Yankel reagiu. Descoroçoada, a mulher virou-lhe as costas. Assim que chegou à porta, pareceu lembrar-se de qualquer coisa, pois parou intempestiva e aguardou um momento antes de rodar nos calcanhares. Quando falou de novo, o tom era para apoucar: – O velho deixou-lhe esta lembrança – afirmou, enquanto se esticava pela porta entreaberta e puxava qualquer coisa deixada no corredor. – Fica aqui mesmo. Vai ver que lhe faz companhia.

Depois, o estrondo irritado de uma porta e um bater de asas.

E ele ainda sem ouvir.

Passou uma hora, a campainha tocou outra vez, e Yankel acordou confuso. Desta vez, era o telefone. Do outro lado, Vivienne a desculpar-se, não iria ter com ele naquela noite. Já vira mais um caixote, sem nada que se aproveitasse. Estava estafada, no dia seguinte continuaria.

Era mentira.

Noutras circunstâncias, num dia menos difícil, talvez Yankel lhe descobrisse nas palavras nasaladas o choro apagado pouco antes ou mesmo a pressa em desligar. Mas não. Sem querer saber, desligou e lutou para voltar a adormecer.

Não muito longe, na água-furtada do Marais, a luz ficaria acesa toda a noite. Sentada à escrivaninha, Vivienne leu aquilo tudo uma vez mais:

O círculo murchara na floresta, agora lembrava a pegada de uma besta. Ao longo dos últimos meses, a população espezinhada reduzira-se a dois terços graças às deportações. Dezenas de judeus e gentios da cidade enviados de comboio para as quintas coletivas e campos de trabalho que Stálin semeara pelas estepes russas. Roman Skiba e Salomão Finkelstein tinham estado entre os primeiros. O comendador fora apanhado uma manhã à beira da mansão e amarrado com o coronel a uma trave do portão. Até a noite chegar, Skiba e o esbirro puderam assistir ao desfile ininterrupto à sua frente. Entre a casa e os camiões, os russos pareciam não esquecer nada: os brocados, as pratas, os espelhos, as estátuas, os móveis e a roupa de cama. Skiba, enlouquecido, rasgava a pele dos pulsos de tanto forçar a corda. Mesmo à sua frente, alguns dos que passavam envergavam-lhe as botas e os casacos de inverno como larápios vulgares. A certa altura, dois soldados pararam ao seu lado e pousaram a moldura para limpar a testa. Skiba descobriu-se a olhar para si, a tela a preto e branco com a metade do seu rosto acusava-o com um esgar desiludido, expressão que a mulher repetiria pouco depois quando lhe foi atirada aos pés pelo próprio Govorov. "A cadela pertence-te, guarda-a bem", disse-lhe o tenente. "É a única coisa que podes levar contigo."

Finkelstein foi preso no dia seguinte. A acusação era a mesma: "Capitalista", "Cão trotskista", tanto dava. O certo é que saiu dali agrilhoado, sentindo-se tão esvaziado como as quarenta e duas salas que deixava para trás.

Após seis noites passadas no hospício, os dois homens mais poderosos da cidade foram separados dos restantes prisioneiros e levados no mesmo camião a caminho de uma cave à saída da cidade. Era lá que se guardavam os piores subversivos, aqueles a quem cabia um tratamento especial. Ficariam ali a apodrecer o tempo necessário para se reeducarem e, assim que estivessem prontos, seriam enviados para os *gulags* na Mãe Rússia.

Entretanto, a cidade taciturna ensaiava a Revolução. Despidas dos seus excessos burgueses, as mansões de Skiba e Finkelstein serviram a preceito para albergar mais comunistas, funcionários do Partido que não paravam de chegar: propagandistas, membros da NKVD, a tenebrosa agência de segurança soviética, bem como outras figuras zelosas e versadas na doutrina e na denúncia. O Paço foi tomado pelo Comitê Temporário, o órgão com que os soviéticos passaram a gerir a cidade, composto por agentes bolcheviques e representantes locais escolhidos a dedo. Aos poucos, tudo parecia mudar de mãos. Muitas lojas e armazéns foram esvaziados e os seus bens enviados para Moscou, e quatro terrenos de cultivo acabaram transformados em colcozes de pequena dimensão. No fim, até o Grêmio foi forçado a empilhar as mesas da Mizerka, mal passou a receber as atividades que o Partido organizava. Nessas sessões, todos eram convocados. Durante duas horas, o povo multiplicava-se nos espelhos embutidos para ouvir gritar a Revolução. Mas não foi tudo. No lapso de uma noite, o zlóti deixou de existir, dando lugar ao rublo e a um povo empobrecido e agastado. Nunca como então, Govorov conheceu tanto trabalho, pelo menos tendo em conta o número de inconformados que deixaram de ser vistos ou foram carpir as queixas entre as baias do manicômio.

Naqueles dias, Yankel mal se via. Eryk batera-lhe à porta muitas vezes, mas Rasia só sabia desculpar o filho, "Ele dorme, anda diferente". Por fim, lá voltaram aos passeios, sempre depois do jantar, pois Eryk passava o dia a trabalhar na cooperativa. O seu emprego era duro e custava muito mais do que os rublos que levava para casa ao fim do mês, mas servir o Povo era o melhor estratagema para passar despercebido. Certa noite, ganhou coragem e voltou a falar-lhe de Shionka. Yankel não disse nada, mas Eryk fixou-lhe o rosto e não teve pressa, tudo o que por lá passasse seria fidedigno. Como não viu mais nada do que mágoa, acabou por jurar a si mesmo não voltar a falar da rapariga. Bom, não podia adivinhar que, logo no dia seguinte, Cibor, um dos gêmeos do Skiba, passasse na cooperativa a gritar a toda a gente que a bruxa regressara.

Yankel parou de chofre: "E Shionka?" Eryk não sabia, mas, especados no meio do passeio, estavam a perder tempo; era de correr já para a floresta! O cego saiu dali, mas foi para voltar a casa: "Shionka sabe onde moro." Perplexo, Eryk ficou a vê-lo atravessar o largo do Mercado. Era tarde, a praça estava às moscas, e teve de correr para o alcançar. O resto do percurso não bastou para o convencer; entre a mágoa e o amor-próprio, Yankel preferia esperar por ela. Mas Eryk não. Por isso, assim que o deixou em casa, disparou entre os pinheiros e só estacou para apreciar aquele cheiro repentino. Era um aroma estranho, não pertencia ali, e fê-lo olhar para o céu. Foi então que viu o fumo e soube que estava perto. Aproximou-se e, ao chegar ao declive, viu a luz no palhal. Onde estava, o odor era mais forte e adocicado, só podia ter que ver com o vapor saído em fio da chaminé. Mas aquilo que lhe interessava estava dentro do casebre. Durante muito tempo, e olhando para a janela, só viu as sombras que a fogueira ampliava nas paredes radiantes. De repente, aquele vulto alaranjado: era Dreide. Estava de costas, parecia vestida apenas com o cabelo e inclinava-se sobre qualquer coisa. Eryk não viu mais nada, nem um só sinal de Shionka, nem uma voz, nem outra sombra. Dreide acabou por se sumir e, aos poucos, com o morrer da fogueira, tudo se extinguiu no negrume da floresta. O rapaz ainda aguardou algum tempo, mas teve de se conformar e regressar à cidade. Mesmo assim, não se deu por vencido e, durante o que faltava da semana, voltou lá todas as noites. Ao quinto dia, logo aquele em que chovia, ouviu um brado selvagem já bem perto do palhal. Num instante, voltou a ser o miúdo estarrecido, a mesma mente desprovida de censura, escancarada a tudo o que fosse grotesco e asqueroso. A melhor maneira que encontrou para esconjurar os seres da floresta foi correr ao seu encontro. Ou muito se enganava, ou iria dar com eles a cirandar à volta do antro da feiticeira. E assim aconteceu, já que os berros irrompiam da mesma janela em que o vulto frenético da bruxa se atravessava em correria, parecendo acudir a várias frentes. A chuva caía cada vez mais furiosa, como se respondesse a cada grito de Dreide com nova pancada de água. Eryk estava encharcado, só lhe faltava dar por isso. Não compreendia o corrupio, não concebia o desespero por detrás de gritos como aqueles. De repente, o fumo da chaminé pareceu petrificar, as árvores e o vento também, as agulhas de chuva suspenderam-se no ar, tudo para se ouvir o choro de uma criança. A intempérie explodiu logo a seguir, mas nada apagou a limpidez daquele som, parecia uma canção, uma fragilidade a ferir a escuridão. Eryk não quis saber, desceu a escarpa aos rebolões e chegou ao pé da casa. Abrigado pelo beiral de xisto, espreitou pela janela e viu-a deitada. Shionka em cima de uma enxerga, nua, mal coberta por um pano enxovalhado, as pernas desmaiadas, cada uma para seu lado. Entre elas, Dreide, de costas para a janela, sentava-se nos calcanhares. O choro da criança acabada de nascer era cada vez mais lancinante, até que a bruxa a levou enrolada nos cabelos e saiu para o meio da rua. Em vez de contornar a casa e passar junto dele, seguiu em frente até desaparecer entre os pinheiros. Aí, os seus gritos abafaram a borrasca e os vagidos que levava junto ao peito. Talvez tivesse enlouquecido, julgou Eryk, o pranto era demente, um cacarejo escarninho a que a própria respondia com mais uivos de animal. Nesse instante, o rapaz desabrigou-se e foi ter com Shionka. Assim que entrou, começou por vê-la morta, empapada em água rosa, o cabelo pesado sobre o rosto, as mãos de cera abandonadas no fim dos braços caídos como as vigas de uma cruz. Eryk tombou-lhe aos pés e tocou-lhe. Afinal, não estava morta, apenas desfalecera, e por isso chamou-a várias vezes sem que ela reagisse. Entretanto, lá fora, a bruxa já se calara, aquilo que a levara à floresta estaria nessa altura consumado. Temendo ser apanhado, levantou-se, correu até a escarpa e começou a subi-la. A meio da pendente, parou e olhou para baixo. Dreide acabara de surgir de entre os pinheiros. A sua figura derreada tropeçava a cada passo, enquanto erguia os braços e mostrava ao céu as mãos vazias.

Acordada, a imagem não passava de um borrão. Já se sonhasse, Vivienne conseguia distingui-la e revivia com detalhe aqueles dias execráveis: ali estava Dreide a olhá-la como se faz aos desalmados; ali estava a filha tão nova a um passo de ser mãe. Depois do espavento inicial, a mão trêmula, a mão incrédula que a feiticeira pousava sobre o ventre duro de Shionka, a cataplasma de folhas podres e grilos esborrachados com que lhe desenhava na pele o nome de trás para a frente. De súbito, uma pressa esbaforida em tê-la longe dali, a corrida para a floresta a meio da noite, os meses ocultos, as fragas, os fetos e os bichos. Só então, o regresso ao palhal para as derradeiras rezas, os unguentos a preparar as primeiras dores. E ela, Shionka das árvores, Shionka das águas e de tudo o que era insofismável, a crer estupidamente que tudo aquilo era desvelo. A seguir, não se recordava de mais nada: sem saber por que artes se apagara, uma imensa sala às escuras, os berros pavorosos e a forma terrível da notícia: Dreide, agachada mesmo ao lado a escalavrar o rosto, contorcia-se lentamente contra aquilo que a possuía, num esforço tão cruel que dava para ouvir os ossos. A dada altura, a bruxa desfalecia, caindo desconjuntada. Ficava assim, a cabeça pendurada a balançar e a língua saburrenta a pender da boca de pregos. Aos poucos, o ar enchia-se com o seu hálito a cinzas e, sem nunca olhar para Shionka, acusava-a à gargalhada de ter parido um bicho morto.

Mentirosa! Bruxa execrável.

Mas a imagem era pouco, queria tê-la em carne e osso para ver com nitidez como lhe matara o filho. Abafara-o contra o peito e deixara-o às feras da floresta? Ou vertera o sangue dele, que também pulsava nela, e lançara-o sobre as pedras?

Oh, sim, mãe, bruxa execrável, em carne e osso para poder cuspir-te o rosto e esfacelar-te.

O mesmo diria a Eryk por não ter rasgado aquelas folhas, por lhe ter posto nas mãos uma história doentia. Podia também ser mentira, mais um dos seus devaneios, mas que diferença fazia se nunca soubesse ao certo? Condenada a duvidar, seria sempre mãe de um mártir e fruto de uma assassina. Foi aí que se recordou do marido estendido no necrotério e do sorriso de cera que tanto a incomodara. Eryk fora a enterrar com todas as feridas antigas; se morrera consolado, morrera vingado. E ela, tola, aceitara rebuscar-lhe os papéis e expor-se a crueldades como aquela. Então, pensou de novo em queimar tudo, mas tornou a lembrar-se de Yankel.

Durante duas semanas, Vivienne não procurou nem leu mais nada. Saía muitas vezes sem destino e voltava ao fim da tarde. Ligava a televisão à hora do Burger Quiz e ficava a beber chá e a responder antes dos concorrentes. A seguir, via o que calhasse até adormecer no sofá. Acordava sempre a meio da noite e a meio de um filme.

Daquela vez, Audrey Hepburn explicava o que fazer no primeiro dia em Paris, enquanto Bogart bebia um expresso; a seguir, a orquestra tocava, e o casal dançava *La Vie en Rose*. Tudo a preto e branco como a sala onde Vivienne se punha a olhar para os dois. À sua volta, a luz do televisor projetava sombras nas paredes. E, entre elas, ainda os vultos dos caixotes.

Depois, havia a moinha, sempre pior àquela hora, que a tolhia e mantinha no sofá.

Mas não daquela vez.

Endireitou-se e ficou sentada um breve instante, até se erguer penosamente. A caneca, que estava quase vazia, tombou-lhe dos joelhos e partiu a asa no sobrado, deixando uma nódoa de chá. Vivienne nem deu por isso e avançou determinada até a papelada; para o diabo com as cautelas! Despejou tudo no chão da água-furtada e, nos dias que se seguiram, rasgou o que era supérfluo e leu aquilo que interessava sem se preocupar com a ordem.

NORDESTE DA POLÔNIA, outubro de 1939

A sinagoga está fechada, ninguém sabe por quê. Conto o número de perguntas, devem ter vindo todos. Mas o rabino não dá sinal de si já lá vão quase três dias e há muita aflição. De repente, todos se calam e os cães começam a ladrar. Agora tenho a certeza de que ouço ladrar em russo, são os camaradas que chegam e nos mandam dispersar. Um deles passa ao meu lado, tão perto que me dá um encontrão, o bastante para que Rasia me arraste para casa por um braço. No caminho, a minha mãe não abre a boca, deve estar desalentada por ter vindo sem respostas. Que fria está a noite, a neve acamou, amanhã pela manhã vai estar em pedra, mas por enquanto ainda a ouço a mastigar os nossos passos. De resto, as ruas estão desertas; ultimamente, no shtetl, *acontece muitas vezes.*

Ou talvez não... O ouvido não me engana, agora vem alguém a caminhar atrás de nós.

Não quero ser mais um a desaparecer e sinto o coração aos pontapés ao peito. Viramos na esquina, a nossa casa está logo ali e o melhor é prosseguir. Faltam cem metros, noventa... Seja quem for, não pretende passar despercebido e está agora tão próximo que acabamos por parar. Quando nos viramos, dou um passo em frente e faço de escudo à minha mãe; pelos vistos, continua tranquila. "Vou entrando", diz-me.

Rasia afasta-se e deixa-me ali com ela. É a Shionka, só pode ser a Shionka.

Passou muito tempo, não sei o que pode esperar de mim, não sei se há na minha cara alguma coisa a mostrar ressentimento. Sinto-a agora tão perto de mim, mas só me toca com a respiração. Ficamos assim algum tempo, até que, num gesto rápido, me desenha uma nuvem no peito. O sinal é conhecido, pergunta-me por Eryk. Digo-lhe que não sei, desapareceu há uma semana, tenho medo das notícias. Assim que lhe respondo, ela deixa tombar o rosto no sítio onde desenhou a nuvem. Num instante a nuvem encharca-se, e eu, com o coração à chuva, mostro-lhe que sou um fraco. É então que agarra a minha mão e a põe no peito dela, depois na boca, nos olhos, nas faces. Não sei o que perco aqui no escuro, mas é isto que ganho com o silêncio. Se calhar hei de morrer sem saber o que a fez estar longe tanto tempo, mas, de repente, já não me importo. Shionka está de volta e traz tudo o que levou.

NORDESTE DA POLÔNIA, novembro de 1939

Tinham-se entre as mais grosseiras do círculo perfeito, eram descomunais, calosas, encarvoadas, e essa aspereza ouvia-se sempre que se esfregavam uma na outra para sossegar o frio. Zygmunt, o ferreiro judeu que tanto lembrava Lênin, gostava delas assim – mãos honradas, mãos operárias. Naquela tarde, escondeu-as nas algibeiras. Mais acima, entre o gorro e as golas levantadas, só deixou à vista os olhos e esses levava-os presos ao chão. Foi o acaso que os ergueu e apontou ao fim da rua. Lá ao fundo, como duas estacas negras cravadas no passeio, dois homens pareciam aguardá-lo. Zygmunt adivinhou logo quem eram e parou de imediato. Ainda pensou em fugir, mas para quê, se chegara a sua vez? Quando alcançou a porta da oficina, os homens chamaram-no e ele acompanhou-os. Minutos mais tarde, à beira da escadaria do Paço do Município, foram recebidos por um cavalheiro que trazia na lapela a insígnia do Partido. O homem olhou o ferreiro de alto a baixo e, depois de dispensar os outros dois, ordenou-lhe que fosse com ele. Enquanto subiam as escadas, Zygmunt não fez qualquer pergunta. Passado o átrio, dirigiram-se para o gabinete do presidente da Câmara, desta vez ocupado por alguém bem mais sinistro do que Tadeusz.

Govorov estava dobrado sobre a escrivaninha a estudar uns desenhos. Ao seu lado, também inclinado sobre as folhas, um camarada trajado à civil esquissava a lápis mais bonecos, tentando explicar o que pretendia. Assim que Zygmunt chegou, o cavalheiro que o escoltava arranhou a garganta para se anunciar. Ao virarem-se, Govorov e o camarada deram de caras com o ferreiro e quase se perfilaram: à frente deles, com o gorro entre as mãos suadas, bem podia estar Lênin, ele mesmo, o Grande Camarada. Recuperada a compostura, Govorov e o outro homem aproximaram-se e esquadrinharam Zygmunt com minúcia. Até que o tenente deu um passo atrás, cruzou os braços e levou a mão ao queixo para apreciar com mais justiça. Por fim, lá concordou com a cabeça: não fora a barba cerrada, o rosto era tal e qual, servia na perfeição. Só então se lembrou de o intimar: "A partir de hoje, venha todos os dias."

E Zygmunt cumpriu à risca; durante os dias seguintes, não falhou uma manhã. De acordo com as ordens, chegava às sete em ponto a um armazém da Câmara e não mexia um só músculo até a hora de almoço. Ficava sentado, a olhar em frente, enquanto o homem que conhecera no gabinete de Govorov ia moldando o barro úmido. A princípio, só a cabeça interessava, por isso transformou a barba hirsuta num losango sobre o queixo e manteve as sobrancelhas arranjadas. Porém, a dada altura, trocou o banco de pau pela poltrona retirada da sala do Conselho e vestiu um fato de bom corte que os funcionários do Partido descobriram entre os despojos de Skiba. O resto era pose de Estado, os joelhos separados por dois palmos, as mãos agarradas aos braços da poltrona e o tronco rígido apertado com uma corda ao espaldar para manter a posição. Assim que o artista terminou, cortou a escultura ainda fresca em meia dúzia de partes e fez os moldes em gesso. A seis dias do prazo combinado, as peças foram levadas para a forja, colocadas em robustos caixotes de madeira, cobertas por areia úmida misturada com argila e, finalmente, retiradas com cautela, deixando no seu lugar a figura esvaziada de Lênin. Só então se despejou o bronze liquefeito e se esperou que arrefecesse. Govorov fez questão de estar presente quando a areia foi quebrada, mas ficou desapontado. As peças vinham grosseiras, não luziam como o esperado. O escultor não lhe ligou e passou os últimos dias a soldar as várias partes e a dar o polimento. Usando os mesmos moldes, ergueram-se outras estátuas nas cidades do distrito, com o compromisso de serem descerradas em simultâneo na data indicada por Moscou, a 23 de fevereiro, o feriado do Exército.

Chegado o dia, estava tudo a postos no largo do Mercado. Logo à frente das estátuas dos fundadores, e muito mais alto do que estas, o colosso fora assente num pedestal de cimento. Porém, ninguém olhou para a base, aquilo que lhes interessava já tinha sido escondido pelo manto de bandeiras vermelhas presas umas às outras com atilhos. Enquanto isso, algumas patrulhas de camaradas corriam todas as ruas à caça de dissidentes, o que nem era preciso pois ninguém ficara em casa e o largo estava à pinha. Os guardas, em sentido havia já duas horas, olhavam de lado para o palanque à espera de que alguém pusesse fim ao suplício. Até que Govorov desceu os três degraus. À sua frente, a menina que vestia o *sarafan* levava nas mãos erguidas um cesto com uma tesoura numa caminha de pétalas e, junto ao pedestal, estendeu-o ao tenente, que, num gesto demorado, cortou o cordel que suportava o manto. Destapado o herói da Revolução entre uma nuvem de pó, a multidão aplaudiu como fora decretado. Por mera falta de sorte, uma das bandeiras soltou-se das outras e prendeu-se ao pescoço da estátua, dando a ideia de um babete. Fora isso, não desmerecia, a postura era a de um líder, e as mãos, de um proletário. Fascinados com as parecenças, os olhares da multidão balançavam entre a escultura e o rosto triunfante de um Zygmunt bem ciente das réplicas que se descobriam naquele preciso momento noutras praças como aquela. A seguir, foi a vez do Govorov ler como pôde o discurso enviado por Moscou. Num polaco ferrugento, despachou em esforço os méritos da Revolução, não esquecendo os recados do costume.

A cerimônia não foi muito mais do que isso. A menina do cesto ainda lançou as pétalas ao vento e leu com voz ensaiada os feitos de Lênin num textinho escolhido entre os vários redigidos pelas crianças da cidade. Depois de novo aplauso, a multidão dispersou, obrigando-se a esquecer o que ali acontecera. Mas nem todos, já que Zygmunt guardaria para sempre a memória desse dia. A partir de então, obrigou-se a manter a barba aparada e passou o tempo livre no largo do Mercado. Passeava-se em torno da escultura, deixava-se estar, fazia-se notar, adorava ver-se ali. Mas de pouco lhe valeu a semelhança, era só o que faltava a Govorov permitir nas suas ruas um judeu mascarado de pai da Revolução. E, daí, preferiu ser drástico. Despachada num comboio a imitação, as cavalgaduras passaram a calçar-se noutra loja da cidade, e a estátua recuperou o exclusivo.

PARIS, 1948

Em Paris, três anos depois da guerra, ainda se olhava para o céu de chumbo. Os dias passaram e ninguém tornou a avistar os *Messerschmitt*.

O vento deixara de soprar por volta do meio-dia, e a rua não se ouvia, mesmo carregada de gente.

Um imenso manto cinzento e carregado parecia tocar os telhados, prometendo chuva. Logo abaixo, a fileira de homens e mulheres, todos parados, todos a aguardar. Os homens vestiam sobretudos iguais, as mulheres casacos pelo joelho; traziam as cabeças bem cobertas: eles, de chapéu; elas, de lenço apertado; cada um levava um saco para o pão: eles, na algibeira; elas, bem à vista. Uns e outras alinhados no passeio desde a esquina do depósito de tabacos até a *pâtisserie* Saint-Michel.

O jovem casal que caminhava no sentido contrário foi pôr-se no fim da fila. Aí, o rapaz tirou dois livros dos bolsos, deu um à companheira e segurou o seu com os dentes, enquanto abotoava a gabardina. A seguir, encostaram-se à parede e começaram a ler. Shionka fumava um cigarro, Eryk mordia o lápis com que ia escrevinhando nas margens. De vez em quando, ela chamava-o e apontava com o dedo para o que estava a ler. O rapaz debruçava-se e, se não encolhesse os ombros e regressasse ao livro, era capaz de falar daquele excerto até ela se fartar. Passou meia hora e não saíram do lugar. Eryk pôs-se em bicos de pés para ver o fim da fila. Depois, soprou com irritação e disse palavrões em francês. Ao seu lado, uma mulher vestida de enfermeira conferia a *carte de pain* e, ao sentir-lhe o bafo agastado, lembrou-se também das horas e gritou qualquer coisa com maus modos lá para a frente. Foi então que a fila andou; nem dois metros, mas o suficiente para Shionka ficar para trás absorta na leitura. Eryk disse-lhe que se mexesse, mas não lhe chamou Shionka e ficou a pensar nisso. Ainda lhe custava tratá-la por Vivienne, ainda lhe soava a falso. Fora ele quem quisera afrancesá-la, soprar as cinzas, fazê-la renascer, agora com um novo nome. Quando lho dissera, Shionka olhara-o de frente. No seu rosto não havia um só traço de mágoa, o desastre apagara-lhe tudo, queria lá saber do nome.

E depois, também ele mudara o seu.

Como teria de ser, Jean-Alphonse teve culpa nessa decisão.

Jean-Alphonse, o belga, que caminhava aos pontapés pelas ruas de Paris, lembrava um boneco animado desenhado à pressa a quem faltava muita coisa. A começar pelo rasgo na hora de se vestir, sempre castanho, sempre um número acima, um *parigot* de trazer por casa, não fosse a paixão que nutria pelos livros e que, segundo ele, lhe permitira sobreviver à guerra como um ser civilizado. Assim que a paz se instalou, e a cada tarde de sábado, Jean-Alphonse passou a receber na cantina da Missão duas dúzias de polacos – a seguir à guerra, Paris transbordava de polacos. Era ali que os talhava para a cidade, que apontava as portas certas ou cedia um vão de escada e um par de cobertores. Mas, assim que despia o fato de bombeiro, Jean-Alphonse, que também era poeta, fustigava-os com os seus versos insurretos. Nem todos ficavam para o ouvir, mas, dos que se deixavam estar, Eryk e a jovem recatada ficavam mais do que os outros. Com uns anos de Paris, o casal aprendera os rudimentos do francês com os padres da Missão, mas foi o belga a aprimorá-los. Dava-lhes livros a ler, obrigava-os a escrever, mantinha-os ali fechados sempre à volta da gramática e dos jogos de palavras. Eryk carregava no sotaque como o resto dos polacos, ao passo que Shionka, uma falante imatura, não fora a tempo de o ter. Apenas isso explicava o seu francês aveludado, tão parisiense e sedutor que Eryk lhe pedia para falar só para a ouvir. E então, embevecido, julgava perceber tantos anos de silêncio: as palavras em Paris eram diferentes, quem sabe a rapariga as tivesse reservado para lhas poder dizer assim.

A fila continuava parada. De tal modo que deu tempo a Vivienne para acabar o capítulo e ainda voltar atrás. Se gostava do que lia, regressava sempre às páginas que assinalara à sua maneira. Daquela vez, dobrara quatro: três no canto de cima, para marcar certas passagens que iria transcrever; a outra no canto de baixo, um sinal de ambiguidade que pedia releitura. Nesse instante, a fila mexeu-se e ela olhou em frente. Mesmo ali, Eryk parecia não dar por nada, pois continuava alucinado a escrever nas margens do livro. Vivienne deixou-o estar, não disse nada, e lembrou-se dos primeiros tempos na cidade.

Lembrou-se dele a ensaiar a nova língua na tradução dos poemas que já escrevia a toda a hora. Jean-Alphonse torcia-lhe o nariz: ao trocar a poesia pelo esforço, estragava tudo; deixasse-se de traduções, escrevesse logo em francês. Ele assim o fez, e muito se riu o belga quando o leu. Não era pela troça, longe disso; acima da gargalhada havia dois olhos molhados, comovidos pelo tanto que podiam as palavras, mesmo nas mãos de quem poucas palavras tinha.

Ao longo dos anos seguintes, Eryk e Shionka passaram os serões a aprender e a conviver no T1 de Jean-Alphonse, em La Chapelle. Sempre que ali chegavam, por costume ao fim da tarde, já a tribo se instalara: Hubert e Toulouse, dois funcionários do Ministério do Interior que apareciam de fato cinzento, sempre à mesma hora, com as gravatas enroladas dentro dos bolsos; Auguste, um escritor arrivista que bochechava o *gin* e estoirava o soldo de gendarme a imprimir livros de poesia ilegível; e Ireland, ela mesma uma irlandesa, com idade para ser mãe de toda a gente. Havia também Perrichon, o vizinho do rés do chão, mas esse ninguém sabia quem era nem o que ia ali fazer. A verdade é que as noites acabavam sempre iguais: Vivienne a tomar chá na banca da cozinha e a olhar para a rua, Eryk deitado num colchão a escrever, e Jean-Alphonse, que nunca se sentava, a caminhar em círculos e a fumar aquela porcaria que enjoava e cheirava a chocolate. Quanto aos outros, espalhados pelo chão, liam à vez o que escreviam. Depois, aplaudiam-se, bebiam além da conta e acabavam a noite agarrados à caneta e aos textos que haveriam de rasgar no dia seguinte. O belga só parecia sossegar ao chegar a vez de Eryk. Nessa altura, encostava-se à parede e deixava que o cigarro lhe ardesse sozinho na ponta dos dedos. O polaco era o melhor, o único naquela sala com talento bastante para escrever o que queria.

Numa noite em que estava toda a gente, alguém bateu à porta. Jean-Alphonse foi abrir sem mostrar curiosidade, mesmo quando viu de quem se tratava. O homem enchia a porta; a sobrancelha esquerda, mais alta do que a direita, a esboçar curiosidade, enquanto se inclinava para espreitar. Deixou-se estar por momentos a olhar para os poetas como se soubesse aquilo que procurava. Foi então que Jean--Alphonse o agarrou pelo braço e, enquanto apresentava toda a gente, conduziu-o ao colchão junto à janela. Ao ver que era com ele, Eryk levantou-se de um pulo e, atabalhoado, cumprimentou o outro sem nunca largar os poemas que prendia com o queixo e a mão sobre o peito. Com um certo despropósito, Jean-Alphonse não parava de falar. Não olhava para o amigo, mas alertava para a tragédia que seria perder alguém assim, uma aposta seguríssima, um novo Mickiewicz. Monsieur Renaud, um bretão chauvinista que lançara a revista *Calliope* havia um ano, deixou o belga a falar sozinho e levou Eryk para a cozinha. Já aí, esperou que Vivienne saísse e foi direito ao assunto: queria um soneto por semana, alguém escolheria aqueles a publicar, e, por cada um, pagaria trinta francos. Ah, e que não falasse da guerra, ultimamente todos escreviam sobre o mesmo. Depois falou mais baixinho, havia ainda outra coisa, não era para levar a mal, mas o nome, tinha de mudar de nome, os leitores ansiavam pela voz da França livre. E foi assim que nasceu Paul Lestrange, um francês tão genuíno como os que o leram nos meses seguintes. Durante esse período, escreveu quarenta e dois poemas e todos falavam da guerra, mas Renaud, incapaz de ler nas entrelinhas, entendeu-os como poesia de amor e não deixou um só por publicar. A seguir pediu-lhe contos, e Eryk escreveu-lhos num francês cada vez mais esclarecido. Certo é que, a páginas tantas, já havia muita gente a falar de Paul Lestrange.

Entretanto, Vivienne fazia aquilo que podia para ter o que ler em casa. Depois de um dia a trabalhar, ficava com as costas massacradas e as mãos encarquilhadas e a cheirar a detergente; mesmo assim, mal largava a cozinha do restaurante, ia à Richelieu e, se não lhe apontassem para o relógio, passaria horas esquecidas a correr as prateleiras. Quando chegava a casa, empurrava com o joelho a porta da água-furtada acabada de arrendar no Marais e despejava numa mesa os livros que requisitara. A seguir, dormitava em cima do sofá, sempre com o rádio ligado para evitar sonos profundos; aos seus pés, meio sentado, meio deitado, Eryk perdia-se nos livros recebidos e assim ficaria a noite inteira. Isso devia-se em parte ao espírito vagabundo do escritor, já que lê-los normalmente não lhe bastava. A verdade é que adorava reescrevê-los; fazia-o com frases avulsas ou mesmo capítulos inteiros, pouco se importando que lhe chamassem presunçoso. Importante era ensaiar, testar, mudar os textos dos outros para ver no que dava, "Sua mãe moribunda. Enterro em breve. Sentidos pêsames."[19] O que ele se divertia a somar possibilidades, ou até a travestir as personagens, convocá-las de outras obras, amancebá-las, assanhá-las, deitá-las na mesma cama, Aquiles, Ofélia e o coelho de Alice, para no fim se rir do que escrevia. Talvez um dia alguém fizesse a mesma coisa ao seu romance, mas, para isso, precisava de o escrever.

A fila avançou outros dois metros.

Eles tinham-se casado noutro dia.

A ideia fora outra vez de Jean-Alphonse. A cerimônia não passou de um acidente, um improviso de que o belga se lembrou durante um passeio em grupo, ao ver o rio e o casal que ia uns dez metros adiante. Assim que chegou a meio da ponte, Jean-Alphonse parou e pôs-se a bater as palmas. Ao seu lado, Ireland dava o braço a Toulouse. Um pouco atrás, Hubert caminhava empoleirado no murete, e Auguste, embriagado, seguia atrás de todos. Ao ver o belga parado, foram ter com ele. Este, virado para o Sena e para o sol-posto, parecia cheio de graça, o rosto a brilhar e os braços abertos para o Grand Palais. Mal Eryk e Vivienne chegaram ao pé dele, abraçou-os.

[19] Adulteração da frase "Sua mãe falecida. Enterro amanhã. Sentidos pêsames.", extraída do parágrafo de abertura de *O estrangeiro*, de Albert Camus.

Ficaram os três assim, ela no meio dos dois, o belga a discursar como quem conta um segredo, enquanto Auguste, a lembrar um miúdo impertinente, ia e vinha às gargalhadas para ouvir o que se dizia. Quando se largaram, Eryk e Vivienne mantiveram-se de mão dada e viram o belga a acercar-se do murete. Aí, tirou um frasco de conhaque do bolso do sobretudo e desarrolhou-o. Depois de o beber quase até o fim, virou-se para o casal e aspergiu-o com o resto.

Foi só isto. Estavam casados.

Quando chegaram ao balcão, a fila atrás deles aumentara para o dobro. Nessa altura, trocaram as senhas pelo pão que lhes cabia e voltaram ao Marais. Eryk conseguia caminhar enquanto lia o que escrevera, parando uma ou duas vezes para acrescentar qualquer coisa. Assim que entraram em casa, foram logo para a cozinha. Vivienne pôs água ao lume e ele mencionou-lhe os poemas ainda frescos. Era sempre assim, precisava dela para acreditar no que escrevia. A seguir, o costume: ela pedia-lhos e sentava-se descalça no chão, as pernas dobradas, joelhos no peito, o livro ali preso, uma mão a folhear, a outra a brincar com o pé. E o copo de chá quente, pois; aquele em que não tocava enquanto lia, mas nunca se esquecia de pousar e ter à mão. Depois, lá chegavam os trejeitos de Vivienne, os pequenos esgares, cada dor ou gargalhada que encontrava nos poemas subia-lhe aos olhos e aos cantos da boca. Mal acabava de ler, deixava-se estar sossegada e ficava a olhar para os versos. Só então provava o chá, ao mesmo tempo que dobrava e desdobrava as pernas devagar. Eryk, que assistia de viés, não se atrevia a apressá-la, mas fumava cigarros de enfiada. Por fim, lá surgia o veredito. Quando era acutilante, dava sempre azo a melindres, mas nenhum deles duvidava de que seria tido em conta.

NORDESTE DA POLÔNIA, fevereiro de 1940

O gotejar tinha som de poço e respingava para fora da gamela. À sua volta, o pedaço de chão alagado refletia com detalhe a janela e o lusco-fusco. O resto do átrio estava tão sombrio que ninguém conseguia condoer-se de ninguém. E, depois, cheirava profundamente a gente. De vez em quando, havia um que tossia e aquilo pegava-se, uma gosma extenuada que enchia a sala úmida. Lá fora, o vento vergastava o cais da estação e fazia torvelinhos com as folhas de choupo e os papéis velhos. Escondendo as cabeças entre os ombros, os dois soldados inverteram a marcha no final da plataforma e, dando o peito à ventania, regressaram dobrados num ângulo inverosímil. Ao passarem junto às janelas, o mais gordo embaciou a vidraça com o bafo curioso, parecendo contar as tosses para saber se estavam todos. E estavam, tinham de estar, deduziu ao afagar a correia da espingarda.

Ali mesmo, atrás do vidro, Skiba vasculhou as algibeiras tal qual acreditasse poder achar um tesouro. Mas não, esboroara o último pedaço de pão duro nessa manhã, restava a gamela encardida e cheia de água ferrugenta. Então, estendeu-se no chão, a dois metros da mulher, que ali fora despejada com outros prisioneiros não havia duas horas. Depois de tanto tempo nas caves dos bolcheviques, o comendador perdera a esperança de a rever, e agora, ao tê-la ali, atreveu-se a acreditar mais uma vez na sua sorte.

Foi então que adormeceu.

A noite passou num instante, desta vez a luz e as tosses anteciparam-se ao frio e acordaram-no. Deixou-se estar deitado, mas ergueu o pescoço para olhar em volta. Do outro lado do átrio, Finkelstein experimentava as pernas caminhando junto à fiada das janelas. Havia mais judeus daquele lado, Skiba descobriu seis, quase todos sentados e encostados à parede, a repartirem cobertores. De repente, o estrépito de uma porta a abrir-se com violência e a luz que cegou os presos. Quando os olhos se habituaram, viram o vulto, uma silhueta de rapaz parada em contraluz; logo atrás, outros prisioneiros, não mais de meia dúzia. Alguém os teria empurrado, pois tropeçaram para cima dos que já lá estavam. Ao rapaz calhou estatelar-se mesmo à frente de Skiba, que, há muito sem os óculos, teve de se esforçar para o reconhecer: parecia-lhe ainda um garotelho, talvez fosse o filho do ourives. Eryk, que passara as últimas horas numa cela enlameada, surgia ali imundo, a olhar para todo o lado. Depois, levantou-se e caminhou aos bamboleios até o canto mais próximo. Já aí, tombou outra vez desconjuntado e ficou sentado. Com os braços a envolver as pernas, escondeu o rosto nos joelhos e aguardou como os outros.

Não foi preciso esperar muito. Os deitados foram os primeiros a saber, o chão de cimento deu sinal de vida muito antes do silvo dos carris. Quando ele chegou, os presos olharam pela porta ainda escancarada e contaram-lhe os vagões a perderem velocidade. Lá fora, os dois soldados caminhavam apressados entre os sopros fatigados do comboio enfim parado. Nessa altura, já o cais fora engolido pelo fumo e os vultos dos guardas que saltavam dos vagões encostaram-se às janelas da estação. Vistos de costas, pareciam tão tolhidos como aqueles que os aguardavam e, mal acabaram de fumar, voltaram-se para as vidraças, puseram as mãos em pala e espreitaram lá para dentro. Eryk preparou-se, pensou ser coisa de segundos, mas enganou-se. Em vez de entrarem para fazer fosse o que fosse, deixaram-se estar na rua a bater os dentes e os pés no chão, enquanto passavam garrafas uns aos outros. De repente, entre dois vagões, surgiu a luz fosca de uns faróis. O som do camião a aproximar-se levou os guardas a embolsarem a bebida e a descolarem-se das janelas. Pouco depois, vindo de um sítio qualquer, um novo grupo de vultos furou o nevoeiro até a porta que dava para o átrio. O que ia à frente entrou na sala e tirou o boné para sacudir a neve contra um cacifo. Logo a seguir, afundou-o com força na cabeça e só então fez questão de erguer o queixo: era Govorov, o tenente que ninguém queria encontrar. De trás dele, surgiu mais um soldado a segurar uma prancheta. Tudo aquilo que Govorov disse então, o outro traduziu num polaco razoável. Daquilo que se entendeu, ficou a certeza da viagem, mas nada sobre o destino. Depois, mandou-os sair, mas que tivessem juízo. À medida que desfilavam à frente do tenente, o soldado da prancheta ia dando baixa dos nomes. Assim que os prisioneiros pisaram a plataforma, alguém lhes fez saber por gestos que deviam aguardar. Passou mais uma hora até os soldados voltarem à ação. A neblina da madrugada misturada com os vapores do comboio mal deixava ver os vagões, mas, a cada ordem gritada em russo, havia sempre um guarda a separar alguns do grupo, conduzindo-os ao vagão que lhes coubera. Eryk foi na terceira leva, arrastando consigo uma dúzia de homens e duas ou três mulheres.

*

O teto estava decrépito e a caliça estalara formando crostas de gesso da espessura do papel. Aquele lugar condenado tolhia o tempo e a razão, e Tadeusz só sabia olhar para o estuque. Na sua cabeça errante, viu um imenso mapa branco, continentes com a forma de animais e extensos mares de salitre. O planisfério era irreal, mas isso não lhe interessou. Imaginou-se a pular de crosta em crosta, a vencer os oceanos, livre como um corsário. Sem saber mais o que fazer, ensaiava assim os dias que haveria de viver para lá daqueles muros. A viagem durou-lhe tanto que, quando se virou no catre, já estava escuro outra vez. Tadeusz ainda não se habituara, à noite o manicômio era pior. Prostrados a monte, os dementes e os prisioneiros agarravam-se ao sono com urgência, a única pressa que ali se admitia. Para os despertos, a maneira como aquilo ressoava nas paredes era o pior dos flagelos, mais ainda do que os ruídos que os faziam escorregar para debaixo das cobertas: um choro de mulher, o bichanar ríspido com que alguém se censurava, uma prece, a gargalhada ocasional a alastrar às outras baias descobrindo outras insônias.

Ele conseguira uma enxerga só para si. O anterior ocupante dormia agora ao seu lado, em cima do chão gelado, com a cabeça pousada numa bota. Assim que olhou para o banquinho, Tadeusz foi fiel e lembrou-se de Apolônia, das pregas de pele de seda onde o mundo nunca poderia descobri-lo. O assomo de terror veio a seguir, ao recordar-se do que ouvira a um prisioneiro chegado havia dias. Depois de os chamar para ao pé de si, o homem deitou-se a contar histórias e a levar as mãos ao rosto. Falou dos comboios que partiam, falou do gelo russo, dos judeus e dos polacos dispersos pelos campos de trabalho na Sibéria, e dos vassalos da Revolução que morriam à resina na taiga dos Urais; falou ainda dos massacres, das valas, dos corpos indistintos, e de tudo aquilo que os esperava a seguir ao manicômio. Ao ouvi-lo, Tadeusz cruzou os braços com uma força demoníaca, resfolegou e, rosnando só para si, tratou de achar culpados e chamar-lhes os piores impropérios: a eles, pois!, aos israelitas, que desde o primeiro dia andavam em conluio com os bolcheviques, viciados na perfídia e na denúncia, delatando cristãos, tomando-lhes os postos, assenhoreando-se das migalhas que os russos lhes atiravam em troca. Com o ódio, o seu corpo mirrado pareceu rebentar pelas costuras, e os outros devem ter-lhe ouvido as entranhas a ferver, pois desviaram o olhar para o chão. Mas agora, com a escuridão e os barulhos à sua volta, Tadeusz tornou a encolher-se e o pavor esqueceu-o dos judeus. Por momentos, devia ter adormecido; viu ao longe um cão a correr desnorteado numa estepe enregelada. Chamou por ele, mas o cão continuou até ser um ponto negro a fugir de alguma coisa. E o comboio ali ao lado; olhou para a esquerda, para a direita, não viu fim aos vagões e chorou como um fedelho.

Acordou ranhoso com o berro tresloucado que vinha do corredor, um louco certamente, mas aquilo deu-lhe uma ideia. Durante mais de uma hora, Tadeusz desenhou o seu boneco, somou os detalhes que quis, apagou os excessos, deu-lhe o feitio que julgou conveniente e, acima de tudo, comprometeu-se a vestir aquela pele pelo tempo que fosse necessário. E, sem saber quando os russos surgiriam para o levar, mais valia começar naquele instante. Então, levantou-se devagar e, sem a despir, abriu a camisa de um só golpe, espalhando botões por todo o lado. Trazia umas ceroulas muito curtas, manchadas de urina e pó de tijolo, que também deixou vestidas. Com mais um gesto brusco, arrancou a bota de baixo da cabeça do outro prisioneiro, que não chegou a acordar. Não sabendo do par da bota, valeu-se de um tamanco de madeira que encontrou por baixo da enxerga e calçou-se. Depois de agarrar o banquinho, saiu para o corredor. A claridade que vinha das lucernas mais o lampião na porta ao fundo seria o suficiente para evitar os corpos adormecidos no chão à sua frente, mas não lhes ligou nenhuma nem tentou abafar o passo desirmanado. Queria-os a todos acordados, principalmente ao velho que os comunistas tinham posto a tomar conta dos loucos e que, naquela altura, estaria a dormir sentado na cadeira junto às escadas. Depois de pisar mais meia dúzia, indiferente aos queixumes que deixava atrás de si, pousou o banquinho ao lado da porta da despensa. Mal o galgou, encostou o peito à parede e, abrindo os braços, não mais parou de berrar. Mesmo habituado àqueles acessos, o manicômio acabou por despertar e, pouco a pouco, pôs-se em peso à volta de Tadeusz. O guarda foi o último a aparecer, furando por entre os reclusos. Transportava com ele uma vergasta de corda e um lampião por acender, mas, assim que viu o senhor presidente da Câmara, deixou de saber o que fazer. Tadeusz lembrava um crucifixo, os braços paralelos ao chão, as mãos pareciam pregadas ao tabique enquanto dobrava as unhas a arranhar o gesso. Mas o pior era a cabeça, os encontrões ritmados com que esmagava a testa contra a parede. A mancha de sangue a aumentar, os gritos cada vez mais excruciantes, o riso convulso a provar a insanidade. Até que o velho reagiu e mandou que o ajudassem. Foram precisos seis homens para descerem o Presidente, para o manietarem e levarem dali para fora. Foi posto ao fundo da ala, atrás de um biombo rasgado, junto ao louco genuíno que, por estar amarrado, já não lambia as doentes. Ficaria por ali, tão atado como o outro, a curar devidamente a testa e o juízo. Para mal dos seus vizinhos, a cabeça de Tadeusz só tinha arranjo por fora, pelo menos tendo em conta aquilo que ia gritando.

Como um louco de verdade, ainda se ria dos outros, agora, sim, tresloucados pelos berros incessantes.

O certo é que, uma semana mais tarde, os russos sempre apareceram. Vinham fardados e traziam uma lista. Dos vários nomes, um deles, logo o primeiro, foi riscado a toda a largura.

*

Os vagões já vinham cheios e, assim, quando os soldados correram as portas do comboio, o queixume alastrou por todo o cais. Os prisioneiros espremiam-se dentro dos vagões, olhando lá para fora e uivando ao nevoeiro, não fosse esconder algum guarda piedoso. Pediam água e havia quem erguesse acima da cabeça uma ou outra criança espavorida. Nenhum deles se afastou para que o rapaz entrasse, mas, empurrado por alguém, Eryk lá se enfiou no meio do grupo. Já dentro do vagão, aproveitou a aglomeração junto à porta para escolher um lugar debaixo de um lanternim. Pouco a pouco, alguns daqueles que tinham esperado com ele iam tropeçando lá para dentro e deixavam-se ficar onde caíam. O último foi Roman Skiba, que vinha atarantado e sem a mulher. A certa altura, abriu-se uma brecha entre os que protestavam e surgiu um bolchevique enluvado até os cotovelos. Sem olhar para ninguém, dirigiu-se para o canto do vagão e, com um urro de esforço, alçou com as duas mãos uma vasilha imunda. Encostando-a à cintura, dobrou o tronco para trás e arrastou-a em passos curtos, pouco se importando que estivesse a transbordar. Ao chegar à porta, passou-a às quatro mãos estendidas que aguardavam no exterior, recebendo em troca um balde vazio. Atirou-o para o chão com violência, a melhor forma que encontrou para insultar os prisioneiros, e saltou do vagão. Só então Eryk admitiu a pestilência, a palha encharcada em que se sentara, a sede dos outros que já era a sua sede, a fome, o frio e até o balde obsceno. Quando as portas se fecharam, confirmando mais uma paragem sem pão, houve quem desesperasse. Talvez voltassem a abrir, disparataram alguns, talvez ficassem ali, talvez os alimentassem. E por isso foi com as vísceras que escutaram o som irremediável que chegava dos carris. A princípio, o rodado renitente do comboio só lembrava o peso bruto, a cadência vagarosa do aço contra o aço, a pressa que hesitava e dava esperança aos condenados, como se a vontade deles ainda importasse alguma coisa. Mas, pior do que a voz da máquina, só o estertor da carga humana: de novo as tosses, os escarros, os vagidos e as preces tolas. Quando deixaram a estação, nem todos se sentaram, mais valia a parvoíce com que olhavam para a porta aferrolhada.

A manhã já ia alta, mas ali parecia noite. Os lanternins sem vidro eram as únicas frestas por onde passava a luz e o ar para cem pessoas. Eryk continuava sentado com as pernas dobradas e os joelhos prensados contra o peito. Estava louco por se levantar, cada osso, cada músculo, a exigir-lhe uma nova posição, um movimento que fosse, mas os corpos esmagados contra si tinham-no ali tolhido. Passaram quase dez horas, até que, sem se saber bem por quê, o aperto afrouxou, dando-lhe enfim algum espaço. Tudo para somar mais um revés, quando não sentiu as pernas; misericordiosamente não lhe doíam, mas também não se mexiam. Empurrou-as com as mãos, estendendo-as sobre o tronco de um judeu adormecido e pôs-se a massageá-las. À medida que ganhavam vida, sentiu as primeiras picadas e, quando foi trespassado por um milhão de agulhas, esfregou-se cheio de fúria como se pudesse espremer a dor. Por fim, lá se levantou com a ajuda de um qualquer e subiu ao lanternim. A noite estava a chegar, já se viam luzes ao fundo, muito poucas, não mais de quatro ou cinco, de certeza homens livres no calor das suas casas. Eryk recusou aquela imagem, preferindo virar-se para os miseráveis amontoados em seu redor. Aos seus pés, uma mulher sentada dava a mão a um garoto que trazia um carapuço. Na penumbra do vagão, o rapaz já lembrava um homenzinho, uns doze anos, ou mais. Dois passos à esquerda, espojado num saco de palha, um polaco colossal a quem alguém chamara Sobol dormia a um canto do vagão. Eryk reparou-lhe nas mãos cruzadas, na largura da cabeça e no casaco de soldado que o sono repuxava a cada inspiração. Mesmo adormecido, Sobol não parecia inofensivo, havia qualquer coisa doentia nos seus sonhos, oxalá não acordasse com ele.

Era de madrugada quando Eryk, mesmo em pé, prolongou a inconsciência o mais que pôde. Apoiando-se na parede e nos outros prisioneiros, concentrou-se a todo o custo no deleite precioso que sentia. Mal se convenceu de que já estava acordado, deu conta de que acabara de urinar, de que se encharcara a dormir. Por isso sentia-se morno, sentia-se bem, e, podendo prolongar aquele consolo, quem sabe esqueceria a língua e os lábios gretados pela sede. Pouco depois, as calças gelaram, a sede continuou, mas havia uma diferença no que ouvia. O compasso metálico que chegava dos carris dava mostras de ceder, o comboio ia a travar. Num instante, os lanternins encheram-se de rostos ávidos, e ele fez o mesmo, apoiando-se numa vigota para poder espreitar. Calculou que fosse uma estação, até porque estava parado um comboio na outra linha. Assim que o deles estacionou, Eryk forçou a cabeça contra a fresta e olhou para baixo. A neve começara a derreter, destapando o balastro e formando poças. Desesperado pela sede, Eryk torturou-se a ver a água, até que, de baixo de um vagão, surgiram dois cães lazarentos. Ao passarem junto às poças, pararam para cheirar a água, mas nenhum bebeu. Ao invés, espetaram as orelhas e farejaram o ar em direção aos olhos esgazeados do rapaz que espreitava lá de cima. Desinteressados, seguiram caminho.

Nesse instante a porta abriu-se. Eryk fez como os outros e chegou-se à saída. Os prisioneiros foram então autorizados a abandonar os vagões e a plataforma apinhou-se de queixumes, protestos em iídiche e em polaco, que se tornaram ferozes mal surgiram arrastados no cimento os grandes cestos de vime. A chuva oblíqua ia empapando o pão acabado de chegar e a avidez desmanchava-o antes de chegar à boca. Esvaziados os cestos, ainda havia mãos sem nada, muitos de cócoras a apanhar do chão os restos ensopados do miolo. Depois, como ninguém lhes deu água, beberam toda a chuva que conseguiram e os mais prevenidos ainda encheram os cantis. Aquilo durou poucos minutos, até os russos começarem a cuspir ordens. Quando regressaram ao comboio, Eryk foi-se pôr no mesmo sítio, a mulher e o garoto do carapuço sentaram-se outra vez aos seus pés, e Sobol, o polaco colossal, afastou a pontapé os dois judeus que ocupavam o seu canto. Roman Skiba, ainda mais desnorteado, voltou a aparecer sem a mulher.

Haviam passado quatro dias desde a última paragem. Os pães que um ou outro tinham escondido nas roupas esgotaram-se ao fim de dois, o último cantil antes ainda. E foi mesmo pela sede que começaram a morrer. Eryk viu o velho sentado e encostado junto à porta. Parecia espantado com a morte, os olhos desmesurados, o trejeito da boca a dar a ideia de que teria rezado até o fim. Todos os lanternins estavam agora ocupados, os homens esticavam os braços para alcançar a cobertura do vagão e raspar o gelo acumulado. Depois de descer, os que tinham filhos ou mulheres davam-lhes as unhas a lamber.

Mas sobrava ainda espaço para o engenho, desta vez num dos extremos do vagão, um metro acima da cabeça de Sobol. A mancha de água era comprida e alastrava pelo teto. Assim que chegava ao canto do vagão, escurecia ainda mais, largando de quando em quando uma gota miudinha. Mal se apercebeu disso, o gigante passou a recolher os pingos na mesma caixinha de lata que usava para guardar os dentes. Para isso precisava de um suporte, que encontrou ao arrancar as hastes dos óculos, espetando-as de seguida entre as tábuas da parede para apoiar a caixinha. Contados pelo relógio, não daria três salpicos por minuto, coisa pouca ao fim de um dia, ainda assim, Sobol tinha ali o seu tesouro.

Num desses dias, o garoto do carapuço acordou desatinado e a discutir com a mãe. A zanga era abafada e à ânsia do filho retorquia ela a bichanar e a puxá-lo para si. De repente, o rapaz levantou-se e foi arranjando sítio para pousar os pés até chegar ao canto do vagão. Como se tornara habitual, Sobol adormecera sentado na palha e com a cabeça encostada à parede. Eryk sobressaltou-se, adivinhou o que ia acontecer e preferiu esconder os olhos nos joelhos. Assim, não viu o rapaz a esticar-se e a estender a mão para chegar à caixinha. Mas ouviu o rugido pavoroso que se seguiu. Ao levantar o rosto, já o homem empunhava uma navalha na mão esquerda. Quando o monstro e o rapaz se encararam, todo o vagão olhou para o chão.

Prostrada sobre as ripas do sobrado, a mãe calou todas as súplicas logo que, por causa de um só golpe, o filho lhe caiu à frente com um lanho no pescoço. Pondo um rosto apalermado, ainda usou as mãos para lhe estancar o sangue e, numa torrente de imprecações, ralhou-lhe por dormir, beijou-o e sacudiu-o pelos ombros como a um boneco de trapos. Ao mesmo tempo, Sobol virou-lhes as costas e, meticuloso, alinhou de novo a caixa com as gotas que pingavam. À sua volta, o resto do grupo espremeu-se mais um pouco para evitar tocar na morte.

Nesse mesmo dia, lá para o fim da tarde, ouviu-se do fundo do vagão uma voz festiva: casas!, centenas de casas, milhares de casas, uma cidade inteira logo atrás daquelas árvores. Passados dez minutos, tinham chegado a Minsk.

Mal deram com o comboio, os soldados que aguardavam na estação distribuíram-se atrás de umas tábuas corridas apoiadas nuns bidões. A seguir, os sons já conhecidos: os ferrolhos e as portas a correr, os presos a saltarem para o cimento e as solas a arrastarem. Ali à frente, as panelas, o fumo a subir das malgas prontas a servir, a sopa rala, a côdea e os bidões de água capazes de encher cem mil caixinhas. Eryk sentou-se no chão para comer. À sua frente, passou Roman Skiba. Já trazia um pão na mão que levava à boca sem anseio. Olhava em frente, olhava para todo o lado, e o rapaz calculou que estivesse à procura da mulher. Pobre comendador, outra vez igual aos outros: os sapatos rebentados, a roupa com nódoas e restos de palha, o casaco enfiado nas calças para evitar que o frio entrasse, a medalha da cidade que usava como uma ferida. Logo atrás, vinha também Finkelstein, tão rendido como ele, mas desgrenhado e a falar sozinho. Nesse instante, Eryk olhou para os vagões. Enganchadas nos estribos, viu as rampas de madeira feitas com portas velhas. Os sujeitos que as galgavam vestiam à civil, caminhando sempre aos pares. Fora a eles que coubera libertar o comboio dos seus mortos, empilhá-los nas carretas e vazar a carga para dentro do camião estacionado no final da plataforma.

Numa das carretas, ia a mulher de Roman Skiba embrulhada entre os cadáveres. Levava a mão pendurada, a arrastar pelo chão, e por pouco não tocou no pé do comendador. Assim que a reconheceu, Skiba deu um brado agonizante e perseguiu a carreta, lançando-se por cima dela. Foram precisos três homens para o arrancar de lá, deixando-o com ar de louco, de gatas no meio do cais.

Entretanto, apareceram uns soldados a puxar umas mangueiras que apontaram para dentro dos vagões. Dali a pouco, a água preta já escorria pelas portas, trazendo consigo a palha e os excrementos mais os baldes que rolavam esvaziados. Finalmente, uma carroça puxada por cavalos atravessou o cais, enquanto os dois ocupantes enchiam com caruma os vagões.

Rendidos os fogueiros e os maquinistas, silvaram enfim os apitos e todos voltaram ao comboio.

PARIS, 2002

Ao passar por *Marceau*, Vivienne pisou as cascas das sementes.

– Já se habituou a tê-lo por cá? – perguntou ao livreiro.

– É mais uma coisa para eu me desviar.

– Olhe que ele o ouve.

Yankel deixou-se cair no sofá.

– Pois que ouça. Nestes oitenta anos não encontrei ninguém capaz de troçar de um cego. *Monsieur Marceau* fá-lo à descarada.

– Então?

– Não dá conta da ironia? Dizem que parece um arco-íris, gabam-lhe a conversa fiada, e eu pergunto: para quê?! O que é que faço com as cores dele? E depois só usa o bico para se encher com as porcarias que lhe traz a porteira, acabou-se o oboé, nem um arpejo.

Vivienne não sabia se ele estava a falar a sério, mas também não se importou e sentou-se na poltrona logo à beira da janela, pousando nos joelhos uma maleta de couro. A pasta que retirou era pesada, havia dúzias de pequenos marcadores coloridos colados às folhas, e pousou tudo no assento de uma cadeira próxima, antes de se virar para ele:

– E a sua dor?

O livreiro mostrou-lhe um trejeito de indiferença, mas, talvez por instinto, levou a mão à zona do pescoço.

– Vai e vem, o meu médico é um herói – disse com pressa de mudar de assunto. – Já percebi que traz papelada. Descobriu alguma coisa que valha a pena?

Ela não insistiu e colocou a pasta ao colo.

– Sim. Tanto nos textos antigos como nos mais recentes. Tudo fora de ordem, como imagina, mas por enquanto é indiferente. Quando acabar de rasgar o que não interessa, logo se arruma.

– E hoje veio aqui para adiantar serviço.

– Nem mais. Encontrei isto ontem – disse Vivienne, enquanto separava quatro ou cinco folhas escritas em letra miudinha, cheias de notas nas margens e parágrafos inteiros riscados com intolerância. – Há muito mais, mas para já gostava de ler-lhe esta parte. Lembra-se de quando o Eryk foi deportado? Tem aqui a viagem quase toda. Se não encontrar mais nada, chega e sobra para um capítulo.

Yankel preparou-se para a ouvir e cruzou as pernas. Lembrava-se por alto do relato que Eryk lhe contara havia muito, mas nunca conhecera os detalhes.

A leitura já durava há uma hora, Yankel interrompera-a muitas vezes, perguntara o que quisera e chegara a comover-se, até que Vivienne foi perdendo força nas palavras:

– "... Rendidos os fogueiros e os maquinistas, silvaram os apitos e todos voltaram ao comboio." – Uma pausa. – O que lhe disse o médico? – perguntou ela, sem levantar os olhos do papel.

Yankel demorou um instante a perceber que a pergunta não fora lida. Ficou calado, trocou a perna cruzada e, como se fosse capaz, pareceu procurar qualquer coisa entre o bulício dos relógios. Não sabia usar o rosto para dizer o que não queria, e, assim, preferiu um aviso inexpressivo para lhe dizer a verdade:

– Se quer contar comigo até o fim, é melhor apressar-se.

Vivienne olhou para as próprias mãos cerradas, exangues, a arrepanhar as folhas manuscritas. A seguir, susteve a mágoa o mais que pôde, até se sentir capaz de falar.

– Que está a querer dizer-me? – perguntou ela, detestando-se por causa da voz úmida.

Yankel olhou-a cegamente.

– Nunca depois do outono – respondeu. – Parece-lhe suficiente?

Suficiente...? Vivienne abominou ouvir-lhe aquilo, de todas, a palavra mais impiedosa. Há quanto tempo se esgotara o direito de a dizerem um ao outro?

SUDOESTE DE ELNIKI, RÚSSIA, fevereiro de 1940

Levaram mais um dia a chegar ao destino. Era de madrugada quando o comboio parou e não havia ninguém para os receber. A estação não passava de um caixote de madeira sem janelas. Do alto do lanternim, Eryk viu um imenso descampado e milhares de cotos de árvores decepadas rente ao solo. Entre eles, uma estrada de terra em linha reta que unia o cais à floresta lá ao fundo. Ficaram ali parados, até que, a meio da manhã, viram as nuvens de pó a sair do meio das árvores. Ao chegarem à estação, os camiões estacionaram do lado de lá do caixote, mantendo os motores a trabalhar. Dentro do vagão, aqueles que espreitavam para a rua desceram dos lanternins e esperaram como os outros. De repente, precedendo a gritaria, a porta abriu-se de chofre para entrar o frio da Rússia. Lá fora, com as espingardas ao ombro, os guardas enregelados enchiam o ar de fumo com o bafo embriagado, enquanto gritavam aos prisioneiros para que se despachassem. Com a pressa, alguns estatelaram-se no chão musgoso do cais, logo pisados pelos que saltaram a seguir. Eryk e mais uns quantos ficaram por ali a convencer os desistentes, a ajudar a levantá-los, e, em menos de um quarto de hora, os camiões já estavam a abarrotar e a caminho da floresta. As lombas da estrada feriam-lhes as costas nos taipais e aqueles que iam de pé fizeram o possível por não ser cuspidos.

Virados para a estação, puderam ver o comboio a partir uma vez mais. Muitos dos vagões não tinham chegado a abrir as portas e talvez só o fizessem para despejar o resto dos escravos noutro campo mais a leste.

Antes de alcançarem a floresta, Eryk reparou nos troncos empilhados, descascados, marcados a tinta branca com letras e números sem aparente sentido. Depois, já na orla, os primeiros homens. Carregavam a custo os seus corpos descarnados e ainda os machados com que rachavam os pinheiros. Deixavam-nos cair sobre os troncos, a seguir caíam eles, ajoelhados, e descravavam da madeira as cunhas mal afiadas. Nenhum se importou de olhar para os que chegavam.

A estrada manteve-se alinhada por mais cem metros, mas, depois da primeira curva, seguiram-se dez minutos sinuosos até o amontoado de barracões em que terminava. A cerca que os rodeava não passava de um sem-fim de postes tortos unidos por fios de arame, quase sempre interrompidos em algum sítio. Parado ao pé da entrada, o camião da frente ainda tentou buzinar, mas o guincho roufenho abafado pelo vento teve de ser substituído por um par de tiros para o ar. Pouco depois, vindo de um dos barracões, aproximou-se um vulto aos tropeções. Os camiões voltaram a arrancar e, ao passar pela entrada, Eryk reparou naquele russo que lhes abrira o portão: fardado, mas imundo, a mostrar o peito e a barriga descaídos, os seus olhos vermelhos pareciam atiçar-se à passagem dos novos prisioneiros. Já lá dentro, sempre carregadas, algumas mulheres atravessavam o campo; outras, quase escondidas no fumo das panelas gigantescas, terminavam ao ar livre a sopa do meio-dia. Havia muitas mais, como Eryk não tardaria a descobrir, mas essas estavam para lá da cerca, no descarrasco das árvores. E depois as crianças: quase sempre em grupos de três ou quatro, deambulavam por ali sem risos nem correrias.

Eryk olhou em volta e contou os barracões. Doze, sem contar com os dois vagões arrancados aos rodados de um comboio e arrastados até ali para abrigar as ferramentas e os sacos de farinha.

Quando saltaram dos camiões, mandaram-nos esperar. Tinham fome e sede e frio, por isso caminharam até perto das panelas. Nessa altura, alguém lhes berrou do outro lado: era o russo que lhes abrira o portão a brandir um pistolão e, pelos gestos, mandava-os ficar quietos. E eles ficaram. Pouco depois, os homens e as mulheres que andavam na floresta regressaram para comer. Vinham alquebrados, calados, e alinharam-se à frente do almoço por ordem de chegada. Eryk foi dos primeiros a juntar-se à fila, mas, assim que chegou a sua vez, as mulheres que estavam a servir olharam-lhe para as mãos vazias e mandaram vir o próximo. Faminto como estava, acabou por se indispor e só não usou de força porque o russo andava perto. A cena repetiu-se com os outros recém-chegados. Um a um, ficavam a olhar para as panelas com um ar apalermado, até perceberem que sem malga não se sobrevivia. Os mais desesperados ainda uniram as mãos em concha ou esticaram uma bota, mas saíram dali tão esganados como antes. Por fim, lá foram vasculhar o campo, e aqueles que encontraram qualquer coisa onde levar o rancho voltaram a pôr-se na fila. Com o tempo, aprenderiam que, no campo, a sopa sabia sempre à sopa de ontem, sabia sempre a barro, e dava para ouvir as areias estalarem no meio dos dentes. Mas aquela estava quente, a melhor sopa do mundo, e, assim que terminaram, ainda usaram os dedos para rapar a gamela. Com a chegada da tarde, o sol despontou e todos se dispersaram pelo terreiro. Encostados aos barracões, muitos aproveitaram para dormir, outros nem disso foram capazes – ficaram ali sentados, de pernas estendidas e braços cruzados, a olhar para as botas esfarrapadas.

Ao toque da sirene, o campo assistiu à coreografia dolorosa a que já se habituara, quando os quinhentos prisioneiros repetiram os gestos esforçados uns dos outros: primeiro, deitados de lado; depois, de gatas; por fim, ajoelhados, antes de se levantarem, pegarem nos machados e saírem a caminho da floresta. As mulheres que tratavam da comida deram a vez a outras, e as crianças continuaram por ali, imiscuindo-se entre os novos habitantes do campo que, de novo amontoados, continuavam a aguardar que alguém desse pela sua presença. A tarde teria sido apenas isso, não fosse a matilha que deu cabo do silêncio. Os cães vinham mal articulados, pareciam tropeçar nos próprios ossos, caíam de exaustão e só se erguiam por causa das cadelas. O resto da energia ia toda para os protestos, os cainhos roucos a mostrar macheza. Eryk viu-os mesmo à sua frente, as falhas do pelo, as chagas e as orelhas retalhadas pelas lutas. Olhando-os assim de perto, lembrou-se de si e do grupo de indigentes com quem estava.

Só a meio da tarde é que alguém lhes deu atenção. E foi outra vez o russo. Depois de os reunir à sua volta, Shura apresentou-se: era o capataz do campo e, segundo o próprio, a única voz que contava num raio de mil quilômetros. Assim sendo, havia que atentar nas instruções: chegado o dia seguinte, todos teriam que fazer, queria-os às seis em ponto junto do vagão para recolher a ferramenta. Iam passar o dia na floresta, eles a cortar árvores, elas à resina. As crianças mais pequenas podiam ficar no campo, mas era por conta delas. Nessa altura, um judeu escanzelado perguntou o que seria dos doentes. Shura aproximou-se dele com um sorriso radiante que não chegou a desfazer nem mesmo quando o socou. "Os doentes? Os doentes vão para ali", disse, apontando para a esquerda. No enfiamento do seu dedo, do lado de lá da cerca, encontravam-se dois homens a esgaravatar o chão. Mesmo ao pé, havia uma carreta inclinada e já vazia e, em redor, dezenas de cruzes grosseiras cravadas na terra, campas cobertas com pedras, restos de roupa apodrecida e relíquias enlameadas que o vento arrancara às sepulturas. Cada um ficou a olhar para aquilo, ao mesmo tempo que Shura lhes virava as costas a caminho de um anexo. Seria ali, no seu pardieiro privado, que o capataz beberia o que pudesse até cair como morto.

Passaram mais duas horas. Durante esse tempo, Eryk e o seu grupo espalharam-se pelo campo. Uns sentaram-se à espera, outros procuraram qualquer coisa onde levar a sopa, mas, quando os outros prisioneiros regressaram da floresta, já todos aguardavam pela fila do jantar. A refeição do fim da tarde lembrava realmente a sopa do meio-dia, menos líquida, é certo, mas com o mesmo sabor a porcaria que nem as lascas de peixe seco conseguiam disfarçar. Com a noite, veio o vento, e os que tinham para onde ir resguardaram-se do frio. Não se viam guardas, mesmo assim as filas à porta dos blocos duraram pouco. Num instante, aqueles que haviam chegado de manhã acharam-se outra vez a sós. Foi quando Sobol, o assassino, avançou empertigado até o barracão mais próximo, esbarrando na porta trancada. Transtornado pelo frio, esmurrou tudo o que encontrou, esfolou-se contra as tábuas, prometeu-lhes o inferno caso não o atendessem, mas nem a porta se abriu nem ninguém lhe respondeu. A cena repetiu-se um pouco por todo o campo, deixando o gigante ao desabrigo, bem como o resto do grupo. Foi então que as luzes se apagaram, restando apenas os focos desmaiados junto à cerca. Depois, a chuva e uma corrida desorientada, os encontrões e o som dos pés a despegarem da lama. À falta de resguardos, sentaram-se encostados a qualquer coisa no escuro, taparam-se com as golas e esperaram que a manhã viesse desmentir as horas que passaram sem dormir.

Os vultos do campo começaram a ganhar forma e cor, mas pouco passariam do cinzento. A sirene voltou a ouvir-se e, passados momentos, as portas dos barracões abriram-se ao mesmo tempo. Os residentes saíram com as mãos metidas nos bolsos e os queixos apertados contra o peito. A seguir, formaram para o café, uma fila de escravos silenciosos a baterem com os pés no chão para espantar o frio. Sem ter por onde beber, Eryk foi trabalhar na mesma, pelo que, chegada a altura, seguiu atrás dos outros a caminho da floresta. Assim que regressasse, haveria de fazer como os demais e lutar, qual animal, por um copo ou uma colher. Também poderia levar aquilo a bem e ajustar, negociar sem qualquer escrúpulo, até porque no campo tudo estava tabelado: uma malga por rapar era o mesmo que um cigarro, umas folhas de papel para escrever davam para outras tantas sopas, e por cerca de meio pão e um bocado de lábia levava-se um garoto para o beliche.

NORDESTE DA POLÔNIA, maio de 1941

Se algum forasteiro passasse pelo círculo perfeito e os visse assim cismados, nunca imaginaria como era aquela gente apenas uns meses antes. Outrora inchados e soberbos, os cristãos pareciam tísicos, espavoridos; era olhá-los agora pelas ruas da cidade como sombras fugidias no passeio, a esbarrarem uns nos outros, mortinhos por irem para casa. A cidade tresandava a comunistas, e isso bastava para os deixar naquele estado.

Já o efeito nos judeus era diferente. Vergados desde sempre à vontade dos gentios, viam-se enfim igualados, nem que fosse na miséria. Depois, cientes dos rumores que sopravam desde a Alemanha, olhavam para os bolcheviques como um mal menor e pareciam resguardar-se à sua sombra.

Para grande irritação dos batizados, os judeus tornaram-se insolentes. Sem qualquer constrangimento, calcorreavam livremente a metade da cidade que não lhes pertencia, juntavam-se no largo da igreja durante as missas e conversavam em voz alta, conspurcando a liturgia com o seu linguajar venenoso. Mas faziam pior: sem saberem o que inventar para bajular os russos, mostravam-se sempre servis, e usavam da perfídia para acusarem os cristãos.

Estes viam no gesto a mais nefanda das traições e, quando os seus começaram a partir enjaulados nos comboios, não pensaram duas vezes para saber quem culpar. Os russos, já se sabia, eram malignos, mas os judeus, vizinhos de cinco séculos, mostravam ser demoníacos. Que ninguém lhes dissesse que também iam nos comboios e morriam como os outros; não!, onde houvesse israelitas, havia um ninho de víboras.

Por isso, fizeram a Cristo a mais solene das promessas: se um dia os bolcheviques partissem, cada cristão que sobrasse saberia o que fazer à raça de sabujos e nem uma cabeça ficaria por pisar.

Shionka conduz-me pela rua que vai dar à sinagoga. De repente, desvia-me com um puxão, o que me faz tropeçar assim que desço o passeio. Metemo-nos noutra rua; não, é só um beco, ouço a nossa correria a ressoar entre as paredes apertadas e acho que sei aonde vamos. Ultimamente, sempre que saímos, é assim: Shionka a querer proteger-me, a travar sem avisar, a empurrar-me, a esconder-me, a tapar-me a boca para ver se eles passam sem dar por mim. A princípio, julguei que eram só os russos, mas agora sei que há outros, conheço as suas vozes polacas, cresci com elas.

De repente, o som dos passos é diferente, saímos do beco; e não me enganei, vamos a caminho da floresta.

Rasia já me tinha avisado, os cristãos andam diferentes, e eu, se tiver juízo, não me aventuro no lado errado do shtetl.

Shionka ainda é mais cautelosa, prefere as árvores, só ali ninguém a surpreende. Distingue todos os barulhos, aperta-me o braço com força quando quer que eu me cale e põe-se a ouvir a floresta. Às vezes é só por querer brincar; então, faço-lhe a vontade e alinho nos seus jogos infantis. É o que faz neste momento, põe-me a adivinhar os sons:

A codorniz!, arrisco à sorte. Descubro que falhei quando me sopra na cara – diz-me à sua maneira que é apenas o vento a sacudir um ramo. Mas ainda não está satisfeita e continua a pôr-me à prova. Como adora animais, pega em tudo o que mexe. Agora é um sapo que abafa no seu colo; ou então mais um engano. Eu que veja por mim mesmo e, para isso, agarra-me as mãos e pousa-as na barriga. Pois, não é um sapo; encontro apenas o som cavo do seu estômago; além de querer divertir-se, está com fome, nada de novo.

Sai a correr e volta num instante; leva-me à boca os morangos, ela mesma os vai comendo porque a ouço mastigar. E o barulho que faz a comer só pode ser de propósito, sabe que me irrita, não quer parar de brincar. Mando-a estar sossegada, digo-lhe para ser crescida, mas é escusado, mastiga furiosamente; até que estico a mão cheio de genica, para lhe tapar a boca. Por azar, calculei mal, já está em cima de mim, mais perto do que eu pensava, e acerto-lhe em cheio no nariz. Cospe-se toda e, claro, cospe-me também, devo ter morangos por todo o lado.

Shionka!

A seguir, o costume: as gargalhadas, eu estridente, ela a sacudir-se, e só paramos de repente porque é impossível disparatar sem nos lembrarmos de Eryk e da falta terrível que nos faz.

*

Tauba Sandberg achou-se linda. Mesmo depois de casada, continuava a olhar-se ao espelho, mas, desta vez, não andava em passinhos circulares. Era de perfil que se queria, agora, sim, esticada pela vida que trazia no ventre. Vestiu-se devagar e apreciou-se a cada peça de roupa acrescentada. O corpete de grávida demorou-a mais do que o resto, tantos os cuidados com que o ajustou. Em alturas como aquela, sentia-se tocada por Deus. Esquecia as ruas, os bolcheviques, até o olhar agreste dos *goyim*.[20] E depois havia Perla, também às portas de ser mãe. Tauba, que crescera com ela, vira-a sempre um passo à frente: Perla nascera primeiro, entrara primeiro na

[20] Plural de *goy* (hebraico/iídiche), termo que designa aquele que não é judeu.

Bais Yaakov, fizera primeiro o Bat Mitzvá, casara-se primeiro e, claro, seria mãe antes dela. Para as duas, mais do que o fruto de um acaso, fora a escolha do Altíssimo: era a Perla que cabia abrir caminho e, se algum dia esbarrasse na tragédia, haveria de esperar por Tauba para poder sofrer com ela.

Assim que acabou de se vestir, desceu as escadas. A mãe combinara esperá-la à porta de casa e já devia lá estar. O prédio de Perla ficava ao virar da esquina, mas as jovens do Vigele não passeavam sozinhas. Tauba levaria o dia em casa da amiga, delirava com a ideia de ajudar a preparar a chegada do bebê, mas teria de regressar antes de Baruch. O armazém de algodão fora das primeiras casas que os bolcheviques tinham fechado e isso levava o marido a sair mesmo sem ter o que fazer e voltar ao fim da tarde, incapaz de olhar para ela.

Mal abriu a porta, Tauba franziu o rosto por causa do barulho. A mãe aguardava-a no passeio e tiveram de gritar para se fazerem ouvir. O som enrouquecido daquele megafone pendurado pelos russos no telhado juntava-se ao que vinha de aparelhos semelhantes espalhados nos últimos meses por todo o círculo perfeito. Assim desencontrada, a *Internacional* repetia-se do alvor ao fim da tarde, levando à insanidade até quem ficava em casa. De tal forma ecoava na cabeça que, mesmo contra vontade, eram poucos os que não a trauteavam bem para lá do recolher. As duas mulheres não voltaram a falar até chegarem ao fim da rua. Perla espreitava-as da janela e desapareceu para lhes ir abrir a porta. Passaram o resto da tarde às voltas com o enxoval e ainda acharam tempo para mudar o sítio aos móveis do quartinho da criança. Quando deram pelas horas, Tauba e a mãe levaram as mãos à cabeça. Despediram-se num instante e fizeram o caminho de regresso quase em passo de corrida. Talvez fosse por isso que não se aperceberam dos dois homens de fato com quem se cruzaram. A poucos metros de casa, estranharam ver Baruch parado na soleira a olhar para a rua com um ar aparvalhado. Tinha um papel na mão e, ao ver a mulher, entrou em casa sem fechar a porta. Tauba foi ter com ele, mas não lhe conheceu o olhar, nunca o vira devastado. "Está assinado pelo Govorov", disse ele, mostrando-lhe a notificação. Apenas duas linhas escritas à máquina, qualquer uma inequívoca e brutal: Tauba deveria apresentar-se no Manicômio Pasternak na manhã seguinte. Mesmo levando a mão à boca, a mãe da rapariga não foi a tempo de abafar um grito: a prisão!, a Sibéria! E foi isso que arrancou Baruch à letargia: empertigou-se e mandou calar a sogra, deixar-se de disparates, não se prende ninguém com um postalzinho.

No outro dia, Tauba e o marido chegaram ao manicômio antes da hora marcada. O edifício parecia abandonado, as paredes descascadas, certamente uma moléstia que lhe vinha das entranhas. Coberto pelas cepas e ervas desgrenhadas, o jardim também ganhara cores de doente, e o casal atravessou-o sempre a ver onde pisava. A porta do hospício estava entreaberta, e Baruch preferiu espreitar pela frincha antes de bater. Porém, ao fazê-lo, alguém a abriu de rompante. O velho funcionário olhou para eles e, num instante, o desdém impôs-se ao azedume de os ter ali tão cedo. Nessa altura, Baruch mostrou-lhe o postal. Sem sequer o segurar, o outro leu à pressa a intimação e virou-se para Tauba. Percorreu-a com os olhos e a seguir cravou-lhos na barriga. Depois, abanou a cabeça antes de encolher os ombros. "Vens fazer a vez da velha", informou, "e começas hoje mesmo". Baruch pôs-se entre os dois, ele que tivesse juízo, a mulher não podia trabalhar, estava prestes a ser mãe. O funcionário encolheu os ombros e virou-lhe as costas, deixando a porta fechar-se lentamente atrás de si. Enquanto se afastava, perguntou num tom jocoso se devia transmitir a Govorov a relutância da menina em servir a Revolução. Tauba afligiu-se, e o marido teve de decidir a tempo de usar o pé e travar a porta. Meia hora mais tarde, já Baruch regressava a casa destroçado e Tauba descobria o que esperavam dela.

As cinco voltas de chave, todas mal oleadas, pareceram marteladas no silêncio que lhes chegava das escadas. A porta quis abrir-se, mas estava perra ou prendeu-se em qualquer coisa, e o velho funcionário deu-lhe um encontrão com o joelho. Nessa altura, já Tauba recuara um passo, empurrada pelo fedor indescritível. Fosse o que fosse, tornava o ar mastigável, pútrido, e se o cheiro fosse de gente mais valia acreditar que o mundo se estragara de vez. O homem chamou-a, mas ela só o ouviu à segunda. "Bem-vinda ao Corredor", disse ele, mostrando-lhe um sorriso escalavrado. Mal entraram, Tauba pregou os olhos ao chão enquanto era apresentada: a camarada Sandberg estava ali para auxiliar, mas só lhe pertencia atender às prisioneiras; os homens eram com ele, por isso não a aborrecessem. E mais não disse, foi-se embora, deixou-a a sós no purgatório e fechou a porta, não se esquecendo de nenhuma das cinco voltas.

À sua frente, Tauba viu uma extensa sala na penumbra. Então aquilo é que era o Corredor? A tal gruta ominosa que povoava os pesadelos do *shtetl* desde a chegada dos russos? Tauba vacilou, nunca o imaginara tão decrépito. De um lado e do outro, as baias tinham cedido à humidade e às refregas dos detidos, revelando duas fileiras de catres. Em cada um havia mulheres e homens sentados, ora a olhar para os joelhos, ora para toda a parte. Cada janela estava entaipada pelo exterior, escondendo da rua as grades de ferro, e a única luz chegava do telhado. As duas claraboias eram amplas, mas a película gordurosa que cobria o vidro só deixava ver um céu acastanhado. Na parede do fundo, logo por cima da porta das latrinas, alguém desenhara com lascas de tijolo um retrato de Stálin a fornicar com um bode. Ali todos se misturavam: loucos e sãos, judeus e gentios, homens e mulheres, embora estas formassem um grupo à parte, junto à entrada. Mesmo ao seu lado, entretidos num concurso de arremesso, quatro loucos cuspiam o mais longe que conseguiam. Tauba quis desviar-se, mas sentiu-se colada ao chão. O lodo pegajoso que cobria o pavimento tresandava a urina e a excrementos, empestando tudo e todos. Quando secava, já estava agarrado às roupas, à pele e aos cabelos, uma crosta sem remédio, bastava viver ali. Nesse instante, ouviram-se passos, alguém largara o seu catre e aproximava-se pelo corredor. Afinal eram dois: a jovem que vinha à frente, e um rosto de rapaz a espreitar logo atrás dela. Kasia, a dos sapos e lacraus, fixava Tauba com um olhar esforçado e avaliador. Já Florian, o do sol sobre os ulmeiros, refulgia, sorrindo com a pressa de chegar ao pé da nova funcionária. Assim que o fez, caiu de joelhos à sua frente, em adoração, de olhos postos na barriga. Depois, usando as mãos que tremiam de ansiedade, percorreu-lha como se afagasse o mundo inteiro. Ao mesmo tempo, Kasia andava ali às voltas, estudando Tauba ao pormenor. Reservava o sorriso para o momento da certeza, haveria de comprovar que aquela rapariga assustadiça não era rastejante. Para isso cheirou-a, tocou-lhe as mãos e o pescoço, colou-lhe o ouvido ao ventre à procura de vozes de animal, e só então pôde sorrir. Radiosos, os dois irmãos levaram-na pela mão através do Corredor e mostraram-lhe tudo. Ao longo do caminho, Tauba mordeu o lábio, mas decidiu fazer o esforço de olhar para cada prisioneiro e dizer-lhes desse modo que, tal como eles, só queria sobreviver. Como Kasia os conhecia a todos, tratou de apresentá-los pelo nome, porém, já muito perto do fim, estacou antes do biombo. Florian hesitou, mas acabou por fazer o mesmo. Sem se aperceber, Tauba prosseguiu e deu de caras com aquilo: mesmo à sua frente, estavam duas enxergas ocupadas. Numa delas, Tadeusz Orlosk perdia-se a olhar para o teto, mas, assim que deu por ela, fez o seu papel de louco e, no meio de espasmos e insultos, procurou libertar-se das correias. Ao seu lado, aquele que lambia as doentes desvairou-se com a presença feminina. Mantinham-no amarrado à cama, deixando-lhe os braços livres dos cotovelos para baixo. Se assim não fosse, berraria o tempo todo. Com as mãos libertas, já podia esfregar-se à vontade, e fazia-o sem parar. Chegava a satisfazer-se dezenas de vezes por dia, sempre num ritmo certinho, de quinze em quinze minutos. Embaraçado, Florian lançou-se sobre ele e cobriu-o com uma manta, mandando Tauba sair. Só então a rapariga sucumbiu e largou a correr a caminho da saída. Ao alcançar a porta, castigou-a com murros e pontapés, enquanto gritava pelo funcionário. As voltas de chave não tardaram e, assim que viu a frincha, Tauba saiu disparada. O velho não lhe ligou, já vira aquilo tantas vezes, se ela fosse como as outras haveria de voltar.

E assim foi, realmente. A partir de então, Tauba nunca falhou, aparecia pela alvorada e, ao entrar no Corredor, via os dois irmãos à espera. Sem perder a luz do rosto, Florian continuou a cair de joelhos, olhando-lhe para a barriga como fazia ao sol antes de este lhe ter sido roubado pelos russos. Obrigada a conformar-se, a rapariga começou por arregaçar as mangas. Depois tratou de encher os alguidares, o que fez com o auxílio dos irmãos. Quando foi ter com as mulheres, começou pela que chorava, uma velha. Assim que a destapou, chocou-se com a decadência, desconhecia aquela forma engelhada de nudez, o desleixo ou a ausência da vergonha. O catre estava encharcado, por isso pediu a Florian que a ajudasse. O rapaz nem hesitou e ergueu o corpo definhado sem um esgar de esforço. Nesse instante, Kasia e outra prisioneira mudaram a palha molhada, enquanto Tauba, ajoelhada à frente da mulher, a lavou da cintura aos pés. Sentindo-se mais confiante, fez o mesmo a outras quatro e deu por findo o turno. No dia seguinte, ao final da tarde, Baruch e um sobrinho aguardaram-na à saída. Encavalitados na carroça que já servira para os rolos de tecido, os dois homens ajudaram Tauba a enchê-la com as mantas e lençóis imundos trazidos do Corredor. Nas manhãs que se seguiram, as penhas à volta do lago apareceram cobertas de roupa à chapa do sol, enquanto as mulheres do Vigele prosseguiam sem descanso: umas, imersas até os joelhos, estendiam os panos nas águas paradas; outras esfregavam-nos contra as fragas; as mais velhas despejavam a fervura sobre a cinza e a flor de laranjeira que cobriam os cestos da roupa ensaboada. Com as camas feitas de lavado, nenhuma prisioneira se esqueceu de agradecer. Faziam-no só com os olhos, é verdade, mas era suficiente para Tauba querer regressar.

Menos sorte coube aos homens. O funcionário só entrava em caso de altercação e pouco passava da porta, pelo que a jovem se viu forçada a repartir-se. Assim, também os prisioneiros, ciosos de compaixão, recolhiam às enxergas pela hora da higiene. Como ela só cuidava dos loucos ou entrevados, valeu-lhe Kasia, que ajudava a discerni-los. Começava numa ponta e corria a fileira até o fim. Tauba, a judia ortodoxa que cobria o cabelo para sair à rua e nunca despira o marido, ali estava a repuxar os prepúcios de outros homens, a enxaguá-los com pressa cautelosa, a turvar os alguidares que teriam de dar para todos. Alguns dos prisioneiros, nunca antes tocados por mãos meigas, cravavam na pele as unhas para fugirem à tentação. Já os devassos não escondiam o desejo, agarravam-na debaixo do vestido, e quando Florian se lançava sobre eles, viravam-se para Tauba a rir e a cheirar os dedos. Assim que terminava, ela fazia o que podia para se esquecer de tudo.

Os dias passaram e já se podia respirar no Corredor. Mas, a crer no olhar dos prisioneiros, ainda faltava alguma coisa. Como espectros sem vontade, lembravam feras castradas numa jaula, arrastando os passos lerdos entre os catres, a provar que o asseio não era tudo. O remédio encontrou-se por acaso numa manhã igual às outras.

O primeiro dia de junho acordou pardacento. Ao chegar ao manicômio, Tauba atravessou o jardim, enquanto olhava para cima, frustrada com aquele céu. Foi ao baixar os olhos que descobriu a janela circular no piso dos prisioneiros. Talvez por ser irrisória, os russos nem tinham dado com ela, deixando-a por entaipar. Assim, aquilo que fez ao entrar no Corredor foi procurá-la. Segundo lhe parecera lá de baixo, devia estar perto das enxergas das mulheres, logo à entrada. Mal viu o armário, percebeu por que nunca a descobrira. O roupeiro que a encobria era colossal, a tocar o teto, e pertencera ao Pasternak. Alguém se esquecera de o juntar aos pertences consumidos na fogueira, pelo que ficou ali a obstruir a luz nascente. Tauba entusiasmou-se e pediu ajuda, precisava de braços fortes para o arrastar. Florian chamou dois homens, depois vieram mais três, mas nem assim o armário se moveu, parecia cravado ao chão. Até que às tantas, com um rangido aflitivo, acabou por deslocar-se quase um palmo. Infelizmente, foi tamanha a força usada que um dos pés colapsou, estatelando o mastodonte no cimento. Nesse instante, uma espessa nuvem de poeira arroxeada libertou-se do móvel escaqueirado, cegando toda a gente. Quando assentou, Tauba e todos os outros estavam pintados de violeta, tal como as paredes, o chão e as enxergas. Mal se sacudiram, o ar encheu-se outra vez com os pós do Pasternak, agora abrilhantados pelo cilindro de luz que rompia da janela. O cenário, que não era deste mundo, trouxe um riso tresloucado aos prisioneiros. As limpezas haveriam de durar mais de um mês, mas nem as paredes nem o chão nem as roupas perderiam alguma vez aquele tom quaresmal. A verdade é que, nesse dia, assim que a viram desimpedida, todos acorreram à janela. Para tanto, construiu-se à pressa um plinto de madeira com as sobras do armário e todos subiram à vez. Se o óculo não dava para os ombros, sobrava espaço para enfiar a cabeça e recordar o vento ou os telhados da cidade. Foi tal o entusiasmo que deu lugar a quezílias. Alguns dos empoleirados, sequiosos de ar puro, afastaram à patada os protestos dos que esperavam, prolongando o mais possível as vistas redentoras. Desapontada, Tauba quis pôr fim àqueles abusos, estabelecendo um tempo exato para cada prisioneiro. À falta de relógios, alguém se lembrou de que havia outra maneira de contar os minutos. O louco do biombo que tivesse paciência e fizesse o seu papel, era altura de expiar os pecados, as noites maldormidas que impusera aos outros presos, as ofensas tantas vezes repetidas às mulheres do Corredor. E depois, ninguém lhe pedia grande coisa, bastava agarrar a sineta com a mão que tivesse livre. O resto era o mesmo do costume, nem tinha de pensar naquilo. Ora o esquema resultou na perfeição. Desde então, a cada quinze minutos, sempre que o louco estrebuchava, a sineta retinia e aquele que estivesse empoleirado cedia o seu lugar na janela sem atritos de maior. Tauba sorriu quando viu que resultava.

No final desse dia, encostou-se a uma parede para aliviar as costas; era tão tarde, estava esgotada. Foi então que sentiu a primeira dor. Levou as mãos à barriga e não se atreveu a respirar até ter a certeza de que desaparecera. À dor seguinte, deixou-se escorregar pela parede e ficou sentada. Não precisou de se tocar para saber que tinha encharcado a saia do vestido. Kasia, que estava próxima, ajoelhou-se ao seu lado e, sem fazer perguntas, limpou-lhe o suor do rosto.

Moshe nasceu ao fim da tarde num catre do manicômio. As mulheres que o receberam ergueram-no à luz mortiça das lucernas para que Tauba lhe visse as boas cores. Mas o garoto parecia violáceo e logo houve quem culpasse os pós do Pasternak. Porém, quando o choro violento estridulou no Corredor, Moshe desentupiu-se e lá ganhou tez de gente.

Era noite quando se ouviram as voltas do ferrolho. Baruch estava no átrio havia horas e ainda não parara de discutir com o funcionário, mas perdeu a voz num ápice assim que viu a família.

Já na rua, amparada no marido, Tauba virou-se para trás. Foi a última vez que olhou para o manicômio.

Dali a quarenta dias, ela e o filho morreriam.

SUDOESTE DE ELNIKI, RÚSSIA, junho de 1941

Nos longos meses que se seguiram à chegada, houve sempre qualquer coisa para comer, qualquer coisa para trocar, mas, sem ninguém saber por quê, tudo acabou no final da primavera. O campo deixou de ser abastecido e as crianças foram as primeiras a morrer. O pouco que sobrava era para os guardas e, despachada a matilha até os ossos, cada um procurou sobreviver com aquilo que encontrava na floresta. Mas nem assim o trabalho aliviou, continuava a ser preciso cortar árvores, desbastá-las, marcá-las, empilhá-las e carregar os troncos nos comboios que passavam todos os quinze dias. Sempre que voltava ao fim da tarde, Eryk dirigia-se para o bloco onde dormia e, ao passar pelos velhos estendidos no terreiro, evitava olhar para eles. Já sem forças para viver, deitavam-se no meio do chão, só descolando os olhos para descobrir que estavam vivos. Era lá, em campo aberto, que esperavam pela morte; os dias e as noites prostrados sobre a terra pegajosa; a troça de Shura que passava por ali para os destratar, para os lembrar do cheiro a mijo e fazer contas em voz alta sobre o tempo que restava a cada um. Skiba e Finkelstein, que o campo envelhecera antes de tempo, faziam parte do grupo. Quis o acaso que apodrecessem lado a lado, separados por dois passos, vigiando-se como haviam feito a vida inteira, até porque nenhum suportaria morrer antes do outro. Foi Skiba quem triunfou.

Assistiu durante a noite à agonia do rival, viu-o a estrebuchar, abocanhar o ar como um peixe fora de água e roer os dedos com as dores. Que júbilo para o comendador quando o outro se apagou! Sobrassem-lhe forças, dançaria à volta do judeu e todo o campo saberia que um velhaco acabara de morrer. Em vez disso, arrastou-se pelo chão e, ao chegar junto do outro, puxou uma navalha e desventrou-o. A seguir, comeu-lhe o fígado antes que outros o fizessem e assim pôde durar mais oito dias. Eryk, que assistira a tudo da janela do seu bloco, viu-se na figura do judeu, também com as tripas de fora, os seus restos disputados pelos presos lazarentos. Não, isso nunca!, decidiu. E assim, foi acordar Sobol. O assassino do comboio ouviu-o até o fim, sem nunca se entusiasmar. Fugir seria fácil, os guardas andavam desmazelados, o pior era depois. Entre eles e a cidade mais próxima só havia a estepe enxuta, um cemitério a perder de vista, era impossível prever quantos dias de viagem. Eryk anotou-lhe as precauções, mas já considerara tudo. A jornada era possível, mas precisava dos músculos dele e disse-lhe por quê. Esclarecido, o gigante entusiasmou-se e deixou-se convencer. Restava-lhes descobrir quando passava o próximo comboio, brincadeira de crianças para quem tem sempre à mão um capataz emborrachado. A crer em Shura, esperava-se um transporte para a Ucrânia dali a uma semana. Era o que queriam ouvir. Assim, quando o comboio chegou, Eryk e Sobol juntaram-se aos homens que carregavam os troncos nos vagões. Como era habitual, foi ao último que coube manobrar a grua. No chão, Eryk e outros dois prisioneiros iam passando os cabos pelos troncos. Assim que os vissem a balançar sobre o vagão, ajeitavam-nos à medida que desciam para que pousassem alinhados. A certa altura, um preso mais perspicaz reparou que um dos troncos carregados tinha apenas dois terços do tamanho, só podia ser engano. Eryk, que o havia cortado assim uns dias antes, disse-lhe que se calasse, se o tronco estava ali, era para seguir viagem. Quando terminaram, o cais já estava às escuras e o grupo regressou ao campo mais tarde do que o costume. O comboio partiria na manhã seguinte e, se tudo corresse bem, levaria uma carga adicional.

Eryk e Sobol passaram a noite em branco, porém, pouco depois de o sol nascer, pegaram nos machados e saíram decididos para o trabalho. Mal se apanharam entre as árvores, deixaram cair as ferramentas e largaram a correr a caminho da estação, pois haviam de chegar antes dos outros. Tal como tinham calculado, o comboio carregado ainda aguardava os maquinistas que dormiam certamente num dos vagões. Travando o passo, aproximaram-se do vagão onde tinham trabalhado na tarde anterior. Sem uma palavra, Eryk subiu pelos engates e desapareceu no meio da carga, escondendo-se no vazio deixado pelo tronco mais pequeno. Sem a mesma agilidade, Sobol conseguiu ainda assim fazer o mesmo e, mal se apanhou no esconderijo, desenrolou da cintura um cabo de aço com uma gancheta na ponta. Depois, estendendo os braços pela boca do túnel, conseguiu prender o cabo ao coto de um tronco que, no dia anterior, deixara escondido entre o rodado do comboio. Com um esforço tremendo, puxou o coto até si e encaixou-o na abertura, arrolhando-se com Eryk na penumbra.

O comboio partiu já perto do meio-dia. Só voltaria a parar ao fim da tarde seguinte, mas, quando isso aconteceu, nem Eryk nem Sobol faziam ideia de onde estavam. Abafados entre os troncos, sentiam-se a ferver, doridos, sem posição, ensopados de urina e suor. E depois, aquela sede podia enlouquecê-los muito antes de chegarem ao destino. Ficaram ali parados a noite inteira, mas só adormeceram quando o sol se levantou.

Ao voltar a si, Eryk não percebeu de onde vinha a felicidade. A sua e a de Sobol, que se ria mesmo ao lado. Quando tocou no rosto, sentiu-o logo encharcado e aí percebeu que era a água a escorrer por entre os troncos. A chuva grossa ouvia-se lá fora e ele pôs as mãos em concha para beber. Três dias depois, pararam mais uma vez e foi Sobol o primeiro a ouvir as vozes. Não estavam muito próximas, mas dava para festejar porque eram ucranianas. Tinham conseguido!, estavam às portas de casa. Decidiram naquele instante que abandonariam o comboio assim que achassem seguro. E isso aconteceu a meio da noite. Sem nunca largar o cabo, Sobol desceu a ponta do tronco e pousou-a devagar sobre o balastro para não fazer barulho. Depois, saíram devagar e deram com um cais às moscas. Procuraram o nome da estação, mas não chegaram a encontrá-lo. Lá ao longe, a luz de uma casa, e era tudo. Só mais tarde descobriram que tinham descido num apeadeiro a norte de Lvov, o que deixava Eryk a dez dias de caminho do círculo perfeito. A viagem a pé era perigosa e eles iam extenuados, mas ali estavam em casa, era diferente. E assim foi; caminhavam à noite, descansavam de dia, encontrando sempre alguém nos lugares onde passavam disposto a ser generoso. Sobol, que ia para Chelm, preferiu uma estrada alternativa e desapareceu certa manhã sem sequer se despedir. Mesmo sozinho, Eryk não se amedrontou e arrastou o corpo depauperado, prosseguindo sem desvios.

Ao passar perto de Izbica, reparou que a aldeia transbordava de soldados alemães e havia uma fila ininterrupta de camiões a despejar armamento no meio da povoação. Hitler preparava-se para atacar os comunistas e, quando isso acontecesse, já o rapaz estaria escondido em casa há uma semana.

PARIS, 2002

Como era habitual, Jaleleddine ouviu-o em silêncio. Yankel explicou-lhe o que esperava dele, falou-lhe das encomendas, lembrou-o do prazo para pagar a luz e dos dois livros reservados por certo cliente cujo nome agora lhe falhava – ele que visse na mesa do telefone, talvez houvesse um cartãozinho. Gostaria de lhe dizer quando contava voltar à livraria, mas, infelizmente, nem sequer estava certo do regresso. Amanhã falariam, se calhar só à tarde, tinha assuntos a tratar antes do almoço. Para já, era tudo, "alguma dúvida?" Do outro lado da linha, Jaleleddine encolheu os ombros, que dúvida poderia haver? Aquilo que o intrigava não dava direito a perguntas.

Desligaram.

A seguir, Yankel afastou o lençol, o quarto ardia em setembro, e tateou o ombro e o pescoço dando atenção a cada centímetro apalpado. Como não sentiu a dor, pensou se valeria a pena desperdiçar tempo no médico na manhã seguinte. No entanto, a meio da noite, a guinada regressou com violência, deixando-o a transpirar e à beira da loucura. Eram quatro horas e nove minutos, e a chuva de verão acordava Paris de sobressalto.

Eram quatro horas e nove minutos, merda!, outra noite igual. Desta vez fora a chuva, e Vivienne detestava que fosse a chuva a acordá-la. Entre ela e o céu de chumbo, só o telhado da água-furtada, muito pouco para quem tem medo do escuro. Por azar, concentrou-se na moinha, aquela dor fina e cansativa e resistente que insistia em mudar de sítio como se fosse um bicho à solta no seu corpo. Molestava Vivienne havia anos, só esmorecendo por maldade e para a lembrar como seria se um dia a deixasse em paz. Naquele momento, ouviu os papéis a restolhar e percebeu que adormecera sobre a história do comboio. Deixara a luz acesa e por isso pôde ver os pés no fim da cama. A luz desmaiada enchia o quarto de sombras e fazia-os decadentes e grotescos apesar das unhas pintadas. Era bem certo que a velhice começara por ali, nos dedos aleijados pela artrite ou no dia em que, ao vergar-se, já não pudera alcançá-los. Logo acima, a paisagem do desastre, as pernas corroídas pelo fogo que, passados tantos anos, ainda a atormentavam. Então, desviou o olhar para o teto e passou a mão por entre as pernas. Primeiro tocou-se, depois tocou no lençol, estava seca, ao menos isso. Nessa altura inclinou-se para apanhar as folhas e retomar a leitura. À terceira linha, contudo, deixou tombar o braço e o manuscrito sobre a cama. Não valia a pena, o aguaceiro ditava-lhe outras coisas, fazia-a pensar em Yankel.

Ainda não decidira como contar-lhe tudo.

NORDESTE DA POLÔNIA,
junho de 1941

Dobrou o papel em dois, depois em quatro. Daquilo fez um triângulo, a seguir mais um com metade do tamanho e repetiu as vezes necessárias para tornar tudo minúsculo. Olhou para a escrivaninha sem saber o que procurar, até descobrir uma moeda de vinte copeques que usou para vincar a dobragem. Por fim, com os mesmos gestos vagarosos, desfez tudo, acabando com uma folha tão encarquilhada como o seu rosto estafado. Foi então que a leu de novo, mas, ao fim do primeiro parágrafo, fechou o punho com a carta lá dentro, amarrotou-a de vez e lançou a bola de papel para o cesto do lixo.

Falhou, o que achou natural.

Era assim que Govorov respondia à pressa de Moscou. Podiam ir para o inferno, não ia fugir como um cobarde. Nesse instante, levantou-se e foi até a janela. Ainda era cedo, mas via-se gente a correr no largo do Mercado; era o rumor a alastrar: Hitler rasgara o acordo e ordenara aos seus exércitos que marchassem sobre a Rússia; pelo caminho, haviam de dar com a cidade e espezinhar o que encontrassem. Pois que o fizessem, não queria saber daquele buraco. O seu tormento era outro, era pensar no regresso. Voltar a Moscou seria voltar a Aliya, voltar ao *kommunalka* n.º 7, voltar ao quarto irrisório onde jazia a Revolução e todos os seus sonhos.

Afastou-se da janela e foi buscar a garrafa de *vodka* polaca, uma merda. Ainda assim, apoiou o rabo no tampo da escrivaninha e bebeu a metade que faltava. Só então saiu para o corredor, mas apenas o suficiente para descompor quem quer que ali estivesse para o ouvir. Deve ter dito mais qualquer coisa, pois eles foram chegando uns atrás dos outros. Eram quase todos funcionários do Partido e Govorov voltou à janela e tornou a olhar para o largo. As ordens estavam no cesto do lixo, disse-lhes, agora era com eles. Queria sair dali para fora antes do anoitecer. Mas que se livrassem de ser vistos a correr! Coube então a um dos camaradas ir buscar a bola de papel e estendê-la sobre o tampo da escrivaninha. Enquanto a lia em voz sumida, os outros escutavam sem mostrar o que sentiam, mesmo quando perceberam que os alemães estavam a dois dias de caminho e havia que partir sem deixar rasto.

A verdade é que não sobrava grande coisa para levar. Ao longo daqueles dois anos, o círculo perfeito já dera o que tinha a dar pelo esforço da Revolução, despachando para Moscou tudo o que era de valor. Ainda assim, os camiões que circulavam na cidade desde o meio da manhã não tardaram a encher-se e, horas mais tarde, ao despedirem-se, os russos pareciam mais carregados do que quando ali chegaram.

*

Arrasto os dedos com cuidado, os seus pulsos podem quebrar-se só de lhes tocar. Depois afago-lhe as costas das mãos, mas não as reconheço, dá a ideia de que a pele se descolou dos ossos. Pelo contrário, as palmas são de madeira, nodosas, rachadas. Deus de Israel, quem foi capaz de uma coisa assim? Eryk quer responder-me, mas as palavras desfazem--se num silvo débil que é, para já, o choro possível. À medida que passeio aqueles gestos no seu corpo enfraquecido, cruzo-me com os de Shionka;

se os meus leem, os dela escrevem-lhe na pele, e é fácil saber o quê. Sinto agora uma mão sobre o meu ombro. O padre Kazimierz diz-me em surdina que são horas, Eryk precisa de descanso. Sei que Shionka não quer saber do padre, por isso tateio ao acaso até lhe encontrar os dedos e puxo-a com firmeza. Assim que saímos da sacristia, ouço a voz de Pani Krysia, pergunta-me se tenho fome. Já que ignorou Shionka, nem sequer lhe respondo, quero ir-me embora. O padre aproxima-se, fala-me com confiança, dali a duas semanas o meu amigo estará como novo. Acompanha-nos ao adro da igreja e lamenta se estiver a repetir--se, mas manda-me ter cuidado: para os judeus, os alemães são piores do que os comunistas. Depois, todo ele se agita e resfolega, quer saber se o levei a sério. Agradeço-lhe e sossego-o – "sabemo-lo há muito tempo". Só então saio agarrado ao braço de Shionka.

As ruas estavam esquisitas. Os megafones já não se ouviam, mas o silêncio teria outra explicação, pensou Yankel. Shionka, que também se interrogava, puxava-o pela manga enquanto ia contando de cabeça os gentios no passeio – ainda não vira mulheres e, o que era mais insólito, um único judeu. Por sua vez, os alemães iam chegando aos poucos e deviam estar a instalar-se na cidade. A luz ao meio-dia ofuscava, parecia que o círculo perfeito embranquecera, e foi o calor a desviá-los para o largo do Mercado, à procura das árvores. Aí encontraram outros homens, desta vez parados à frente das lojas fechadas e, agora sim, já se encontravam judeus. Shionka reconheceu-os quase todos, eram aqueles a quem os russos haviam espoliado e que, de olhos postos nas montras, queriam ver o que fazer para recuperar os negócios.

De repente, toda a gente que ali estava se virou para o mesmo sítio. O zunido distante vinha da rua Mazur e, cada vez mais próximo, transformava-se num clamor entusiasmado. Ansiosos por saber o que era aquilo, os homens esvaziaram o largo e correram até a esquina. Aí chegados, para não perderem pitada, galgaram as costas dos da frente, usaram os cotovelos, insultaram-se, e apenas esmoreceram com o assombro. Yankel e Shionka também se aproximaram, mas, com tanta gente junta, só sofreram encontrões. Valeu-lhes o carpinteiro, que tinha espreitado tudo e corria até casa para contar à vizinhança. Era tal a exaltação que ia falando alto, oferecendo a quem passava um retrato rigoroso da avalancha que aí vinha.

A cem metros de distância, o manicômio escancarara finalmente as suas portas. Tadeusz, altivo, caminhava à frente, abraçado ao seu banquinho; desgrenhado, encardido, mijado nas calças, cada nódoa era uma medalha de bravura e resistência. Atrás de si, via-se menos prosápia, o séquito do manicômio não marchava ao mesmo passo: os judeus escondiam-se no meio dos outros, os polacos festejavam, os sãos iam apressados, os doentes iam como podiam; em comum só os olhos franzidos pela luz que alguns já tinham esquecido. De repente, um dos loucos saiu desembestado do grupo e só travou no fim da rua. Depois de furar pelo meio da populaça, correu para o largo. Ao chegar junto das estátuas, virou-se para a de Lênin, apontou usando os braços e disparou sem clemência:

Pum! Pum! Pum!

Logo os outros concluíram que deviam fazer alguma coisa: houve quem o imitasse, houve quem suplicasse por uma bebida forte, muitos foram engolidos pelas famílias, outros choraram ou riram para quem calhasse. Por seu lado, os judeus preferiram juntar-se debaixo das arcadas e entreolhar-se em silêncio, como se a sua felicidade pudesse despertar os alemães.

Mas não foi por causa dos nazis que os primeiros vidros se quebraram. Os estilhaços vieram do outro lado, do escritório do guarda-livros, um judeu melindroso. Num instante, toda a gente acorreu até lá, espremendo-se para ver melhor. Os ruídos de luta que chegavam do interior eram acompanhados por novos estilhaços, cartapácios atirados pela montra escaqueirada e centenas de papéis a esvoaçarem. Aquilo prolongou-se por momentos, quando, de súbito, surgiram do escritório os gêmeos de Roman Skiba, encabeçando um grupo de seis homens. Levavam um olhar esgazeado, os ombros derreados como quem vem de um grande esforço, e passaram pelo meio da populaça que agora lhes rendia um silêncio respeitoso. De repente, o som terrível, um gemido tão pungente que todos se inteiriçaram. A julgar pelo estado em que vinha o guarda-livros, não era para menos. Os olhos lembravam dois tomates esborrachados, e a boca, rasgada até as orelhas, traçava-lhe no rosto lívido um sorriso de idiota. Foi então que caiu a primeira pedra. O guarda-livros evitou-a por um triz e pousou sobre a cabeça a pasta de cartão que insistia em não largar. De pouco lhe valeu, já que as pedras arrancadas da calçada choviam agora de todo o lado, dispersando os populares que fugiam aterrados. Uns chocaram contra os outros e tombaram estonteados, outros esgaravataram a calçada na busca de mais pedregulhos que pudessem atirar. Quando estes se esgotaram, sete ou oito gentios correram para o guarda-livros e engoliram-no ali mesmo. Aquilo que deixaram no chão só serviu para estarrecer ainda mais os judeus que espreitavam das arcadas. Apavorados, também eles dispararam pelo largo, expondo-se sem remédio à sanha dos cristãos. Os insultos voaram como as pedras da calçada – comunistas, traidores, bufos! –, mas, à parte alguns bofetões, não se derramou mais sangue.

Shionka, que agora escondia Yankel atrás de uma coluna, viu os judeus a fugirem do outro lado do largo e a multidão que os escorraçava. Aproveitando o desvio das atenções, conduziu o rapaz pela travessa que ia dar à praceta do grêmio, e foi deixá-lo em casa.

Tadeusz não escorraçou, não insultou, não lançou pedras, era o que lhe faltava, não fora feito para essas coisas. Não era que o espetáculo desmerecesse, longe disso, os judeus só colhiam o que tinham semeado. Postos à sombra dos russos, tinham traído a sagrada terra que pisavam e os seus vizinhos cristãos, acusando-os de atentarem contra a Revolução, destinando-os assim à morte ou ao exílio nas estepes congeladas da Sibéria. Oh, sim, "Comunistas, traidores, bufos!", mereciam cada uma das pedras da calçada. Mais consolado, virou-lhes as costas e comoveu-se ao olhar para o Paço. Quantas vezes recordara o fausto daquele lugar, enquanto se debatia no catre do manicômio. Mas agora não!, agora estava ali e só tinha uma coisa a fazer. Por isso subiu. Enquanto galgava os degraus, irritou-se com o tapete de imundice que cobria a escadaria, ao mesmo tempo que amaldiçoava os bolcheviques. Já sabia que os tipos não eram asseados, mas, que diabo, era a sala de visitas da cidade. Enquanto subia, ainda viu o mastro inclinado no frontão mais o farrapo vermelho que sobrava da bandeira comunista arrancada à bruta. Já lá em cima, as pernas falharam-lhe e quase se estatelou no patamar. Fosse a emoção, ou apenas os resquícios de dois anos de indolência, teve de se agarrar à balaustrada para recuperar as forças. Quando se sentiu pronto, endireitou a espinha e, a despropósito, fez o mesmo às lapelas surradas da camisa do pijama. Foi assim, como um monarca, que atravessou o portal para tomar outra vez posse. Mas, mal o fez, não quis acreditar no que encontrou. Santo Adalberto de Praga!, quem ousara aquela afronta? De novo a fraqueza a acometê-lo, a dobrá-lo pelas pernas, fazendo-o, agora, sim, cair de joelhos.

Vergado, com as mãos assentes no chão de pedra, varreu tudo com o olhar ofendido e, por um instante brevíssimo, desejou regressar ao Corredor. Mas não iria ser aquilo a derrubá-lo, preferia enfurecer-se e aguardar que o sangue lhe voltasse às pernas, enquanto se forçava a acreditar: estava onde tinha de estar! Nenhum outro lugar fizera tanto por ele, nem o colo de Apolônia, nem mesmo o ventre da mãe. Então, levantou-se e, espezinhando os milhares de panfletos com a imagem de Stálin, percorreu todo o vestíbulo. Entre aqueles papéis imundos espalhados pelo chão, viu garrafas vazias, pastas vazias, pontas pisadas de cigarros e um nariz em pedra que fora arrancado a tiro ao busto de S. Estanislau. Mas havia mais indignidades: o fedor a urina deixado na despedida, as frases em cirílico pintadas a vermelho nas paredes, o retrato de Piłsudski com as pontas do bigode rasuradas para fazer lembrar Hitler e as portas desencaixadas dos gonzos. Sem saber o que ainda poderia descobrir, ganhou fôlego e avançou até o antigo gabinete, aquele que fora o seu palco privado, o seu pedestal, o pico da montanha. Por momentos, não o reconheceu. Despojado dos livros e das gravuras, lembrava um armazém ao abandono. Como tinham levado os cortinados, alguém pregara ao janelão uma ilharga arrancada à sua fulgurante escrivaninha. Tadeusz aproximou-se dela e abanou a cabeça enquanto passava a mão pelo tampo de mármore. A seguir, rodeou-a, pousou o banquinho e subiu ao estrado que um dia mandara construir para poder olhar de cima aqueles que ali comparecessem. Quando se sentou, fechou os olhos, deixou-se estar e viu o futuro que lhe apeteceu. Mesmo exaurido e miserável, passou o resto da tarde de gatas no gabinete a apanhar lixo. Haveria de voltar as vezes necessárias para deixar tudo impecável e instalar-se para sempre no seu trono. Só então saiu; chegara a vez de Apolônia.

PARIS, 2002

Admitir que não tornaria a adormecer foi a primeira coisa que lhe ocorreu. Depois tentou descobrir aquilo que o acordara. Yankel pensou na dor, mas não a sentia, fora outra coisa. Só então se lembrou do trabalhar dos relógios e, quanto mais pensava nisso, mais se convencia. Miseráveis! Ultimamente andava a sonhar com rodas dentadas e ponteiros que giravam ao contrário, fosse qual fosse o significado. Pior: durante o dia, sentado no escuro, podia jurar que ouvia os segundos a correrem mais depressa. Ora, como não se embala um velho com relógios apressados, levou aquilo a sério. Daí à decisão, foi o tempo de se levantar e ir à cozinha encher um filtro de café, o que fazia habitualmente e com assinalável destreza. Quando pousou a chávena, manteve o líquido na boca mais tempo do que era costume e pareceu saboreá-lo, embora os seus olhos só brilhassem com o gostinho da vingança. Dentro de poucas horas, já contava ver-se livre daquele ruído cruel e poder contar o tempo apenas se lhe interessasse. Para isso, lembrou-se da porteira. Com as mãos untadas, Mademoiselle Foss prestava-se a quase tudo e ainda se sentia devedora. Assim, quando ela apareceu com o saco de mistura para papagaio, Yankel desafiou-a: cem euros e ainda podia despachar os relógios no *marché aux puces*, guardando para si o proveito. Pouco habituada à nova moeda, a mulher fez contas rápidas: seiscentos francos era dinheiro. Por isso, logo ao fim da manhã, deu início ao sobe e desce, levando aos três e quatro de cada vez, que ia depositando na arrecadação do prédio. Para os mais pesados, recorreu aos préstimos de Jaleleddine, que apareceu depois de almoço com uns papéis para assinar. Quando terminou, estava arrasada, deixara de sentir as pernas ao trigésimo relógio, mas tinha a carga arrumada. Ao despedir-se de Yankel, depois de contar as notas e enquanto fechava a porta, Mademoiselle Foss olhou para trás como se se tivesse lembrado de qualquer coisa. As paredes, faltara-lhe olhar para as paredes. Porém, ao fazê-lo, incomodou-se; um pouco por todo o lado, no lugar onde antes se exibiam os relógios, viu a multidão de marcas que o tempo desbotara. Sem saber a razão, sentiu pena do velho, mas fechou a porta e deixou-o a sós com elas.

A noite chegou, mas vinha diferente, tão silenciosa como lhe cabia. Yankel pousou o auscultador, acabara de falar com Vivienne e ficara a saber que já não havia muito por vasculhar nos caixotes. Apesar de lhe parecer mais fria do que era hábito – o que ele atribuiu à exaustão –, ela tentou sossegá-lo: se tudo corresse bem, iria visitá-lo um dia desses, já com tudo reunido e ordenado.

Atrás da mesa do telefone, havia uma estante com discos de vinil, mais uma peculiaridade do livreiro. Yankel organizara-a desprezando qualquer ordem temporal ou alfabética e, mesmo assim, acertava na peça que queria ouvir à primeira tentativa. E foi o que aconteceu naquele momento. Calados finalmente os mecanismos, sentou-se no sofá para ouvir Mahler como se nunca o tivesse feito e só adormeceu por causa da noite em branco. Acordou com frio, mas tinha sido o ruído a despertá-lo. Era um arranhar repetitivo e Yankel demorou a descobrir de onde vinha. Quando percebeu, ergueu-se pesadamente e foi às apalpadelas levantar a agulha que ia e vinha em cima do rótulo do disco. A seguir, voltou a sentar-se, puxou o cobertor sobre as pernas e tornou a cair no sono. Mas foi por pouco tempo, de novo o maldito ruído a persistir. Yankel lutou para adormecer, até se lembrar de que o som já não podia ser da agulha. Endireitou-se no sofá, concentrou-se o mais que pôde e sentiu uma tontura ao concluir que se tratava de um relógio a trabalhar. Confuso, levantou-se uma vez mais e caminhou com os braços esticados à procura do barulho.

Quando o descobriu, quis pegar-lhe e atirá-lo pela janela.

Tic-tac, tic-tac...

Ao sentir as mãos do cego, *Marceau* preferiu ser sensato e calou-se de uma vez.

NORDESTE DA POLÔNIA, junho de 1941

A margem do lago recuara, já tinham os pés secos, e era o sexto poema que Eryk dizia de enfiada. Sim, também tinha escrito uns contos, mas precisava da poesia para explicar "a que cheiram cem tipos espremidos num vagão". Entretanto, as pedras que Yankel atirava contra a água iam ao fundo sem chegar a repicar – um sinal de irritação, pensou Shionka. Eryk vinha diferente, escondia-se nos versos para não ter de dizer o que não queria, e em cada pergunta que ficava sem resposta Yankel via uma desfeita e pegava noutra pedra. Pior só o feitio: Eryk tornara-se mordaz, até insolente, e isso percebia-se melhor quando estava com o casal. De tal modo que Yankel e Shionka prescindiam um do outro sempre que o encontravam, reservando para depois qualquer indício de amor. Impostores!, rosnava Eryk logo que se via a sós. E ele um imbecil por desejar cair morto caso não a conquistasse. Oh, quanto valeria nunca ter feito a viagem. Pudesse voltar atrás e teria ficado a cortar árvores ou até a apodrecer entre os velhos do terreiro e as carcaças dos cães.

Foi então que optou pelo castigo, amava-os demasiado para lhes perdoar. Ocorreu-lhe perguntar a Yankel pelo filho assassinado e revelar a Shionka quem se vira livre dele. Irresistível!, com uma única verdade rasgava o casal ao meio; só lhe faltava escolher o momento apropriado. Entretanto, decidiu afastar-se, deixá-los gozar a sós antes de os martirizar. Passara a vida com um judeu e a filha de uma bruxa, era altura de se tornar um bom cristão e fazer o que pudesse para se introduzir entre os seus. Por ter sido sempre visto em tão fraca companhia, talvez não fosse à primeira, mas haveria de tentar e até sabia onde.

Devolvido à boêmia da cidade, o grêmio transbordava de cristãos a cada noite de sábado. Eram todos bons polacos e só queriam celebrar a retirada dos bolcheviques. Foi aí que Eryk encontrou os gêmeos do Skiba e lhes falou dos seus pais. Sem saber descrever a imagem de uma mãe empilhada entre cadáveres, acabou por inventar-lhe uma morte piedosa; já quanto ao comendador, só tinha bem a dizer: portara-se como um herói, um exemplo de estoicismo. Comovidos com o que ouviram, os gêmeos aceitaram-no, mas tinha de prometer que seria mais sensato ao escolher com quem se dava.

NORDESTE DA POLÔNIA, julho de 1941

1h30

Tauba passava cada vez mais tempo atrás da cortina que servia de biombo. Num cantinho do seu quarto de casada, fazia tudo atrás dela: aliviava-se, lavava-se, despia-se, vestia-se e lia às escondidas. E, agora, era ali que amamentava quando Baruch estava em casa.

Moshe parecia saciado e, quando largou a mãe, Tauba atreveu-se a respirar. Tinha os mamilos em chaga, tremia de dor e o suor escorreu-lhe pelo tronco. Aí, misturou-se com o fio rosado de leite que lhe brotava do peito e limpou com um lencinho. Então, curvou-se e deitou o garoto numa seira, acabando de compor-se ainda sentada. Depois, foi pousá-lo junto à cama de casal e sentiu um grande alívio ao notar que adormecera – Baruch nunca protestara, mas Tauba detestava pô-lo à prova.

2h30

O padre Kazimierz pensou se teria chegado a adormecer. Mas, sim, era óbvio que sim, nunca chamaria depravado a Tadeusz Orlosk caso estivesse acordado. Durante as últimas noites, sonhara muitas vezes com o presidente da Câmara e temia descobrir por quê. Talvez profetizasse alguma coisa aterradora, talvez se inquietasse com os sinais. Os alemães não paravam de subir as escadas do Município e, desde que isso acontecia, a cidade entreolhava-se sem saber o que pensar. Tadeusz, alvoroçado, já calcorreava as ruas sem o banquinho, parando a cada dez passos para dar recados ou palmadinhas nas costas. Ultimamente, as luzes do grêmio não chegavam a apagar-se e viam-se forasteiros a sair de lá de madrugada. Já aos judeus ninguém punha a vista em cima, havia quem falasse em desacatos, provocações dos gentios, coisas antigas.

Alagado em suor, o padre secou o rosto com o lençol e procurou voltar a adormecer.

Esteve quase a consegui-lo, mas depois ouviu aquilo.

Vinha da rua, alguém batia à porta da sacristia. O prior arrepiou-se, mas levantou-se lentamente para não ser ouvido. Sem acender a luz, foi espreitar atrás dos cortinados. Os dois homens encolhidos que o chamavam no passeio olhavam para todo o lado menos para a janela. Foi então que o padre se abismou, conhecia bem um dos rostos, mas não fazia sentido. Por fim, desceu as escadas e atravessou o corredor que ligava à cabeceira da igreja. Ao chegar à sacristia, levantou o livro de assentos para apanhar a chave, abriu a porta e disse-lhes que entrassem. O rabino Avigdor passou por ele taciturno, logo seguido pelo outro cavalheiro, um judeu que não chegou a abrir a boca. Os dois religiosos conheciam-se havia muito, respeitavam-se, teriam sido amigos não fosse a contenção que se impunha, mas nada explicava uma visita àquela hora. Exceto a expressão perturbada do rabino, deduziu o sacerdote apontando-lhe uma cadeira. Avigdor não se sentou. Em vez disso, agarrou as mangas do padre e abriu o coração. Falou baixo, falou a correr, parecia recear ser ouvido e não ter tempo de expor tudo. Os judeus! Andavam a dar cabo dos judeus. Uns dias antes, tinha sido em Radzilow, a três horas de caminho, falava-se numa tragédia, um massacre nunca visto.

E agora era a vez deles, não tinha dúvidas. Não vira o que se passara com o guarda-livros? Não dera conta dos desacatos? Havia ódio lá fora; sentia-se nas ruas, nas vozes, nos olhares; de tão escaldados, os judeus já não se deixavam enganar. O padre entendia aqueles receios, mas procurou sossegá-lo, talvez não passasse de rumores. Além disso, a cidade tinha poucos alemães, não davam para grandes estragos. "Alemães?!", gritou o rabino, esquecido do recato. Queria lá saber dos alemães, estava a falar dos polacos. Era por isso que ali estava, para lhe implorar que falasse ao seu rebanho, que os recordasse de Cristo. Depois calou-se e esquadrinhou os olhos do padre para ver o que ficara. Só encontrou desnorte e uma coisa que tanto podia ser medo como incredulidade. Desapontado, chamou o outro e saiu.

4h00

Dreide não se deitara. Nos últimos dois dias, desistira de dormir, passava o tempo sentada à frente da lareira. Mantinha duas brasas debaixo de um pote sebento que escorria gordura a fervilhar, enquanto mexia o xarope borbulhante ao sabor da ladainha repetida na língua da floresta. Entretanto, no outro lado do casebre, Shionka surpreendia-se: nunca ouvira a mãe assim, tão dolente, tão agoirenta. Consternada, a rapariga puxou a manta, cobriu o rosto, tapou os ouvidos com as mãos e voltou a adormecer. Foi o som das vozes que a acordou pouco depois, vozes de homens, vozes polacas que vinham do meio das árvores. Nessa altura, já Dreide enlouquecera e se dobrava em espasmos que não eram naturais. A reza sepulcral dera lugar a um uivo animalesco e esticava as mãos para o Céu como se pudesse apressar o seu auxílio. De repente, a porta desfez-se em lascas e surgiu o primeiro archote. Só depois entrou o homem, curvando-se para não bater no teto. Esbraseado, chocou com a visão grotesca da feiticeira em convulsões e benzeu-se enquanto saía às arrecuas. Shionka, que não chegara a levantar-se, sentou-se na cama, abraçou-se às pernas e assistiu por cima dos joelhos. Lá fora, a luz das tochas parecia crescer à medida que outros homens se juntavam. Pelo burburinho, era certo que discutiam, até que, de repente, lá terão chegado a acordo. Nesse momento, cada um se encorajou com os próprios berros, irrompendo pela casa aos tropeções. Vinham eufóricos. A menos de uma hora de caminho, em pleno círculo perfeito, aguardava-os a mais sagrada das missões; nada melhor do que uma bruxa para se porem à prova. Foi então que dois deles caíram sobre Dreide, arrancando-lhe a túnica grosseira. Vendo-a nua, todos esconjuraram o demônio que lhes subia pelas pernas e deram um passo atrás. Todos, menos um: Arkadiusz, o carpinteiro de Kolno, que se tinha como líder. Foi ele quem avançou e soltou os suspensórios. Com as calças pelos joelhos, aguardou que o membro definhasse para poder escarnecer dela: "Ó desditosa entre as mulheres, bruxa rameira, que há de lavar os pecados em nome de Maria Santíssima." E então lavou-lhos ali mesmo. À frente da filha selvagem e de tantos homens justos, regou-a com mijo cristão para que morresse limpa. Quando acabou, compôs-se e saiu, fora piedoso, agora era com eles. E eles não hesitaram; agarraram-na pelos cabelos e arrastaram-na para a rua. Ao ver aquilo, Shionka saltou como uma corça, lançou-se sobre a mãe e foi de rojo com ela. Os outros pararam sem saber o que fazer, até o carpinteiro perder a paciência e voltar para trás. Assim que chegou junto das duas, desferiu uns pontapés nas costas de Shionka, mas só conseguiu enclavinhá-la com mais força nas pernas da feiticeira. Desvairado, limpou a espuma da boca com as costas da mão, antes de a castigar com nova dose de coices e repetir que a matava. Por fim, ao ver que não se largavam, saiu a cambalear, vergado pelo esforço e pelo fracasso. Sem dar fé do regozijo que os parceiros disfarçavam, passou por eles a cuspir-se. "É porca como a mãe", que as levassem enganchadas de uma vez.

5h40

O cão já se deitara com fome e por isso foi pior quando acordou. Levantou-se, esticou-se quanto pôde e olhou para a companheira que continuava a dormir. Movido só pelo vício, inclinou-se sem grande motivação e cheirou-lhe as partes íntimas. Ao som da chave, os dois deram um salto e saíram disparados até esbarrarem na porta. Pani Krysia saiu carregada com um cesto de flores e não lhes ligou nenhuma; que a esperassem ali mesmo, no regresso logo se veria se tinha tempo para eles. Mais atentos aos protestos do estômago, os cães nem a devem ter ouvido, já que correram ao seu lado até a entrada da igreja. Aí chegada, a beata levou-os ao engano quando pousou o cesto na soleira para poder abrir a porta. Já lá dentro, fletiu o joelho, benzeu-se e fez o possível por não pensar na escuridão. Depois, respirou fundo e avançou pela nave a caminho do altar. Ao longo do percurso, que parecia interminável, bateu os saltos dos sapatos com força para espantar o diabo, enquanto, entredentes, se amparava em S. Miguel. Assim que chegou ao presbitério, subiu um degrau e, depois de acender o lampião que pousara ao lado do sacrário, trocou os arranjos murchos pelos gerânios que ela própria cultivava atrás da capela mortuária. Só então subiu ao campanário para ir ver amanhecer, a única razão que a despertava antes do dia. Muito ao fundo, para lá das árvores, o céu começava a clarear, azulando os telhados do círculo perfeito. O seu olhar aquilino sabia onde procurar, mas nem foi preciso tanto, porque a luz já estava acesa na casa de Tadeusz. A princípio achou esquisito; ou muito se enganava, ou àquela hora era a primeira vez. Depois lembrou-se de Apolônia e estremeceu: valente puta!, também acordava a meio da noite encharcada como as outras. Imaginou distintamente uma vaca a arrastar-se no colchão, até conseguia ouvir os estalidos aflitos da madeira, e Tadeusz, o seu Tadeusz, desperdiçando o descanso a esfregar-se a contragosto. Puta, sim! Mil vezes puta.

Foi então que viu aquilo. Primeiro julgou tratar-se de um incêndio na floresta, mas depressa soube que não. Fosse o que fosse, a chama mexia-se, vinha a caminho. A seguir mais uma luz, depois outra e outra, até se formar uma linha alaranjada a correr no meio das árvores. Eram archotes, gente que por algum motivo preferia a noite para fazer visitas. Vendo naquilo um mau presságio, Krysia foi ter com o padre.

Apolônia sentiu-o acordado e abriu um olho a medo. Por tremenda infelicidade, naquela precisa altura, Tadeusz olhava para ela. Resignada, pôs uma perna para cada lado, arregaçou a camisa e conseguiu cair no sono – sonhou com o serviço de chá, portanto era provável que nada tivesse acontecido. E a verdade é que não aconteceu. A cabeça de Tadeusz só pairava na floresta e naqueles que estariam para chegar. Daí o corrupio entre a cama e a janela. Ora se deitava ao lado de Apolônia, ora ia ver as árvores para saber se eles vinham aí. Porém, quando deu com a luz laranja a mover-se no pinhal, em vez de se abonançar, por pouco não vomitou. Lívido, deixou-se cair sentado aos pés da cama e tapou o rosto com as mãos, balançando para a frente e para trás. “Tudo está consumado!” Recordou-se de Cristo e dos fariseus e acabou a rir à gargalhada. Depois, vestiu o melhor fato listrado e apertou os atacadores dos sapatos com o esmero necessário para se acalmar de vez. Por fim, desceu as escadas e dirigiu-se para o vestíbulo. Mal abriu a porta, lembrou-se ao que ia e resolveu ser previdente. Assim, voltou atrás, procurou na garrafeira e serviu-se duas vezes da bebida mais forte que encontrou, talvez viesse a ser-lhe útil. Só então saiu de casa e foi esperar os forasteiros.

6h20

Ouviu os cascos do cavalo. Como os gansos já grassitavam no barraco, só podia ser Chaim, era a hora dele. Yankel esperou que se aproximasse, sentiu-o parar à porta e deu-lhe tempo. Quando o velho partiu, levantou-se da cadeira onde passara a noite e, repetindo os gestos de todos os dias, foi à rua buscar a vasilha e deixar os gansos no aprisco. Voltou a casa sem fazer barulho e sem entornar nada. Chaim andava a roubar, sentia-o no peso do leite, talvez menos de uma chávena, mas era *zindikn*[21] na mesma e havia de lho dizer. Ao fim de cinco passos, Yankel desviou à direita, coisa pouca, apenas o suficiente para evitar o pai que dormia no escabelo e cheirava a vinho azedo. Até ali tudo faria supor um dia igual aos outros, mas ele apoquentou-se. Assim, silenciosa, a floresta não o enganava; restava saber o que aí vinha. Fosse o que fosse, quis que Rasia acordasse confortável. Para isso, pôs-se à procura com as mãos em cima da mesa de pau. Descobriu num instante a malga, a seguir tocou num frasco, depois noutro, mas só o terceiro lhe deixou os dedos pegajosos, era esse. Despejou o mel na malga e acabou de enchê-la com o leite ainda morno. Rasia acordou nesse momento e perguntou-lhe se chegara a ir à cama. O filho não respondeu,

[21] Termo em iídiche que significa pecar.

mas estendeu-lhe o leite e esperou que ela o agarrasse. A seguir sentou-se e ficou a ouvir: o sorvo da mãe, o sono do pai a tornar-se intermitente. Então, alguém bateu à porta. Quem era, fizera-o com os nós dos dedos, sem dúvida um bom sinal. Rasia levantou-se e foi abrir. Yankel reconheceu à primeira a voz de Krystian, o dentista. A saudação soou-lhe atrapalhada, mas não deu lugar a dúvidas: estava ali para cumprir ordens, tinham de acompanhá-lo até o largo do Mercado. Rasia terá visto qualquer coisa na expressão daquele *goy*, já que nem lhe fez perguntas. Agarrou o filho por um braço e saiu para o meio da rua. "E o outro?", perguntou o dentista. Ela virou-se para trás, espreitou o marido adormecido, pesou o que viu, e seguiu estrada fora de braço dado com Yankel. Krystian desorientou-se, ficou parado um instante, primeiro olhou para o bêbado, depois para a mulher que já ia a meio da rua amparada no rapaz, e acabou por ir ter com os dois em passo de corrida. Assim que os alcançou, caminhou à sua frente para mostrar autoridade. Ao chegarem ao fim da rua, cruzaram-se com dois cristãos. Quietos no meio da estrada, descansavam entre os pés os seus malhos de ferreiro. Assim que os viu, Krystian aproximou-se e disse-lhes qualquer coisa, apontando com o queixo para a casa de onde vinha. Com uma careta de esforço, os homens ergueram os malhos, pousaram-nos ao ombro e dirigiram-se para lá.

Ao retomar a marcha, Rasia abraçou o filho com mais força, enquanto pedia a Deus que o marido não sofresse.

8h00

Eryk levou a manga aos olhos, mas foi pior, também já a salgara com o suor. E ainda havia o pó que levantava ao caminhar, a pontada de esforço e o medo de olhar em frente. Até que ergueu o rosto, não tinha outro remédio. Naquele momento, já ia quase parado, mas estarreceu quando deu com a porta aberta. A casa de Yankel parecia abandonada; dali, só conseguia ver as sombras paradas, uma janela ao fundo e os arejos que agitavam a cortina.

Quarenta passos.

O cemitério judeu estendia-se até ali, e um dos carvalhos crescera tão junto ao muro que as raízes enredadas nas ossadas fendiam a estrada de um lado ao outro. Erguida num barral de lágrimas, a árvore gemia de velha, e as ramagens estalavam com o peso dos corvos que as vergavam às dezenas. Eryk foi andando até sair da sua sombra.

Vinte passos.

No chão, logo à frente, viu as pegadas e o pó tingido de vermelho; pouco depois, mais uma mancha. A avezinha caíra morta e restava aquela massa ensanguentada. Eryk aproximou-se e pôs-se de cócoras para a ver de perto. Foi quando o estômago lhe subiu à boca e o fez tombar de costas. Afinal não era um pássaro, era um tufo de cabelo que trazia escalpe e tudo. Enquanto se recompunha, um corvo pousou ao seu lado e bicou o achado, engolindo-o ali mesmo. Eryk agoniou-se, teve a certeza de que o corvo se alimentara com a carne do amigo e tentou pontapeá-lo cheio de asco e de revolta.

Parado no meio da estrada, chorou como um miúdo. Mas aí lembrou-se de Shionka; viu-a de novo com Yankel, os dois deitados à beira do lago.

Passados instantes, com o rosto mais sereno, levantou-se e foi para casa.

*

Tadeusz pôs-se onde gostava: em cima da escadaria, logo abaixo do frontão, a apanhar o sol de frente. Dali, podia guiar o mundo. Tinha a cidade nas mãos, queria lá saber se era tratado por fantoche, capacho dos alemães. Mesmo que fosse verdade – e isso estava por provar –, fizera por estar ali, resistira aos bolcheviques, resistira ao manicômio, havia de recolher tudo aquilo que semeara. Então fechou os olhos, as alturas provocavam-lhe vertigens, e quando os reabriu apreciou lentamente o que tinha à frente: as casas, o largo e o povo que agora se juntava à volta das três estátuas. Tadeusz olhou bem para cada uma, via-se também num pedestal e talhado com o porte de Trajano. Para isso, deveria ser valente até o fim e deixar a obra rematada. Já muitos o tinham tentado, mas, na hora decisiva, faltara a vontade férrea. Cada vez que pensava nisso, sorria incendiado. Ninguém o conhecia de verdade. Ele, Tadeusz Orlosk, saberia ser tenaz onde os outros vacilavam. Afinal, esperara por aquilo a vida inteira. Três dias antes, um grupo de patriotas já provara ser possível. A poucas horas de viagem, noutra cidade infestada, tinham lavado a honra com o sangue israelita. Nem um só judeu sobrara, o resto não lhe interessava. Se houvera perda de vidas, se houvera selvajaria, fora só pela ambição de deixar tudo bem-feito.

Foi então que ergueu os braços, agitando-os até ter a certeza de que alguém daria por ele. Não teve de esperar muito. Os homens que estavam no largo pararam de conversar e viraram-se para cima. Parecendo estar já à espera, galgaram a escadaria para ir ter com o Presidente. Os seus rostos abrasavam e não era só do esforço. Misturados com os locais, vinham os viajantes da floresta. Chegados das cercanias, já sabiam ao que iam, já levavam as mãos sujas. Quando chegaram lá acima, entraram em fila para o átrio do Município. Tadeusz, fraterno, postara-se à porta para distribuir cumprimentos e palavras de incentivo. Mal a porta se fechou, o edifício estremeceu e ia pegando fogo. Os gritos incendiários custaram a dissipar-se e Tadeusz exasperou-se para conseguir dar as ordens. Pouco depois, saindo de novo em fila, cada um brandia um ferro, uma marreta de pau, o olhar esgazeado. Logo atrás, o presidente da Câmara ficou a vê-los partir. Assim que desapareceram, voltou as costas ao largo e foi fazer tempo para os corredores do Paço.

Passou uma hora. Por essa altura, já a metade judaica da cidade transbordava de cristãos. Nunca naqueles cinco séculos tinham pululado tantos por ali. Havia-os de todo o feitio: rancorosos, constrangidos, virulentos, mas com a mesma ideia fixa: persuadir os judeus a juntarem-se no largo. A princípio, viu-se algum comedimento, mas quando Arkadiusz, o mais feroz dos forasteiros, quis mostrar como fazer, o festim de violência alastrou desenfreado. As portas das casas foram feitas em estilhaços e os judeus postos na rua sob a chuva das pancadas. Para evitar os maus-tratos, muitos já estavam no passeio quando os gentios passaram e seguiram atrás deles até o centro da praça.

O Mata Galinhas andava tresloucado pelas ruas do Vigele. Levava o cutelo à anca, embainhado num bolso, sem nunca largar a empunhadura, não fosse alguém duvidar daquilo de que era capaz. Com ele, mais dois arruaceiros: Anatol, o da farmácia, e o filho, um latagão conhecido por sorver tampinhas de álcool escondido atrás do balcão. Ao passarem pela casa do alfaiate, viram a porta entreaberta. Pararam tão excitados que quase se atropelaram. A colheita prometia, conheciam bem o homem, um judeu com cinco filhos. Se contassem com a mulher, eram sete de uma vez, um frete que não se esbanja. Mas, para seu grande infortúnio, o prêmio calhara a outro, tinham chegado tarde. Lá dentro, só o caos do abandono, a mesa partida em dois, os pratos em cacos, rolos de tecido, varões carregados de roupa, pregadeiras e tesouras, tudo no meio do chão entre marcas de giz pisado à pressa. Certos de que o alfaiate já tivera a sua conta, os três conformaram-se e saíram à procura de outra presa. No entanto, mal pisaram o passeio, ouviram um barulho que os fez voltar atrás. O choro abafado da criança chegava-lhes de um canto, escondido pelo reposteiro das provas. A certa altura, o choro hesitou e deu lugar ao sussurro de quem o tentava calar. Foi Anatol a avançar e a correr a cortina de rompante. Agachadas no sobrado, as duas meninas nem olharam para cima. A mais velha, com pouco mais de oito anos, apertava contra si uma bebê coradinha, tapando-lhe a boca com a mão. Nesse instante, do lado de lá da sala, outro ruído, desta vez um som de esforço que parecia vir de trás das fazendas cor de rato. Os rolos aprumados começaram a oscilar, até que acabaram por cair com grande estrondo, revelando os rostos ansiosos de três rapazes. Agarrados uns aos outros, os garotos atreveram-se a ir ter com as irmãzinhas, sem nunca tirarem os olhos dos *goyim* com ar de lobos. De repente, parecendo abrir-se sozinha, a porta do armário escangalhado ficou presa num só gonzo, até surgir o alfaiate, logo seguido pela mulher. Enquanto esta corria para os filhos, o dono da casa encarou os outros homens à espera do pior. Então, o Mata Galinhas pôs-se a andar à sua volta, olhando-o tão de perto que parecia querer farejá-lo. Por seu turno, o filho do farmacêutico dedicou-se aos mais pequenos. Grande como uma casa, por pouco que não os esborrachou só com o seu olhar bovino. Sem ter quem lhe desse luta, Anatol desiludiu-se e gritou-lhes que saíssem, tinham serviço à espera lá para os lados do mercado. Perante o tom de ameaça, ninguém se demorou nos esconderijos e toda a família se juntou ao pé da porta. Depois, formaram uma fila e começaram a sair: a mãe em primeiro, com a bebê ao colo, depois os três garotos, a menina e o alfaiate a fechar o grupo. O farmacêutico não parava de gritar para os apressar, mas mal olhou para o filho as ordens morreram-lhe nos lábios: o latagão parecia enfeitiçado ao ver passar os judeus. Sem saber o que pensar, Anatol seguiu-lhe o olhar até encontrar o alvo a que apontava. Assim que percebeu o que lhe ia na cabeça, agiu sem hesitar. Com um encontrão, fechou a porta, deixando no meio da rua a mãe, a bebê e os três rapazes, logo arrastados por um grupo que passava. Ao verem-se encurralados dentro da própria casa, a menina mais velha e o alfaiate olharam incrédulos para os *goyim*. Foi quando Anatol puxou a barra de ferro e, de um só golpe, estilhaçou os joelhos do judeu, que se estatelou ao comprido. Nessa altura, já o filho tinha as calças pelos artelhos e mostrava as pernas grossas, refegadas, amachucadas pelo peso carregado. Depois, tresandava a adolescente, a surro e a roupa por mudar. Com a desvergonha dos estúpidos, levou a mão abaixo da barriga descaída e procurou entre as massas de gordura. Quando o encontrou, ainda que não o visse, brincou com ele, sacudiu-o, arregaçou-o, cheirou a mão e, sem nunca tirar os olhos da filha do alfaiate, limpou o fio de baba que lhe escorria da boca. Assim que se sentiu pronto, olhou para o pai. Sem perder tempo, Anatol agarrou a menina pelo braço, deitou-a no chão, deu-lhe duas bofetadas para acabar com os tremeliques e preparou-a para o rapaz. O judeu, que rastejava no chão, tão depressa ameaçava, como suplicava, como prometia tesouros ridículos. Mesmo à sua frente, o Mata Galinhas caminhava em passos largos, divertido, a chamar nomes. Foi então que o farmacêutico, vermelho de esforço, ajudou o latagão a ajoelhar-se. Depois de o deixar no sítio, deu cinco passos atrás e ficou a apreciar. Nessa altura, já o rapaz fazia contas às distâncias. Com os olhos turvos do suor, alinhou-se o mais que pôde e, ao ter-se onde queria, aluiu sobre a menina, abafando-a com o seu peso. Ao deixar de ver a filha, o judeu gritou na sua vez e, mesmo com as pernas partidas, teria ido salvá-la não fosse o Mata Galinhas e o seu cutelo em riste. Entretanto, o paquiderme parecia atrapalhado. Assente nos cotovelos, remexia-se penosamente em cima da menina sem acertar onde queria. Era tão confrangedor que Anatol se apiedou e teve de lhe valer. De gatas à sua beira, foi capaz de encontrar uma perninha e puxá-la para fora, deixando o filho ajeitar-se. O resto não durou muito e foi marcado a compasso pelos urros do rapaz e as palmas dos mais velhos. Quando acabou, mais pesado do que o costume, ainda se deixou estar, parecendo nem se lembrar de que tinha alguém por baixo. Finalmente, lá rosnou a pedir que o ajudassem e, entre bufos de esforço, foi içado pelos outros. Enquanto o mancebo se vestia, o farmacêutico sentiu uma mão nas calças, era o alfaiate. Choroso, ranhoso e desonrado, faltava-lhe a voz para pedir pela filha. Só então Anatol voltou a lembrar-se da rapariga. Ali estava ela, tombada no mesmo sítio, o vestido esfarrapado, as pernas arroxeadas, o rosto para o outro lado. O cristão aproximou-se e, ao chegar junto da jovem, usou a ponta da bota para lhe virar a cabeça. A expressão surpreendeu-o, parecia adormecida, só o tom azul da pele poderia dar a ideia de uma morte violenta; de resto, não havia sofrimento, nem um laivo de surpresa, o rosto mais neutral que alguma vez vira. Por isso, ao falar para o alfaiate, Anatol troçou dele com voz pesarosa: "Que raio de deus o vosso que a deixou morrer sem gozo..."

E virou-lhe as costas, enquanto ordenava aos outros que o seguissem. Quando estavam a sair, o Mata Galinhas lembrou-se de qualquer coisa, pois agarrou-se a Anatol e segredou-lhe ao ouvido. A seguir, ficou à espera, com ar de garoto em pulgas, sem dar fé do asco que causara ao farmacêutico.

Mal o outro encolheu os ombros e saiu para o passeio, o Mata Galinhas tirou o cutelo do bolso, cuspiu-lhe no punho, bateu a porta da rua e foi ter com o alfaiate.

Tauba não precisou de ir à janela para saber que o mundo talvez acabasse nesse dia. Lá fora, os gritos não lhe lembravam nada conhecido, não fazia ideia de que se pudesse sofrer assim. Por isso, aproximou-se da seira, pegou em Moshe e levou-o para trás do biombo. Sentou-se com o filho ao colo e repetiu para si mesma a história dos judeuzinhos, pedindo a Deus que mantivesse o menino adormecido até aquilo terminar. Baruch não estava em casa, saíra ao ouvir o rebuliço, mas jurara vir buscá-los. A verdade é que o tempo foi passando, os gritos não cessaram, e o marido não voltou. Então alguém bateu à porta. O toque era insistente mas discreto, como se quem chamasse receasse ser ouvido. Tauba apertou o filho contra o peito, Baruch tinha a chave, não era ele. As pancadas repetiram-se, pareciam mais urgentes, e ela levantou-se, deitou o garoto e encostou-se à porta da rua. A voz do outro lado era quase impercetível, mas desesperada, e isso foi o bastante para Tauba arriscar.

Perla entrou aos tropeções, levava o filho ao colo, os dois rostos colados e mascarrados. Atabalhoava tudo, os gestos, os olhares e as palavras com que ia descrevendo os horrores de que fugia. As crianças! Havia crianças estropiadas nos passeios. Tauba quis saber mais, pediu-lhe para não esconder nada, mas foi agarrar-se a Moshe não fosse aquilo ser verdade. Assim que teve a certeza, levantou-se, olhou para o filho, olhou para Perla e o seu bebê, e decidiu pelos quatro: fosse o que fosse que as aguardava nas ruas, havia que fugir naquele momento. E por isso disse à amiga que a seguisse. Uma atrás da outra, cada qual com o seu menino, percorreram o corredor que passava ao pé das escadas até dar com a porta de ferro. Do outro lado, a sala estava às escuras, os fardos de algodão tresandavam a mofo e a aves mortas. Sem ver onde punha os pés, Perla agarrou Tauba pelo vestido e continuou a andar até lhe esbarrar nas costas. Foi então que viu a luz; primeiro uma fresta cautelosa, depois, com o rangido ferrugento das bisagras, o esplendor das dez da manhã. Encandeadas, as raparigas puseram-se à escuta antes de saírem para o saguão. A um sinal de Tauba, atravessaram o pátio, debruçaram-se ao passar sob os janelões da Bais Yaakov e foram ter à viela que as levaria à floresta. Lá ao fundo, viam-se já os pinheiros; era pouco, não era nada, mesmo assim cada uma segredou ao filho a boa nova. O caminho levou-lhes meia hora, pararam muitas vezes por julgarem ouvir vozes, alguém que chamava, alguém que se aproximava, tudo sugestões da aflição. Quando alcançaram as árvores, ainda tentaram correr, mas, à medida que se afastavam do *shtetl,* a floresta tornava-se mais densa e o chão arenoso esboroava-se em covas traiçoeiras que as faziam perder o equilíbrio. Numa das vezes, Perla chegou a cair e, para amparar o filho, rodou o corpo na queda, tombando sobre uma cepa. Tauba ajudou-a a levantar-se; o bebê parecia bem, mas a mãe não conseguia respirar. Dava a ideia de que partira uma costela, talvez não fosse grave, mas a marcha era agora mais penosa.

Foi Perla quem deu por eles. Sem dizer palavra, estacou e agarrou a amiga pelo braço, enquanto encostava o indicador aos lábios. Com o queixo, fez um sinal para a direita, a origem do barulho. Tauba não viu à primeira, mas acabou por notar uma mancha amarelada entre os fustes de uns carvalhos. O que quer que fosse mexia-se, era perigoso. Depois, nem dois metros mais à esquerda, uma manga encarnada e, logo acima, o rosto de um velho. A gargalhada seguinte mostrou-lhes que aqueles homens não estavam ali com medo, e isso foi o bastante para elas se prostrarem entre as ervas. Nesse instante, a gargalhada repetiu-se e ouviram cantar a *Rota*.[22] Pelas vozes, dava para ver que eram quatro; pelo tom, haviam de estar bêbados. Foi então que Moshe se contraiu, franziu o rosto, pôs-se vermelho, três prenúncios que Tauba conhecia bem. Sem ter tempo para mais nada, a rapariga agarrou o vestido pela gola, arrancou os botões de um só puxão e expôs as mamas inchadas. O garoto, que já se escancarara para o primeiro vagido, viu-se de boca cheia e bastou-lhe sugar com avidez. Receando que o seu acordasse no mesmo estado, Perla desabotoou-se e, passando-lhe o mamilo pelos lábios, acabou por despertá-lo. Assim que os bebês se saciaram, as mães baloiçaram-nos no colo, sussurraram-lhes palavras que tanto podiam ser preces como canções de embalar. Do outro lado, os homens não pareciam dispostos a partir. O hino dera lugar a umas vozes dispersas e havia cheiro a fumo. Tauba calculou que fossem assar qualquer coisa e perdeu as ilusões: preparavam o almoço, estavam ali para ficar. Foi isso que disse a Perla, tinham de fugir rapidamente, não iriam ser capazes de manter as crianças sossegadas por muito tempo. A outra acenou a concordar e puseram-se de cócoras. Prenderam os filhos com um braço e usaram a mão livre para se equilibrarem. Os passos que arrastavam eram curtos, desajeitados, a ameaçar calamidades cada vez que restolhavam nas carumas.

"Um par de putas judias e os seus bastardos!"

A seguir, as palmas lentas, uma aprovação trocista mesmo à sua frente. Nem Tauba nem Perla suportaram olhá-lo acima dos joelhos. As botas eram pretas e poentas – numa delas dava

[22] Canção polaca de cariz patriótico cuja letra, da autoria da poetisa e ativista Maria Konopnicka, foi musicada por Feliks Nowowiejski em 1910.

até para ver os dedos –, e pareciam pouco firmes, a mudarem de um pé para o outro. As palmas continuaram e os insultos também. Aquilo serviu de chamamento, já que os outros apareceram num instantinho. Com a gordura a escorrer-lhes pelo queixo e vencida a surpresa, riram-se como loucos, exibindo os restos da comida entre os dentes podres. Eram realmente quatro, estavam realmente bêbados. Mesmo com a vista toldada, o que chegara em primeiro pôs-se a olhar para Tauba e acertou com a vista em cheio no decote em desalinho. Quando ela deu por isso, era tarde demais. Ainda escondeu o peito abraçando mais o filho, mas, por essa ocasião, já o arruaceiro lhe babava o colo. Sem perder o riso alarve, o homem enfiou a mão surrada entre Tauba e o bebê e pôs-se a apertar-lhe um seio, a rodar-lhe o mamilo que ainda vertia leite. "A porca gosta", disse com estupidez, "ora vejam!", e tirou a mão para provar aos companheiros como saíra a pingar. Os outros pareciam loucos, nem queriam acreditar, afinal era verdade tudo aquilo que se dizia: judias devassas, raça de serpentes! Mesmo assim, todos quiseram experimentar. Daí que, na hora seguinte, julgando dar gozo a Tauba ou julgando dar gozo a Perla, cada um comprovou a podridão encharcando as mãos à vez. Mas não foram mais além, sabiam quem ali tinham e nem pensar em pecar. E o que isso lhes custou! Tanto que cada um, engendrando uma desculpa, procurou a sua árvore para poder pecar sozinho. Vendo-se, por momentos, livres deles, as judias perceberam que era a altura, não teriam outra brecha como aquela. Um olhar foi o bastante para se porem de acordo, ergueram-se com cuidado e saíram debruçadas e agarradas aos garotos. Ao fim de uns tantos passos, largaram desembestadas aos tropeços entre as árvores, indiferentes aos vergões que as ramagens lhes fustigavam no rosto. Como não conheciam a floresta, não sabiam para onde iam. A corrida era tão desaustinada que perderam os sapatos. Sentindo os pés retalhados, obrigaram-se a abrandar. O sol a pique projetava-se entre as árvores, e os trilhos de luz forte cegavam-nas e queimavam-lhes a pele. Foi então que os meninos começaram a ceder, muito tinham suportado até ali. A sede e os solavancos já tinham feito os seus estragos, nada havia que os calasse. Sem saber o que fazer, as mulheres abrandaram ainda mais e, de tão alquebradas, caminhavam já sem tino. Perla perdeu as forças no momento em que o pisou. Não precisou de olhar para saber o que calcara; era tenro, morno, enredado entre as ervas. Sentiu o pé pegajoso e soluçou ainda antes das lágrimas. Tauba aproximou-se e olhou-lhe para os pés. Assim que viu o que era, virou-se de lado para poupar o filho. Mas agora era tarde, pelo menos para ela; condenara-se com aquela imagem, amaldiçoara-se para sempre por ter visto o pequeno rosto distorcido, os braços abertos e o novelo de tripinhas. Era mais um menino do Vigele, podia ter sido o dela, podia ter sido o de Perla, que criatura de Deus faria uma coisa assim? A resposta veio de perto, eram outra vez as vozes, mas pareciam em maior número. E, para acabar de vez com a esperança, deram conta de mais gritos que chegavam do outro lado. A floresta estava a ser vasculhada por matilhas de selvagens, gentios desalmados no encalço dos judeus que fugiam entre as árvores; judeus como elas, judeus como a criança cujo sangue Perla ainda esfregava agoniada na caruma. Como dois animais feridos, as raparigas voltaram a correr, nem os pés as detiveram, nem os gritos dos seus filhos. Correram por pouco tempo, já que, de súbito, a floresta interrompeu-se para dar lugar à terra úmida em redor do lago. Só aí travaram, pondo-se a olhar em volta sem saber o que fazer. Foi então que os viram outra vez. Vinham de toda a parte, cortando-lhes sem remédio qualquer caminho de fuga. Mas talvez ainda houvesse alternativa, a única razoável. Tauba e Perla lembraram-se das mãos surradas dos homens e das suas bocas podres; lembraram-se também dos gritos, das ruas devassadas do Vigele, das crianças nos passeios e do menino esfacelado no meio das ervas. Por isso, com os filhos apertados contra si e os pés metidos no lodo, caminharam em frente e de mão dada. O lago dava a ideia de uma poça de água choca, mas também podia ser o céu a derramar-se. Um e outro tocavam-se lá longe, o mesmo azul sossegado, tinha de ser o lugar certo. Quisesse Deus fustigá-lo com o vento do oriente, passariam a pé enxuto entre as águas divididas.

Mas Deus não quis.

Lá atrás, os homens iam estacando na areia molhada, pasmados a olhar para as mães. Viram-nas enfim parar, já com a água a meio do peito, rodando logo a seguir para ficarem frente a frente. Depois, trocaram os filhos. Abraçaram-nos como seus e viraram-se para a margem lá ao fundo.

Três passos depois, os cabelos flutuaram e deixaram de ser vistas.

A feira subira a escadaria e já se instalara no vestíbulo. Tadeusz parecia transtornado, berrava para quem passasse, queria-os dali para fora. Mas nem todos o ouviram, alguns caíram de bêbados e os mais indecentes trocaram entre si os troféus extirpados aos judeus. Pelo meio, havia cães desvairados com o cheiro a carne crua que muitos daqueles homens traziam nas botas e nos dedos. Cada vez mais exaltado, Tadeusz perseguiu os animais e acertou-lhes uns quinze pontapés, mas foi tanta a chiadeira que só conseguiu que outros se juntassem à matilha. De repente, o clamor que veio da rua acabou com a confusão. Aos poucos, toda a gente acorreu ao patamar e se pôs a olhar para o largo. Os judeus contavam-se já às centenas e ocupavam a praça inteira. A toda a volta, estava o resto da cidade, os gentios que se apertavam para não deixar escapar ninguém. Na primeira fila, os cristãos mais valentes, homens e rapazes munidos com bastões; logo atrás, em maior número, os curiosos mais os gritos de incentivo; por último, os que talvez preferissem estar em casa. Entre estes, Eryk era dos poucos que olhavam em frente, incapaz de resistir à orgia dos selvagens. Conhecia-os pelo nome, lembrava-se deles honrados, homens tidos por pacatos, bons cristãos; agora era vê-los ali, como cães desvairados. De vez em quando, um ou outro saía por ali a açoitar onde calhasse e, nessa altura, os judeus amalgamavam-se como um único animal ferido.

De repente, uma brecha, a primeira, e a fila de polacos a romper a multidão. Quando pararam à frente das três estátuas, abriu-se uma clareira à sua volta. Alguns dos homens traziam ao ombro várias voltas de corda que deixaram cair junto aos pedestais. A seguir, escalaram as peanhas de Lênin e de Rebbe Jakob Halberstein, o judeu fundador. Assim que se empoleiraram, receberam dos restantes as laçadas já armadas para envolver as estátuas. Quando as viram bem presas, os que os esperavam lá embaixo olharam para os judeus e escolheram no meio deles trinta homens vigorosos. Foi a estes que coube esticar as cordas até estatelar os heróis no empedrado. Assim que o pó assentou, todos puderam ver a miséria que sobrara: Halberstein em mil bocados e Lênin sem cabeça. Para Tadeusz, nada daquilo era estranho, sonhara muitas vezes com aquela imagem. Talvez por isso, ao ver as duas colunas de poeira e escutar o bramido do seu povo, teve de se conter, não quis comover-se. Sentia-se tão triunfante que ergueu as mãos ao ar e urrou como um demente. Foi naquele estado que desceu para ir ter com a multidão. Enquanto passava pelos judeus, alguns estenderam-lhe a mão, outros caíram de joelhos a lembrá-lo das promessas, mas Tadeusz fez-se esquecido. Foi então que ouviu um ruído surdo e de novo a poeira a elevar-se no meio da populaça. Ficou curioso e deu uma corridinha, descobrindo um pouco à frente a estátua de Lênin sem cabeça a ser arrastada pelo chão. Enquanto era puxada pelo grupo de desgraçados que a havia derrubado pouco antes, os gêmeos do Skiba, andando por ali, varejavam os judeus com feixes de juncos e bofetadas às cegas, ordenando-lhes que gritassem bem alto a sua penitência. E eles obedeciam, mas sem brio: o cântico era funesto e dissonante e as vozes obrigadas só cantavam um refrão:

"Esta é a nossa culpa!",

a seguir o som do esforço, as cordas a retesar, a escultura a rastejar, o som das bofetadas,

"Esta é a nossa culpa!"

O grupo foi levado pelas ruas da cidade e acabou já na floresta. Nessa altura, os judeus escavaram o buraco só com as mãos, rolaram o corpo de Lênin lá para dentro, enterraram-no sem honras nem cabeça, e, assim que se endireitaram, viram as armas apontadas contra eles.

Ninguém no largo ouviu os tiros.

As mulheres e as crianças apertaram-se no centro da praça para escaparem às pancadas dos cristãos. Por causa do pânico, poucos tinham trazido água ou comida e havia muita gente maltratada. Dreide jazia ali como morta. Porém, se alguém se aproximasse, vê-la-ia a imprecar, os lábios febris e sibilantes com que condenava o mundo. Shionka deitara-se sobre ela, cobrindo-lhe a nudez, mas nem era essa a razão, queria apenas sossegá-la com o calor do seu corpo. Entretanto, ia pensando em Yankel. Às vezes, sem perder de vista a mãe, apoiava-se nas mãos, erguia o tronco e procurava-o entre os homens, mas nunca chegava a encontrá-lo. E teria sido fácil, já que o rapaz estava ali mesmo, a pouco mais de dez passos.

Yankel tinha deixado Rasia junto das outras mulheres; escapara-se dela e colocara-se na orla do grupo de propósito para ser visto. Eryk haveria de passar, haveria de o encontrar, haveria de dizer-lhe onde parava Shionka e o mais que estava a acontecer.

E Eryk passou pouco depois. Mal deu de caras com Yankel, estacou e ficou calado. Não se admirou, já lhe constara entretanto que havia um cego na praça e que chegara com a mãe, quem mais poderia ser? Então, sem se querer anunciar, aproximou-se e ficou a observá-lo a uma distância prudente. Dali, achou-o estranho, desnorteado, nunca lhe parecera tão perdido. Constrangido entre os judeus, Yankel esticava-se o mais possível para poder farejar o ar e achar no meio das vozes algum sinal do amigo. De vez em quando, parecia distinguir um som familiar, pois virava-se de súbito e esbugalhava os olhos como se valesse a pena.

Eryk afastou-se, sempre calado. Na verdade, nem pensou em abrir a boca e foi isso que o chocou. Pouco depois, uns cristãos que o conheciam chamaram-no do outro lado. Erguiam as barras de ferro para lhe chamar a atenção e mostrar o que fazer. Eryk acenou-lhes e gritou-lhes qualquer coisa que os fez rir. Agora, era ele o apavorado. Movido pela excitação, sem saber o que fazer, caminhou em círculos largos e passou várias vezes à frente dos judeus. A certa altura, deu por si uma vez mais junto de Yankel. Lá estava ele, tão lindo, mais cego do que nunca, o corpo escultural que enfim vergava; Yankel virtuoso, Yankel de Shionka, tão doce vê-lo assim, do lado de quem perde.

Foi então que os gêmeos do Skiba passaram por ali e Eryk teve de decidir à pressa: podia chamá-los à parte e pedir-lhes pelo amigo, um vadio inofensivo a quem Deus já castigara com a escuridão eterna; mas também podia optar pelo silêncio, não dizer uma palavra para o salvar.

*

Jesus Cristo pendeu a cabeça sobre o ombro e mostrou-se compassivo. Aos seus pés, prostrara-se o padre Kazimierz: o corpo paramentado estendido no chão de pedra, o rosto castigado nos ladrilhos, os braços bem abertos, aquela cruz de carne, fraca como a de todos, mas que Ele amava como se queria a um pai. Pobre Kazimierz, tão indulgente a pastorear-Lhe o rebanho como incapaz de se apiedar de si mesmo. Naquele instante, jazido nas lajes do cruzeiro, o padre transpirava grossas gotas de sangue, enquanto chorava amargamente. Os olhos do rabino Avigdor não cessavam de o culpar mesmo ao fechar os seus. Ouvira os gritos nos passeios, a expressão tresloucada do seu povo, era assim que antevira o fim dos tempos. E ele, cobarde, procurava a redenção aos pés de Cristo quando Cristo o aguardava já na rua. Então, levantou-se envergonhado. Despiu a casula e sacudiu a barba que lhe chegava a meio do peito. Ao fazê-lo, sentiu o crucifixo emaranhado e agarrou-o como se faz a um punhal. A luz que jorrava da rosácea atingiu-o nessa altura e, quando saiu da igreja, estugou o passo e foi procurar a salvação. Achou-a no fim da rua, em pleno largo do Mercado, em cada um dos judeus encurralados. À medida que se aproximava, os rostos dos gentios transformavam-se: alguns diminuíam-se, olhavam para chão e aí ficavam a remoer na vergonha; outros afastavam-se para não serem vistos; havia ainda os desordeiros, os que não o queriam por ali e faziam questão de lho mostrar. De peito feito, o sacerdote não chegou a vacilar e furou entre a multidão para ir ter com os judeus. Assim que os alcançou, perdeu a pressa; visto de perto, o terror pareceu sujá-lo. Sem perder tempo, olhou à volta e aproximou-se de dois homens que se habituara a ver na missa para lhes perguntar por Tadeusz. Não sabiam. Por fim, já depois de percorrer a praça inteira, viu um grupo de polacos à conversa. A voz do presidente da Câmara soava como um discurso e fazia rir os outros, mas, mal ele se imiscuiu, Tadeusz perdeu as cores. O encontro durou pouco, ninguém queria ouvir sermões. O prior falou-lhes como um pai, tratou-os por batizados, lembrou-os de S. Paulo, *todo o Israel será salvo,* mas só viu rostos de pedra e deixou que a catequese lhe fosse secando a boca até desistir. Quando isso aconteceu, virou-se, taciturno, e foi juntar-se aos judeus. Reconhecia-os a todos, vira-os crescer, chamara-os pelo nome, entrara nas suas lojas e, agora que soçobravam às mãos do seu rebanho, não iria ignorá-los.

Nesse momento avistou o casal.

Entre ele e os judeus, caminhavam a brincar, uma dança feita aos pulos, parecia que o chão escaldava. Florian foi o primeiro a dar com o padre e ficou parado a olhar. Ao ver o irmão assim, Kasia seguiu-lhe os olhos e pôs-se mesmo ao seu lado. Sem ligarem grande coisa ao que era apropriado, acabaram por se rir para o sacerdote. O prior torceu o rosto, logo atrás dos dois irmãos havia gente a sofrer, aquele sorriso chocava-o. A seguir, reconsiderou, conhecia aqueles dois loucos e não os via a fazer pouco. Na verdade, se fossem bem conversados, ainda podiam ser úteis. Por isso, chamou-os e segredou-lhes qualquer coisa. Eles ouviram empolgados e saíram como flechas, para voltarem num instantinho com as vasilhas que lhes pedira. E tinham dado o recado!, informaram arquejantes. Para o comprovar, cinco minutos depois, apareceu-lhes Pani Krysia a erguer pelos joelhos a saia do vestido. Vinha afogueada, a olhar para os judeus como se visse o diabo, e quase esbarrou com o padre. O sacerdote virou-se para a beata e para os irmãos e explicou-lhes o que queria: deveriam começar pelas crianças, a seguir pelos mais velhos e os que parecessem doentes. Havia água com fartura na bomba ao pé das estátuas e, se alguém os enfrentasse, mandassem-no ir ter com ele. Krysia disse qualquer coisa, mas apenas a si mesma; e, depois de arrancar a Florian uma vasilha de barro, foi cumprir a penitência. O padre e os dois jovens ficaram a olhar para ela, viram-na empertigada, a romper entre os judeus, e imitaram-na. Assim, na hora que se seguiu, entre súplicas e dedos apontados, valeram aos que puderam, despejando a água fresca pelas bocas ressequidas.

Até que vieram novas ordens.

Ninguém soube quem as tinha gritado, mas todos os judeus se levantaram porque era mais prudente imitar a maioria. Quando se ouviram os tiros, todo o grupo se apertou. Uns empurraram para um lado, outros contrariaram, e os que estavam no meio balançaram ao acaso. Por essa altura, cristãos e judeus já se tinham enleado uns nos outros; o choro destes, as ordens daqueles, gritos de dor e de enxovalho que já não se distinguiam. A verdade é que, num instante, deixou de haver teimosias e todos os judeus marcharam irmanados. Nos flancos da coluna, tal e qual cães açulados, seguiam os gentios em passada militar. Ainda assim, boa parte deles, por temer que os rumores se confirmassem, havia preferido ir para casa e correr os cortinados. Mas Eryk, não; era tarde para mudar de ideias. Um pouco à margem do grupo, iria com o desfile até o fim.

O largo levou tempo a esvaziar e, quando o último da fila dobrou a esquina da farmácia, o sol já tocava lá ao fundo na floresta. O padre seguia com Florian do lado de fora do grupo, mas Kasia e Pani Krysia tinham ficado para trás. A viagem era curta e, passado pouco tempo, a multidão já chegara aonde era esperada. O manicômio não parecia o mesmo e, a julgar pelos olhares, os judeus pressentiram qualquer coisa. Sempre tão abandonado, o edifício escancarava agora as suas portas e viam-se gentios a sair e a entrar, mais alguns no jardim a olhar para as janelas. Cá fora, ainda antes do portão, os condenados apertavam-se, esperando ordens para avançar. Ficaram ali algum tempo, até que um grupo de cristãos se foi pôr junto à entrada. Vinham armados com ferros e foi Arkadiusz, o forasteiro, quem gritou as instruções. Sempre em fila, deviam seguir aos pares pelo jardim até o casarão. Aí chegados, só tinham de subir a escada, pois estaria alguém à sua espera para lhes dizer o que fazer. E assim foi. Procurando ficar junto dos seus, os judeus foram entrando dois a dois, sem haver quem resistisse. Shionka esteve sempre ao pé da mãe. O espírito de Dreide desistira do seu corpo e ficara a errar por ali, deixando à rapariga uma carcaça para arrastar.

Tomara a Yankel poder fazer o mesmo, chegar-se a Rasia, poder ampará-la, mas perdera-a e a culpa era só dele. Quis ir à sua procura, gritou por ela, insistiu com quem passava, mas ninguém lhe respondeu. Foi então que sentiu a explosão, a dor veio logo a seguir, atroz, a testa rasgada a empapar o pó do chão. O polaco ameaçou-o, se não se levantasse e fosse atrás dos outros ainda levava mais; Yankel pôs-se de gatas, mas sentiu uma tontura e acabou outra vez estendido. O gentio pousou-lhe então a sola no pescoço e riu-se para contagiar os outros; a seguir calcou-lhe o rosto com todo o peso do corpo e Deus sabe o que teria acontecido se lhe tivessem dado rédea solta. A verdade é que de súbito, entre sons de escaramuça, Yankel achou-se livre. Sem saber quem lhe valera, num instante estava de pé, amparado por dois homens.

Se um deles não disse nada, o outro vociferava e a voz não lhe era estranha, só havia uma assim em todo o círculo perfeito.

Yankel não se enganou: do alto dos seus dois metros, era o padre Kazimierz quem berrava como um louco. Tomado de uma bravura que nunca ninguém lhe vira, descompôs o agressor e os biltres que assistiam. Ele, que lhes lavara os pés; ele, que os tinha instruído na doutrina, via-os agora ali a achincalhar um cego?! Os homens não responderam, mas não baixaram os olhos. Sem saber bem o que esperar, o prior fez sinal a Florian e lá arrastaram Yankel para o passeio do outro lado. Ainda atordoado, o rapaz quis saber aonde o levavam, onde estava a sua mãe. No momento em que o esconderam numa loja abandonada, perdeu a consciência. A meia dúzia de metros, Eryk, que nunca o perdera de vista, afastou-se e foi juntar-se aos cristãos.

O primeiro par de judeus parou assim que entrou e pôs-se a olhar em frente. Os catres, as baias, os lençóis e as cobertas tinham sido amontoados no andar de baixo. Ficaram só as paredes, os bolores e os desenhos obscenos. O Corredor lembrava agora a nave de uma igreja abandonada: a luz das claraboias e o pó em suspensão, o cheiro da humidade e os sons indistinguíveis de uma enorme barriga apodrecida. Pouco a pouco, o piso foi-se enchendo de judeus. As famílias arrumaram-se: uns preferiram os esconsos lá do fundo, outros puseram-se à janela a agarrar as grades. Com a chegada de mais gente, o barulho alastrou, mas já não se ouviam gritos. O problema era o espaço, a certa altura foi preciso lutar por um lugar e, de repente, já nem isso era possível porque todos se espremiam uns contra os outros. Junto à entrada, ainda o drama dos que faltava encaixar. Do lado de fora, os gentios empurravam a porta que teimava em não se fechar e de nada valeram as vergastas. Ciente do que estava a acontecer, a multidão apertou-se como pôde, dando folga para que os últimos entrassem. Quando a porta se trancou finalmente, a noite caiu à bruta sobre o *shtetl*.

Lá embaixo, ao pé do muro, Tadeusz acabara de chegar. No caminho, avistara os alemães. Debruçados nas varandas ou parados nos passeios em grupos de três ou quatro, pareciam mais discretos do que nunca e assistiam de longe ao que estava a acontecer. Assim que vira passar o presidente da Câmara, um deles erguera o braço para o chamar, mas Tadeusz desviara o olhar, comprometido, fingindo não dar por nada. Se houvesse qualquer coisa por dizer, era tarde demais.

Nesse instante, Arkadiusz juntou-se a ele, mas, com pouco que conversar, limitaram-se a olhar para o corrupio. Os polacos continuavam numa azáfama a atafulhar o rés do chão do edifício com mobília e roupa velha, mas pararam mal ouviram os motores. O carro imobilizou-se junto ao portão e, logo atrás, o camião fez o mesmo. Nessa altura, uma dúzia de voluntários acercou-se para descarregar. Os outros permaneceram especados e viram-nos levar os bidões para dentro do manicômio. Mas Tadeusz não estava sossegado, à sua volta havia braços caídos; muitos daqueles que antes se apressavam, pareciam agora, na iminência da tragédia, hesitar, perder coragem, houve até quem chegasse a ir-se embora. Arkadiusz chamou-lhes tudo, mas, assim que deu um passo para os travar, Tadeusz barrou-o com o braço, deixasse-se estar quieto, não precisava de cobardes.

Eryk foi um dos que ficou. Já tinha visto Shionka, não a ia abandonar, haveria de estar perto dela até o fim.

Passou meia hora quando um dos homens foi ter com o Presidente: “Está feito. Não cabe mais tralha.” Nessa altura, já os *goyim* se espalhavam à volta do manicômio a uma distância segura e Tadeusz foi ter com eles. De frente para o edifício, viu os homens a aguardar, pareceram-lhe ávidos, alucinados, tinha-os como queria. Ainda ponderou dirigir-lhes umas palavras, mas não lhe ocorreu nenhuma com sentido. Foi então que deu a ordem. Todos se benzeram e aqueles que levavam os archotes acercaram-se das janelas.

No Corredor, a luz da lua já deixara de importar, mas banhou as cabeças dos judeus e tornou-as azuladas. Aqueles que foram a tempo, elevaram as crianças e sentaram-nas aos ombros para que pudessem respirar. Nessa altura, toda a gente dera conta dos vapores do querosene. Com o aperto, as paredes gemeram como os homens. Poderia ser o mais triste dos cânticos, o choro, a súplica, a oração com que, no meio da multidão, o rabino invocava a Providência.

De repente, o som tremendo.

O prédio vacilou e uma onda de loucura varreu o manicômio. Na ânsia de se evadirem, os judeus atropelaram-se a caminho das saídas. Os que estavam junto da porta foram os primeiros a ser esmagados. Entretanto, ao pé de cada janela, homens e mulheres subiam às dezenas pelas costas uns dos outros e os poucos que chegavam junto às grades arrancavam quem lá estava, nem que fosse pelo despropósito de abanar as barras. O piso de baixo não parava de chiar e foi pelo chão que o calor chegou; logo a seguir, o fumo trespassou as tábuas do soalho. Com os pés a derreter, importante era encontrar onde pisar, e foi nesse desespero que morreram mais alguns. Shionka e a mãe estariam no meio deles, oxalá continuassem abraçadas. Depois, os vidros das janelas rebentaram um a um. Os gritos ali fechados saíram finalmente pelas frinchas dos taipais e caíram sobre a cidade, acusando até aqueles que se tinham trancado em casa.

No meio do suplício, a voz do rabino não chegou a desistir, mesmo quando o chão colapsou.

Shema Israel, Adonai Elohenu!

Nem aí o céu se iluminou. Por se querer mostrar isento, até parecia mais negro, mas sabia ao que assistia. De onde estava, tinha de ver as claraboias, os dois retângulos de fogo e os corpos a contorcerem-se.

Chicoteio a cabeça para trás e bato em qualquer coisa. Que foi que me acordou? Que cheiro é este? Onde estou?, não sei onde estou. E estas mãos que me agarram? Serão ainda as do padre? Sinto os lábios grossos, descomunais, a saber a sangue, e passo-lhes a mão porque quero ter a certeza de que são mesmo os meus lábios. É inútil, não os encontro, nem a mão sinto, dos ombros para baixo os meus membros estão dormentes. Então mastigo para ver o que acontece e começo a trincar sal. Afinal é só areia encharcada no suor que me escorre do cabelo até a boca. Sei então que foi a febre a despertar-me e pergunto a quem me agarra a razão daquele calor. É o padre quem tenta responder, mas desiste porque desata a chorar e a dizer coisas estúpidas sobre Deus. Não sei o que ele quer, não me interessa, sinto outra vez a vertigem, é quase certo que vou tornar a cair. Mas não é o que acontece. Em vez disso, começo a sacudir-me sem controlo assim que distingo os gritos. Ouço--os com as entranhas e aí hão de ficar até eu apodrecer.

Mãe! Rasia!

Agora sou eu que grito, chamo pela minha mãe e atiro-me para a frente. A vertigem e as mãos do padre não me deixam ir mais longe e caio desamparado. Estendido no meio do chão, deixo de respirar porque o ar endoideceu. É um vento furioso que vem sujo do hospício e cheira a fumo; e o fumo cheira a carne e a cabelos queimados, os mesmos que um dia deixei escorregar por entre os dedos e limpei das folhas secas.

No rés do chão, havia gente estatelada a erguer-se dos lugares onde as chamas não pegaram. Estropiados pela queda e inchados do calor, pisavam onde calhava à procura da saída. Alguns, cegos pelo fumo, continuaram sem sorte e embrenharam-se no fogo para morrerem num instantinho; os outros esbarraram contra a porta e tentaram espatifá-la. Para isso, usaram os punhos, os joelhos, as cabeças, as unhas e os dentes. Ao mesmo tempo, berraram, ou para pedirem ajuda ou por estarem já a arder. Quando a porta rebentou, tropeçaram uns nos outros e caíram já lá fora. Os corpos abrasados, espalhados no jardim a fumegar, poderiam parecer cadáveres, não fosse a tosse e as convulsões. Pelos poucos que ainda ardiam, já nada havia a fazer. Tombaram um pouco à frente, mesmo à beira dos *goyim*, que lhes cuspiram em cima, divertidos, para lhes apagar o fogo. Ao ver o que se passava, Arkadiusz enlouqueceu: havia judeus por torrar! Nesse instante, ouviu-se a explosão das claraboias e o estrondo do telhado que ruiu logo a seguir. No prédio, o fogo já lavrava junto à porta e só o vento contrário o segurava ali dentro. Ao verem Arkadiusz avançar, os outros despertaram do feitiço e largaram a correr atrás dele. Assim que chegaram aos judeus caídos no jardim, foi um dos gêmeos do Skiba a mostrar como fazer: olhou à volta até escolher um dos corpos; o que elegeu pareceu-lhe mais miúdo do que os outros e pôde erguê-lo sozinho. Assim que o pôs ao ombro, o judeuzinho dobrou-se e ensopou-lhe as costas com um vômito de espuma preta. Assim desentupido, o garoto já foi capaz de gritar, mas, aos poucos, o berro acabou por se esgotar nuns soluços ressentidos. Nessa altura, ao achar-se nos braços do gentio, o menino, ingênuo e ridículo, sentiu-se aconchegado. Com um judeu abraçado ao pescoço, Skiba nem sequer reconsiderou, pois sabia da perfídia de tal raça. E foi isso que o fez acelerar a caminho do inferno. A dois passos do edifício, parou para não se queimar e desencravou o garoto. Então olhou para trás, quis saber se os outros viam. Viam. Por isso, virou-se para o fogo e, com um gesto balançado, fez aquilo que esperavam dele.

Passada uma hora, o terreno estava limpo e os cristãos tinham partido. O padre Kazimierz saiu do esconderijo e ficou de pé no meio da estrada. Ao seu lado passaram os cães de Pani Kryzia e pararam para o olhar. Como não o reconheceram, acabaram por ladrar-lhe. Três vezes. A seguir desapareceram, deixando o sacerdote a chorar amargamente.

Mesmo em frente, as ruínas do manicômio não paravam de cuspir chispas para o jardim, e as traves de madeira e as ossadas ainda crepitavam. De repente, com um atraso indesculpável, os céus rasgaram-se e o granizo veio apagar o fogo.

Foi então que os cães voltaram, mas desta vez não vinham sós. Seriam mais do que uma dúzia e pareciam possuídos. O que ia à frente levava qualquer coisa na boca e era isso que endoidecia os outros. No meio da correria, acabou por escorregar no chão molhado e tombou desamparado, ali mesmo, aos pés do padre. Sem nada que o acudisse, foi envolvido pelo resto da matilha. O que quer que motivasse aquela disputa enraivecida, todos pareciam abocanhar a mesma coisa, enterrando as patas na lama para puxarem com mais força. Até que, valendo-se da envergadura, o macho mais robusto se descolou do grupo com uma pose triunfante. Levava uma orelha pendurada por um fio e, entre os dentes, a mãozinha encarquilhada; por essa altura, a relíquia mais inútil do círculo perfeito.

Aí levantou-se a ventania – tão demente que varreu tudo à sua passagem: a chuva, as ruínas calcinadas do hospício, os cães. Sozinho no meio da rua, àquela hora esquecida, o padre vestido de negro, com a barba a drapejar, procurava a quem rezar.

PARIS, 1957

Eryk idolatrava-a. Usava Vivienne nos seus contos para compor as heroínas, mas, se tinha de a expor em carne e osso, tornava-se violento. A ideia de perdê-la para alguém parecia levá-lo à loucura. Insultava-a muitas vezes e embriagava-se a seguir para conseguir pedir perdão. A certa altura, pôs as culpas na cidade; já levavam doze anos de Paris, podiam sair dali. O pretexto, claro, apareceu com Jean-Alphonse quando lhes bateu à porta pelas duas da manhã. Trazia uma carta na mão, mas nem Eryk foi capaz de imaginar que, ao aceitar o convite, já se estava a despedir.

Partiram uma semana depois e à hora do jantar.

A viagem durou a noite inteira, Jean-Alphonse experimentou tantos atalhos que entraram em Bruxelas com o sol pelas costas. Dali até Boitsfort, um subúrbio enclausurado na floresta de Soignes, era só mais meia hora – e dessa vez saiu-lhes à primeira. A Villa Mertens, casa de infância de Jean-Alphonse, tinha as portas escancaradas. A mãe esperava-os cá fora e ia abraçar o filho quando deu um passo atrás. Pareceu-lhe magro, mal estimado, não gostou. Por isso foi ele quem a abraçou, fingindo não dar por nada; afinal era só a dor de parto a perdurar.

Eryk arrumara o manuscrito entre as roupas da bagagem. Vivienne já o lera quatro vezes, Jean-Alphonse não tantas, mas fizera como ela e enchera o romance de notas e pontos de exclamação, que era o que lhe ocorria ao deslumbrar-se. O exemplar que Eryk trouxera para Bruxelas era a versão acabada, pelo menos até ver. Se tirasse o peso ao que escrevera, não passava de um livrinho, cem páginas escritas só com os indicadores numa *Olivetti* que deixava os *pp* enviesados. Falava de Berlim depois da guerra, de uma casa imaginária a pisar os dois lados desavindos, e do berlinense que a ocupara para não ter de fazer escolhas. Entretidos com as guerras das colônias e a vergonha coletiva que Vichy lhes destinara, os editores de Paris, certamente inebriados com *"une certaine idée de la France"*, mandaram aguardar aquele aspirante de pronúncia forasteira que escrevia acerca de cidades derrotadas. Eryk não capitulou: se não queriam publicá-lo, que fossem para o inferno, havia quem se interessasse. Pelo menos, fora isso que o belga garantira ao propor-lhe a viagem a Bruxelas.

Para alcançar o trunfo de Jean-Alphonse bastava procurar entre as praças do Sablon pela porta cor de vinho. O único lanço de escadas levava a outra porta e a uma chapinha de latão, *Labassecour, Éditeurs*. Como Eryk passaria a descrevê-la, a mulher que os atendeu parecia uma garrafa de bom vinho, cinzenta por causa dos anos e de um pó invulgarmente fino. Não era de todo mentira: Marion, a editora, era realmente velha, cor de fumo e desprovida de tudo menos de uns irrefutáveis olhos azuis. Assim que os viu, talvez tivesse elevado as sobrancelhas, talvez sorrido, de qualquer maneira seria sempre um gesto curto, um quase nada. Até o abraço a Jean-Alphonse foi assim: enquanto ele a apertava contra si, ela deixou-lhe as mãos nos ombros dando a ideia de o suster, o que seria verdade não fossem os olhos fechados e a cabeça sossegada no seu peito. Quando falou foi com voz cava; saudou o belga, fê-lo ver que andava descuidado, e estendeu a mão aos outros. A seguir, levou-os por um corredor, passaram por várias portas, todas fechadas menos a última. Lá dentro, uma negra sentada à máquina escrevia cartas. A editora disse-lhe qualquer coisa, ela sorriu por cima dos óculos e saiu da sala.

A conversa prolongou-se até a hora de almoço, mas o romance de Eryk só lhes levou quinze minutos. Marion, que o recebera por correio havia um mês, demorara muito pouco a saber o que ali tinha. Lida a frase de abertura, já pensava em estrangular o berlinense; o fim do terceiro capítulo – "*Superbe...*" –, envergonhara-se por ele; pelo meio, a boca ainda lhe soubera a ruibarbo e mesmo o cheiro a gasóleo que chegava da janela aberta era, quem diria, dos tanques estacionados na Potsdamer Platz. Publicava-o, sim, escrevera ela a Jean-Alphonse; e, até o fim do ano, fá-lo-ia também em flamengo. Mas agora, na presença do autor, havia de dizer-lhe umas verdades. Debaixo da pacatez, Marion era uma peste: "Garotelho prepotente!" Que ideia a dele de tirar o tapete às personagens só para brilhar em vez delas. Se a Jean-Alphonse fugiu o riso e preferiu olhar para as mãos, Vivienne deixou-se estar a admirá-la; quantas vezes sugerira a mesma coisa? Ao longo do mês seguinte, ela e Marion riscaram as folhas, escreveram nas margens e entrelinhas do romance, para, a cada fim de tarde, se reunirem com Eryk e lhe darem instruções. Na sala ao lado, a negra teclava mais depressa para poder sair antes da hora e poupar-se àquele espetáculo: o escritor parecia endoidecer, gritava em francês e em polaco e noutra língua que era a soma das primeiras, batia com as mãos na mesa, batia com as mãos no peito a jurar que não mudava uma vírgula. Mas mudou. Tanto que o livrinho de cem páginas dobrou o peso, ganhou espessura, e em coisa de seis meses tornou-se tão celebrado como um certo Paul Lestrange que o assinava.

Eryk ainda tentou parecer modesto, mas Vivienne, que o ouvia repetir durante o sono as palavras generosas que ia lendo nos jornais sobre o romance, sabia que aquilo era vaidade. No entanto, havia vezes em que ele só chegava de manhã. Passava noites inteiras com os poetas marroquinos que visitava em Molenbeek ou em tertúlias na cave de Marolles onde se encafuavam os artistas de Bruxelas. Fizera-se amigo à pressa de escritores, de atores, ilustradores e outras figuras capazes de sobreviver só com aquilo que bebiam e fumavam. Um deles desenhava as histórias que vendia para as revistas e oferecia-lhe os bonecos que sobravam, tiras inteiras que rasgava dos seus blocos só para ele. Numa das vinhetas, Eryk surgia a fintar pombos na Grand-Place, bem mais alto do que os homens que paravam para o olhar como se fosse outro monumento da cidade. E no fundo era assim que ele se sentia, era lá que queria estar. Com franqueza, talvez não fosse exatamente ali, quem sabe se meia hora mais a sul, no subúrbio de Boitsfort, a terra de Jean-Alphonse. Mesmo não sendo habitada pelos seres da sua infância, a floresta de Soignes levava-o de volta a casa sem a dor insuportável de lá estar. Arranhada pela mata, a casa vazia que encontrou a cem metros da Villa Mertens parecera-lhe logo um castelo. As paredes grossas e pintadas de encarnado desapareciam a certa altura debaixo das trepadeiras e havia delicadas esculturas de açúcar agarradas aos beirais que também podiam ser o esterco dos chapins. Era ali, sentenciou sem olhar para Vivienne. E foi. Em menos de dois anos, parecia tão belga como os outros, naturalizou-se, e chegou a pôr por escrito os votos que fizera sobre o Sena.

Vivienne, que ficara a trabalhar com Marion, resumia a vida aos livros que ajudava a editar. A princípio só atendia os telefonemas e descia ao *bistrot* Magritte para ir buscar laranjadas, mas, um mês depois, já esmiuçava os originais, estudava com detalhe as revisões e enchia as margens com mais notas, sugerindo a Marion o que nunca lhe ocorrera. A editora ficava atordoada a olhar para as páginas e ainda contestava, mais para se convencer. Quando percebeu que a queria ali para sempre, prometeu ensinar-lhe tudo. Para isso, Vivienne ficava sempre até mais tarde e, se perdia o último autocarro para Boitsfort, Marion levava-a a casa no seu *2 CV* tricolor. Nessas alturas, enquanto atravessava a floresta, olhava para baixo para não ter de ver as árvores.

Ao contrário, sempre que acordava de manhã, Eryk descia à rua e punha-se a olhar para elas. De cada vez que o fazia, a lembrança do círculo perfeito parecia perder mais qualquer coisa.

Quando tudo lhe pareceu enfim distante, Eryk fechou-se em casa por causa de um livro que lhe ia na cabeça:

Ou o escrevia ou morria.

NORDESTE DA POLÔNIA, julho de 1941

Fosse quem fosse que berrara, estava dentro do seu peito. Pelo menos, foi isso que Shionka pensou ao acordar no jardim do manicômio. Apesar de não a ter reconhecido, era uma voz tão íntima que se sentiu confusa. Quando o vento repentino lhe soprou para cima as cinzas esvoaçantes, despertou completamente e percebeu que afinal era ela quem berrava. A princípio, não quis acreditar que fosse sua aquela voz; que desastre lha arrancava da garganta ao fim de tantos anos de silêncio? A resposta veio com a dor excruciante que sentiu naquele momento, cruel em demasia para poder ser calada. Por isso gritou de novo. De repente, deixou de se ouvir, já era muda outra vez, havia qualquer coisa a abafar-lhe o grito. Ainda tentou abrir os olhos, mas foi escusado, tinha-os inchados, purulentos, a arder como o resto do corpo. Foi então que levou a mão à boca e deu com os dedos grossos que a amordaçavam. A seguir, a voz próxima de Eryk a segredar-lhe que se calasse – a ela, que o fizera toda a vida. De repente, as pálpebras descolaram-se sozinhas. A imagem era turva, levou tempo a perceber onde se encontrava. Como ela, havia vultos moribundos a torcer-se pelo chão e, logo atrás, os gentios com os archotes. Também viu chamas a desfazerem o edifício e, quando se lembrou da mãe, ouviu a explosão das claraboias e o telhado a desabar. Tentou levantar-se, mas o rapaz agarrou-a e disse-lhe que era escusado, Dreide não se salvara. Sem reagir, Shionka voltou a olhar para o fogo. Ainda quis perguntar qualquer coisa a Eryk, mas, por não saber como fazer, a língua enrolou-se-lhe na boca. Inclinando-se, ele olhou-lhe para os lábios e pediu que repetisse, mas só à terceira é que a entendeu:

"Yankel?"

Eryk hesitou e virou-se para as ruínas do manicômio; parecia procurar aí qualquer resposta, mas no fundo só quis tempo para pensar. Não precisou de muito:

"Morreu."

Uma vez mais, Shionka não estremeceu, mas usou as dores dilacerantes para ocupar o espírito. O cheiro a carne queimada enjoava-a, sabia que era seu o sangue que fervia, e então olhou para as pernas. Estavam pretas, fumegavam, e Eryk separava com cuidado os restos do vestido dos farrapos de pele morta. A poucos metros, os gritos dos gentios pareciam avivar as chamas por cada judeu lançado ao fogo. Eryk conhecia o destino de Shionka se continuasse ali, por isso, a coberto do encanto que mantinha os arruaceiros a olharem para o edifício, levou-a pelos braços e escondeu-a num recesso de ervas altas. Quando os berros dos outros se extinguiram e o jardim ficou vazio, caíram as primeiras pingas, depois as pedras geladas. Eryk espreitou por entre as ervas e não viu sinais de perigo, mesmo assim segredou à rapariga que era melhor aguardarem. Passadas duas horas, saíram finalmente a caminho da floresta. O trajeto até às árvores não levava dez minutos, mas as pernas desgraçadas de Shionka e as vezes que perdeu a consciência arrastaram-lhes a marcha quase até de madrugada. Depois dos primeiros pinheiros, ainda caminharam outro tanto, parando finalmente onde a brenha era mais densa.

Dez dias depois, Eryk e Shionka ainda estavam por ali. Passavam o tempo a procurar no ramalhar das copas por sons estranhos à floresta, enquanto mastigavam as bagas de sabugo que encontravam no moutedo. De noite, ele fugia até o lago para encher de água o cabaço que fizera com cortiça e, assim que o sol despontava, recolhia e triturava as ervas apontadas por Shionka para fazer o bálsamo com que lhe untava as pernas. Quando ela se sentiu capaz de caminhar sem amparo, finalmente partiram.

Durante os meses seguintes, ficaram onde os acolheram, aceitaram fazer qualquer serviço, moraram em estradas e chiqueiros, mas também entre pessoas; Piatnica, Zambrow, Pulawy, não interessava, desde que fosse para sul. A última paragem foi em Krosno, a poucas horas da fronteira com a Eslováquia. Foi aí que passaram os últimos anos da guerra.

O lugar que encontraram para viver estava longe do olhar de toda a gente. Encostado à fábrica de têxteis abandonada, o casebre pertencera a um tipógrafo judeu enviado para Treblinka.[23] Fora usado durante anos para guardar os prelos avariados e as bobinas de papel, nunca perdendo o cheiro a ferro nem a tinta ressequida. Mas, como tinham ao dispor o baldio atrás da fábrica e Eryk não receava as horas de esforço que levaria a desmatá-lo, ficaram ali mesmo.

Entretanto, naquelas bandas, ninguém sabia quem era o casalinho, e a cidade já somava muitas histórias de desgraças para querer fazer perguntas. Dizia-se que a rapariga era esquisita, que falava pouco e ninguém percebia à primeira o que dizia; já ele, não, chegava a fazer por dar nas vistas. Passeava pelas ruas principais e batia a cada porta à procura de trabalho. Se lhe diziam que sim, fazia o melhor que

[23] Campo de extermínio nazi situado a nordeste de Varsóvia.

podia, fosse amanhar um quintal ou lavar cantarias. Mesmo assim, Eryk andava a contragosto, sentia os braços pesados e, quando chegava a casa, prometia não voltar. Mas voltava todos os dias, até que alguém o chamou para um serviço mais digno.

Foi Pani Franciszek, a velha retroseira da cidade, que tinha filhos na América, mas a quem faltava a vista e as palavras para lhes escrever.

Como quase toda a gente, já ouvira falar do forasteiro que, entre os turnos do trabalho, se sentava à parte a escrevinhar no bloco amarrotado que levava num dos bolsos. Sendo um uso pouco visto por ali, o rapaz fez-se notado e passaram a tratá-lo por poeta.

Perfeito, pensara então Pani Franciszek, era o que precisava, só faltava convencê-lo. E para isso foi ter com Eryk. Se não fosse pedir muito, poderia ceder uns minutos do seu tempo e ajudar aquela mãe a deixar a escrita em dia. Gostaria de ser mais generosa, mas, com a guerra, mal dava para as outras despesas. Eryk nem hesitou, o pouco que ela oferecia pelas cinco cartas escritas era mais do que a jorna de dois dias.

No final, o resultado superou as expectativas, pois, segundo afiançava a retroseira pelas ruas da cidade, as palavras que o poeta dedicara aos seus meninos exprimiam de forma admirável o que nunca lhes soubera demonstrar. Daí à fama foi um ápice, o que não admirava numa terra que já vira partir tantos filhos.

E seria assim, a vender cartas, que Eryk aguardaria pelo fim da guerra. Escrevia-as noite e dia, sem nunca se repetir, e fazia-se pagar à linha por lhe parecer mais honesto. Mal terminava uma, entregava o rascunho a Shionka, que a desenhava com a sua letra primorosa em folhas lisas e amarelecidas ao sol. O certo é que, ao fim de um mês, Eryk pôde oferecer a

Shionka a sua primeira ovelha. A seguir, construiu um aprisco no terreno da fábrica e esperou que a ovelha enchesse os três quartilhos de leite que o pastor lhe garantira. Shionka, que estragou uns vinte litros antes de se sair bem, alegrou-se ao despejá-lo já em pasta nas formas de madeira. A partir daí e a cada quinta-feira, fumados os queijos num recanto do casebre, Eryk arrumava-os numa seira e levava-os para o mercado, onde os grelhava e vendia fatiados.

Mas havia uma coisa que não fora resolvida: três anos após o desastre, Eryk e Shionka debaixo do mesmo teto, e ele nunca lhe tocara. Dormiam em camas separadas, com uma mesa e tantas coisas pelo meio. Quando Eryk tentava aproximar-se, Shionka regressava aos seus silêncios; se insistisse, ela encarava-o, mas o brilho dos seus olhos ainda era só das chamas.

Porém, certa manhã de domingo, Shionka sentou-se à porta do casebre, cruzou a perna e pousou o pé descalço em cima do joelho. Era apenas para cortar as unhas, mas Eryk, que vinha de limpar o aprisco, encostou-se ao tanque de pedra e ficou a olhar para ela. A saia descaíra e mostrava a perna inteira. Shionka, que antes se resguardava, exibia agora a pele avermelhada e destruída pelo fogo quase com insolência. Pelo menos, foi isso que ele pensou, ou então não se teria aproximado e levado a rapariga para o casebre.

Já lá dentro, Shionka deixou-se cair de costas na cama, arregaçou o vestido quase até o peito e abriu as pernas para que Eryk fizesse o que lhe apetecesse. Então, fechou os olhos para se lembrar de Yankel, e pensou tão afincadamente no seu rosto que não foi capaz de reprimir um sorriso. Eryk, já deitado em cima dela, não se deixou confundir, mas também não se importou. Afinal, ambos sabiam que só se tinham um ao outro.

Meses mais tarde, a guerra terminou e o casal partiu sem se despedir, deixando atrás de si o casebre e oito ovelhas. Nenhum tinha a ideia de voltar. E, depois, estavam perto da fronteira, dali até a América não podia faltar muito.

Mas faltou. Faltou tanto que, a dada altura da viagem, não houve forças para mais; o lugar onde pararam extenuados era o lugar onde haveriam de ficar. Ainda por cima, só Paris podia reservar-lhes alguém como um certo Jean-Alphonse.

*

O padre Kazimierz virou-se devagar e atravessou a rua. Ocultos na loja abandonada, Yankel e Florian ouviram-no chegar. O padre mandou-os levantar e foi tudo o que disse. Depois, saíram os três. Já sem contar com a luz das brasas do incêndio, o círculo perfeito cobrira-se de negro e, mais agreste do que o cheiro das cinzas encharcadas pela chuva, talvez o som dos passos, o esmigalhar das lascas calcinadas de madeira e outras coisas indistintas que seria mais prudente ignorar. O grupo caminhou sob os beirados e chegou à sacristia sem se cruzar com ninguém. Entraram à vez e o padre demorou-se a olhar para a rua antes de trancar a porta. Sem nada que alumiasse, levou-os ao presbitério; porém, a meio caminho, parou e pediu-lhes que aguardassem junto ao confessionário. Nessa altura, empoleirou-se no banco do penitente e, esticando-se, levou o braço ao nicho para alcançar uma chave disfarçada entre os pés de S. Francisco Estigmatizado. Finalmente, afastou um reposteiro, descobrindo uma porta de madeira. Assim que a abriu, avançou por um corredor estreito e escuro, levando logo atrás os rapazes que avançavam às apalpadelas. Assim que o ouviram destrancar mais uma porta, pararam e ficaram à espera. O cheiro a bafio atingiu-os ao mesmo tempo que o ar frio e tiveram de se apoiar nas paredes enquanto pisavam os degraus. As escadas não paravam de ranger por falta de uso e, a julgar pelo tempo da descida, bem podiam estar a caminho do inferno. Quando chegaram, o padre tateou na escuridão até encontrar o candeeiro. Depois de libertar dois dedos de pavio, ainda gastou alguns fósforos antes de o acender. A cripta da igreja mais não era do que um quadrado de oito por oito passos e, por causa da luz trêmula, as paredes transpiradas pareciam agora a pele de um bicho a respirar. Num dos cantos, via-se uma enxerga e, mesmo ao lado, uma porta deitada por cima de uns caixotes a fazer de mesa. Havia ainda a cadeira, a tina de esmalte apoiada no tripé e um balde de zinco. Durante a hora seguinte, o padre subiu e desceu as escadas as vezes necessárias para abastecer a cripta de toalhas, duas mantas, uma caixa de fruta e um jarro de água fria. Quando parou para descansar, agarrou Yankel por um braço, levou-o até o canto e sentou-o ao seu lado na enxerga. Não deixou nada por contar: falou-lhe da mãe, falou-lhe de Shionka e jurou que não tinham tido tempo de sofrer. Também lhe disse onde estava e por que o tinha posto ali. As ruas andavam demoníacas, soara a primeira das trombetas, o granizo, o fogo e o sangue tinham sido lançados sobre a terra, cumprira-se o sinal do fim dos tempos.

Aquela gruta mofenta seria o abrigo de Yankel nos meses que se seguiram. Sem contar com o padre Kazimierz e o jovem Florian, nunca ninguém supôs que as entranhas da igreja albergassem um judeu. Todas as noites, o prior aparecia para conversar, para lhe pôr um par de calças limpas nas costas da cadeira, ou para jantar ao seu lado. Horas mais tarde, ainda no lusco-fusco e sete metros acima, ocorria a Pani Krysia por que andaria o padre a gastar assim a roupa e a comer à tripa forra. No entanto, apesar de curiosa, nunca o confrontou com isso.

Certa noite, Yankel acordou sobressaltado e tinha razões para tanto. Ouvia a escada a ranger e passos que não conhecia. O padre Kazimierz surgiu acompanhado por dois homens – dois amigos confiáveis, sossegou-o – e disse-lhe que se vestisse o mais depressa possível. As explicações vieram a seguir, já à porta da sacristia, enquanto se despediam. Segundo um dos homens, constara na cidade que havia ratos na igreja, e os alemães pagavam bem por notícias como essa. Yankel tinha de partir, uma hora a mais podia ser desastroso. Aí, o padre voltou a abraçá-lo e entregou-lhe uma mala azul. Dentro dela, inteirou-o, estava um maço de papéis, documentos que ele forjara havia um tempo. Pusera também um terço e a certidão de batismo, não fosse ser abordado. Depois, só o tempo de um olhar, e Yankel partiu para sempre. Desapareceu na floresta, levado pelos dois homens, e chegou a Pludy duas semanas mais tarde. As irmãs franciscanas já escondiam outros judeus, a maior parte crianças, e aquele mosteiro a norte de Varsóvia seria a sua morada até que a guerra acabasse. Foi aí que conheceu um rapaz chamado Fiszk, descendente de judeus venezianos, a quem todos conheciam por Sereno. Assim que terminou a guerra e partiu o último alemão, o rapaz propôs a Yankel que o acompanhasse até Itália. Tal como o amigo cego, Sereno perdera tudo, nada tinha na Polônia que o prendesse. Sem mais a quem se agarrar, Yankel disse que sim e, uma horas depois, juntou-se às três centenas de homens, mulheres e crianças que saíram a caminho da estação. A viagem demorou duas semanas e, pouco depois de chegarem a Gênova, o grupo dispersou. Muitos seguiram até a França, outros ficaram mais uns dias, até que acabaram por partir sem dizer para onde. Foi então que Sereno disse adeus, faltava-lhe ir mais para norte, tinha de ir escavar raízes.

Yankel ficou só, mas ficou bem. O centro de acolhimento nas faldas dos Apeninos tornou-se uma casca impossível de largar e, não fosse a visita que apareceu um mês depois, faria o que pudesse para não ter de se ir embora.

Nesse dia, um dos órfãos que andava por ali foi chamá-lo à tarimba. Estava alguém à sua espera junto à tenda dos remédios. Yankel agarrou o rapazinho pela manga da camisa e seguiu-o até o pátio. Quando o guia se desprendeu para ir brincar, ele parou e ficou a aguardar. Foi logo aos primeiros passos que Yankel estremeceu. Conhecia aquele andar, o pisar do calcanhar e o modo respeitoso como se aproximava. Só havia um problema: nunca poderia ser ele.

Mas então ouviu a voz.

Era ele.

Shlomo Pasternak, o professor da rua Mazur. E estava ali para o levar, queria-o consigo em Marselha, não o iria largar nunca. Havia de o instruir, fazer dele o que jurara no dia em que Rasia lhe levara o filho à escola. O professor envelhecera, percebia-se pela maneira de falar. E depois estava com pressa, dizia tudo a correr, parecia ter medo de morrer antes de contar como o encontrara.

Na rota de saída para Ocidente, muitos daqueles que viajaram no comboio tinham passado por Marselha, e os milhares de judeus que aí viviam fustigaram-nos com perguntas. Pasternak fora dos mais insistentes, alguém teria novidades sobre uma certa cidade em forma de medalha perdida na floresta. Ao ouvi-lo tão desesperado, dois ou três judeus ergueram o rosto ao mesmo tempo, entreolharam-se e rumorejaram qualquer coisa de uns para os outros. Coubera ao mais velho dizer o que sabia: não tinha a certeza, talvez não fosse a mesma, mas um cego que encontrara no comboio falara-lhes de um sítio assim. Logo na manhã seguinte, Pasternak partira da França a caminho da Ligúria para ver com os próprios olhos.

Nos doze anos seguintes, foi cumprido o prometido e Yankel aprendeu todos os dias até a morte do mestre. Quando isso aconteceu, agarrou na mala azul e foi sozinho a Paris para comprar a livraria, um negócio apalavrado havia muito. Sobreviver entre os livros fora aquilo que Pasternak lhe ensinara; só faltavam duas coisas: procurar quem lhos comprasse e seduzir quem lhos lesse.

PARIS, outubro de 2002

Vivienne detestava o fim das tardes de domingo. Então assim, ao dar com uma sala quase às escuras, parecia-lhe insuportável. Ainda correu a cortina, mas o tempo que levara desde o rés do chão fora suficiente para o sol se ter escondido. Entre o primeiro e o segundo piso, cruzara-se com Jaleleddine, que vinha de ver o livreiro e lhe deixara a porta encostada. Ele ia dizer-lhe alguma coisa, no entanto a voz falhou-lhe e desviou o olhar antes de descer as escadas à pressa.

Mas agora Vivienne já lá estava e a ideia de voltar atrás não chegou a passar-lhe pela cabeça. Então, procurou o candeeiro. Com a luz mortiça, o apartamento tornou-se amarelecido, lembrando-a de que ali tresandava a velharias. Não quis saber, foi ter com ele. A porta do quarto estava encostada e resolveu chamar primeiro. Como ninguém respondeu, olhou antes de entrar. Fosse qual fosse a razão, o quarto resplandecia com as seis lâmpadas acesas, ferindo-lhe os olhos. Yankel dormia num dos lados da cama de casal, entre duas mesas de cabeceira atafulhadas: na mais distante, um candeeiro aceso, um prato com cascas de queijo, o telefone fora do descanso e um livrinho de Celan marcado na página em que Fidélia partira; na mais próxima, outro candeeiro, duas caixas de medicamentos, um copo de água chalada e, a um palmo do seu rosto adormecido, a gaiola e o *tic-tac* que parou só para *Marceau* ver quem espreitava. Yankel tinha a testa encharcada, o quarto estava quente e abafado, e Vivienne abriu a janela antes de se aproximar dele. A seguir, pousou entre os pés o saco que carregava e sentou-se no lado vago da cama.

Então, sim, pôde olhar mais de perto para o livreiro.

A princípio a imagem devastou-a, não sabia que era assim que se morria. Depois, pouco a pouco, enterneceu-se; debaixo da máscara engelhada, dormia o miúdo com quem brincara na floresta, e a água que escorria no seu rosto bem podia ser a do lago. Havia ainda as rugas e tudo aquilo que lhe lembravam. Aquelas, aos cantos da boca, fora ela a desenhá-las sempre que o fizera rir; já as outras, um pouco por todo o lado, eram apenas sinais de mágoa.

– Pode fechar a janela? – perguntou ele, sem abrir os olhos. – O ar fresco é bom, mas não quero ouvir a rua.

Vivienne levantou-se e, após fazer o que Yankel lhe pedira, aproveitou para apagar as luzes, deixando só a do teto. Antes de voltar para junto dele, apanhou o saco e, de novo sentada, retirou um maço de folhas cosidas com agulha e linha.

– Foi o combinado – disse, pousando-lho no peito. – Nunca depois do outono.

Yankel agarrou as folhas, tomou-lhes o peso e passou minuciosamente as mãos sobre as costuras.

– Já soube fazer isto, acredita? Depois da aritmética, havia sempre tempo para ajudar o Pasternak com as encadernações. E sabe que mais? Eu tinha jeito.

Vivienne sorriu, era mentira.

– Como se sente? – perguntou ela.

Yankel devolveu-lhe o maço.

– Quando a dor me deixa em paz, não me queixo, agora estou bem. O pior é o resto, é estar aqui. Se pudesse escolher, morria na rua. Podia ser uma qualquer, não interessa, desde que houvesse uma padaria por perto para morrer com o cheiro a pão. Ah, e um passeio, também! Mas daqueles mais largos, desafogados, para poder ouvir os saltos das parisienses. Já reparou no som das parisienses a caminharem nos passeios? – Nesse instante, sem levantar a cabeça da almofada, esticou o pescoço levemente à procura do perfume de Vivienne. – Claro que reparou, é uma delas.

Então calou-se por causa de uma porta que bateu.

– Está à espera de alguém?– perguntou Vivienne.

– Mademoiselle Foss – deduziu ele. – Aparece de hora a hora.

– Importa-se se eu...?

– Quer mandá-la embora? Faça favor, ela agradece-lhe. Já não sabe o que é uma noite descansada.

Não foi bem como ele previra, Mademoiselle Foss não se mostrou grata; pelo contrário, depois de resmungar a hora dos remédios, bateu com a porta outra vez.

– Deixe estar – disse Yankel quando Vivienne regressou ao quarto. – Amanhã há de voltar tão dedicada como sempre.

Vivienne quis saber mais três ou quatro coisas acerca da porteira, até admitir que só estava a ganhar tempo. E isso porque Yankel a interrompeu:

– Não tem nada para me ler?

Ela encolheu os ombros, o que, se fosse visto, serviria de "não sei, se calhar não vale a pena". Mesmo assim, acabou por responder-lhe:

– Está tudo aqui. Ainda tenho algumas dúvidas sobre a sequência. Se achar alguma coisa fora de ordem, diga. – A seguir, pôs os óculos que trazia pendurados ao pescoço. – Posso começar?

Começou pela guerra.

Uma hora mais tarde, estava Tadeusz a rachar a testa contra a parede do manicômio, Vivienne deu conta de uma respiração mais pesada. Sem nunca parar de ler, olhou para Yankel e não gostou do que viu. Só então pousou o texto nos joelhos:

– Está com dores, não está?

Yankel nem a ouviu; de repente, o seu corpo contraiu-se e o rosto cobriu-se com milhares de gotas de suor.

– Saia... Saia!

O brado de Yankel deixou-a atônita; fê-la levantar-se e dar dois passos atrás com as folhas à frente do peito como se fossem um escudo. A seguir, saiu do quarto, fechou a porta e foi para a sala às escuras esconder-se da aflição. Assim, não pôde ouvir os gritos no auge das dores, a torrente de palavras obscenas, as queixas a Deus, as queixas de Deus, e como tudo se repetia pela mesma ordem. Esperou meia hora e experimentou ir ter com ele. O quarto parecia agora sossegado, por isso abriu a porta, mas apenas uma nesga.

– Posso? – perguntou sem espreitar.

Não houve resposta, apenas o *tic-tac*.

Assim que entrou, Vivienne surpreendeu-se com o fedor, um cheiro azedo, a diarreia. Mas aquilo que a magoou nem foi o cheiro, foi a raiva. No rosto extenuado de Yankel, só viu rancor.

Para não se detestar mais, despiu à pressa o casaco, arregaçou as mangas da camisa e, após abrir mais uma vez a janela para arejar, saiu à procura de toalhas. Foi e voltou as vezes necessárias até ter aos pés da cama duas bacias de água morna, um cesto, um sabonete, uns cremes e tudo o mais que encontrou no lavatório. A seguir, puxou-lhe o lençol, rodou-lhe o corpo até ficar de lado e despiu-lhe a roupa suja. Nunca tinha feito aquilo, nunca vira um velho nu, mas não se deixou impressionar. Com uma das toalhas apanhou a porcaria e deitou tudo no cesto. Só então passou a esponja: ergueu-lhe uma perna, lavou-lhe as coxas por dentro, as virilhas, o pênis mirrado e circunciso. Virou-o de barriga para baixo; as nádegas tinham desaparecido, sobravam duas pregas de pele fina a querer chagar, que ela ensaboou usando os dedos para não o magoar. Depois prosseguiu por todo o corpo: untou-o com os cremes, viu-lhe as unhas, lavou-lhe os olhos e só não o barbeou porque lhe tremia a mão. Por fim, com uma destreza de que não se julgava capaz, fez a cama de lavado e vestiu-lhe outro pijama. Durante o tempo todo, Yankel não disse nada, mas ela percebeu que não era por vergonha. Os ataques que sofria deixavam-lhe sempre marcas, pois enquanto o fustigavam ele julgava que morria. Até saber ao certo que lhes tinha triunfado, preferia ficar apático, não fosse aquilo repetir-se. Porém, assim que se via a salvo – era assombroso! –, ria-se deles, mandava-os à merda e dava palmadas no colchão. Mas não à frente de Vivienne. Ali, preferiu mostrar-se grato, ainda que à sua maneira:

– Estraguei-lhe o domingo.

Ela tinha-se encostado à ombreira da porta, estava exausta e receava que, ao sentar-se, já não fosse capaz de voltar a pôr-se de pé. Mas não parou de olhar para ele.

– Nunca mais me peças para sair – disse-lhe com a voz sumida.

No quarto de hora seguinte, só *Marceau* não se calou, e Yankel acabou por adormecer. A certa altura, cruzou os braços sobre o peito, um gesto que ela reconheceu por lho ter visto tantas vezes. Sim, aquele era o rapaz que adormecia junto ao lago, a imagem era a mesma, só faltava ali Shionka.

Por isso, Vivienne pegou no casaco e, sem o vestir, saiu do quarto e entrou na porta em frente. Diante do lavatório, tirou o batom de um dos bolsos do casaco e aproximou o rosto do espelho para retocar os lábios com a tal cor de vinho envelhecido. A seguir, retirou os ganchos do cabelo branco e usou os dedos para o soltar. Deu um passo atrás e achou-se honestamente bonita. Sem nunca deixar de se olhar nos olhos, desabotoou a camisa devagar, desprendeu os colchetes da saia e deixou-as cair ao mesmo tempo. Sentiu as dores do costume quando se sentou na borda da banheira para descalçar os sapatos e despir os *collants*. Por fim, tirou o *soutien*, as cuecas e a cinta da hérnia, mas deixou a combinação. A estática colou-lhe a seda ao corpo e isso lembrou-a da nudez; era agradável, não se lembrava de se sentir nua. Mal achou que estava pronta, foi ter com ele e sentou-se na cama devagar para não o acordar; mas acordou-o, tanto melhor. Com a ajuda das mãos, içou as pernas para cima do colchão e, deitando-se de lado, encostou-se a ele.

Sem nada que os lembrasse de fazer perguntas ou dizer fosse o que fosse, Vivienne recordou-se do dia em que o levara à floresta pela primeira vez. Viu-se de novo ali, na margem do lago, a massagear-lhe os olhos, os círculos delicados em volta das pálpebras que agora repetia com os dedos cheios de artroses para se dar a conhecer.

A seguir, bastou-lhes ficar quietos, em silêncio.

Era já de madrugada quando ela pegou outra vez nas folhas. Yankel ouviu-as a passar, primeiro de rajada, depois uma a uma, até pararem na página deixada a meio.

Mesmo ao lado, *Marceau* pareceu desistir do *tic-tac*.

Shionka tinha uma história para ler até o fim.

Nota do autor

No dia 10 de julho de 1941, em Jedwabne, pequena cidade do nordeste da Polônia, um grupo de cidadãos, na sua maioria cristãos, reuniram à força os seus vizinhos judeus na praça principal e, num festim de violência, conduziram-nos até um celeiro próximo que incendiaram, queimando vivas centenas de pessoas, incluindo muitas crianças. Nos dias que se seguiram, sucederam-se as pilhagens e apagaram-se para sempre os traços seculares da presença judaica na cidade.

Aquilo que se passou em Jedwabne ocorreu noutros lugares das cercanias e, a coberto dos invasores alemães, pôs a nu um antissemitismo virulento havia muito reprimido.

Nos anos mais recentes, os acontecimentos desse verão têm motivado um aceso debate na Polônia. Centrada na memória coletiva do país, a discussão procura esclarecer o papel dos polacos nas atrocidades perpetradas contra os concidadãos judeus durante o período de ocupação pela Alemanha nazi.

A história deste livro baseia-se nesses episódios, e qualquer semelhança com pessoas e situações da vida real, sem ser coincidência, não prejudica o carácter ficcional da obra.

Prêmio LeYa

O Prêmio LeYa é hoje um dos principais prêmios de literatura lusófona do mundo. Foi criado em 2008, por iniciativa do grupo editorial LeYa, e é um concurso anual que tem como objetivo estimular a produção de romances inéditos de autores de língua portuguesa. As obras vencedoras são premiadas com o valor de cem mil euros para o autor e a publicação do livro pela LeYa.

A língua portuguesa é a língua oficial de nove países. Unindo isso ao grande crescimento e enriquecimento das literaturas de língua portuguesa nos últimos anos, a existência de um prêmio dessa estatura não apenas se justifica, mas se faz muito necessária. O Prêmio LeYa contribui para a criação de uma verdadeira comunidade, tão diversa nas suas manifestações literárias e culturais, mas tão próxima pela utilização de uma língua comum.

Da Declaração do Júri do Prêmio LeYa 2017

Os loucos da rua Mazur é um romance bem estruturado, bem escrito, que capta a atenção do leitor, quer pelo tema, quer pela construção em tempos paralelos, um no passado imediatamente anterior à Segunda Guerra Mundial e no início desta, o outro no mundo atual. Não cede ao facilitismo do romance histórico, embora a História seja parte da ação e nos apresente uma visão inédita da tragédia resultante das invasões russa e nazi da Polônia.

O júri apreciou particularmente as qualidades de efabulação e verosimilhança em episódios de violência brutal com motivações ideológico-políticas e étnico-religiosas, emergindo do fundo de uma convivência comunitária multissecular. De igual modo, valorizou a criação de personagens com densa singularidade existencial (no triângulo perturbador de amizade e conflito amoroso dos protagonistas), tal como de figuras secundárias com valor simbólico.

De salientar a força humana de um protagonista, o velho livreiro cego, que irá ficar como figura inesquecível da nossa ficção mais recente.

Manuel Alegre (Presidente), José Carlos Seabra Pereira, José Castello, Lourenço do Rosário, Nuno Júdice, Pepetela e Rita Chaves

Sobre o autor

João Pinto Coelho nasceu em Londres, em 1967, mas com 1 ano já se mudou para Portugal, por isso considera-se português. Licenciou-se em arquitetura na Universidade Técnica de Lisboa, em 1992, e viveu a maior parte da sua vida na capital portuguesa. Passou diversas temporadas nos Estados Unidos, onde chegou a trabalhar num teatro profissional perto de Nova York.

Em 2009 e 2011, integrou duas ações do Conselho da Europa que aconteceram em Auschwitz (Oświęcim), na Polônia, trabalhando de perto com diversos investigadores sobre o Holocausto. No mesmo período, concebeu e implementou o projeto Auschwitz in 1st Person/A Letter to Meir Berkovich, que juntou jovens portugueses e polacos e que o levou uma vez mais à Polônia, às ruas de Auschwitz e aos campos de concentração e extermínio. A esse propósito, tem realizado diversas intervenções públicas, uma das quais como orador na Conferência Internacional Portugal e o Holocausto, que ocorreu na Fundação Calouste Gulbenkian.

Seu primeiro romance, *Perguntem a Sarah Gross*, publicado aqui no Brasil em 2016, foi finalista do Prêmio LeYa 2014 e nomeado, em 2016, como Melhor Livro de Ficção Narrativa pela Sociedade Portuguesa de Autores. No mesmo ano, representou Portugal no Festival du Premier Roman de Chambéry. Com seu segundo romance, *Os loucos da rua Mazur*, que assim como o anterior tem a temática da Segunda Guerra Mundial como pano de fundo, venceu o Prêmio LeYa 2017.

1ª edição	Abril de 2018
papel de miolo	Pólen Soft 70g/m²
papel de capa	Cartão Supremo 250g/m²
tipografia	Rongel
gráfica	Corprint